皓首始忆儿时乐，从前况味正渐消，离乡入城数十载，犹梦稻花一畦香。
丝竹声声农家乐，书声琅琅耕读情，好教后代子孙知，莫忘中华文化根。

乡愁乡韵系列

农耕年华

沈成嵩　王喜根　著

农家书屋

NONG JIA SHU WU

江苏人民出版社

目 录

农具漫谈

农民的"锄镰犁刀锹铲耙"，就是他们手脚、肩腿的延伸，是他们智慧的着力点。甚至可以说，农具就是农民身心的一部分，是人与自然"相互博弈之后的相互馈赠"。

农耕文明的活化石

说"五千年文明史就是一部农耕文明史",这话不过分。

而说到农耕史,历代"农桑笔记"之类的史料文字当然是重要的线索,但人们眼前更多"物化的活史料"往往会被忽略——那就是各式各样的农具。

毫不夸张地说,我们的农耕史,其实是农人一锹、一锄刨出来的,是用犁耙耕出来的。

农民的"锄镰犁刀锹铲耙",就是他们手脚、肩腿的延伸,是他们智慧的着力点。甚至可以说,农具就是农民身心的一部分,是人与自然"相互博弈之后的相互馈赠"。

我们今天吃到的面包、面条、馒头,都是面粉、米粉制成的,但将稻米麦粒加工成粉,几千年前却让人费神费劲。开始人们只能用石头将谷物压碎,后来又把谷物放在石臼里用杵来舂捣。这可能就是最早的粮食加工了。

春秋鲁班发明了石磨:两块坚硬圆石上,凿些密密的浅槽,合在一起,用人力或畜力使它转动,就把谷物磨成粉了。杵臼的上下运动成了磨的旋转运动,杵臼的间歇工作成了连续工作,大大减轻了劳动强度,提高了生产效率。

中国农具的发展,大体经历了原始社会的木石制农具、奴隶社会的青铜农具和封建社会的铁制农具三阶段。

最古老的挖土工具,是由挖掘植物根部的尖木棍发展来的。尖木棍下端安一横木,便可以用脚踩,使之容易入土,这便是

"单尖耒"，后来又衍生出"双尖耒"。又在这基础上改进为扁平的宽刃，这就发明了"铲"、"锹"、"耜"、"锄"。

收割谷物的"镰"，是受动物尖利牙齿的启发而创造的。先是壳镰，而后是石镰、青铜镰、铁镰，并发明了"锯齿镰"。在商代，镰被绑在竹杆上，成了进攻的兵器，到了宋代则成了专门对付马腿的钩。"钩镰枪"成了岳家军打败金兵"连环骑兵"的专用兵器。

比青铜还要坚韧锋利价廉的铁出现后，很快，铁制农具代替了石器、木器、青铜器农具。

唐朝出现了操作灵便的曲辕犁，它特别适用于我们南方的土质粘重、田块较小的低洼水田，为大面积种植水稻奠定了基础。而耙的发明，使水田泥土破地更碎，打得更糊，有利于农民插秧落谷。

唐朝人很聪明，他们还发明了脚踏的和牛转的水车，解决了水田提水灌溉的难题。明清以后，又发明了风车，继人力、畜力、水力之后，又用上了风力，这在中国的农具史和能源使用上是个突破。

加之风扇车的出现，利用鼓动的空气，分清不同籽粒，扇去谷糠，形成了中国传统农业的精耕细作体系，极大提高了生产力。

中华民族是聪明智慧的民族，中华农耕文化的创造发明，早在三千多年前就走在世界的前列。据资料记载，耕翻的犁耙，比欧洲早了二千五百多年；收割的镰、勾，比欧洲早了二千多年；灌水的链斗水车，比欧洲早一千六百多年；农产品加工的石磨、风车比世界早一千五百多年……早在七千年前，我国就有了水稻，比日本早四千四百多年；早在五千多年，我们的祖先就知道植桑、养蚕、缫丝；公元前五百年，丝织品就出口到古罗马帝国，被欧洲贵族称为"软黄金"……这些都充分表现了我们中国人的聪明才智，表现了我们民族富于创造的科学精神。

虽已进入机械化、电器化时代，但在乡村仍保留着一些石磨。磨面粉、磨芝麻、磨豆腐，居家主妇们都知道"小磨麻油"就是比机械加工的香。

而乡村仍在使用的农具，又何止石磨？许多地方的农耕中，还能偶见犁、耙、碌碡、风车、水车、扁担、锹、粪桶、农船等等旧式农具。这些都是农耕社会生产力组成的重要部分，是农耕文化的"活化石"。

为了让人们记住这些"活化石"，我特选一些常见农具、用具，作一小传，使大家能够"管中见豹"。

犁

讲到农耕文化，第一个要说的就是犁，这犁，从石器时代的石犁，到青铜器时代的铜犁一直到如今的木犁、铁犁，甚至还有皇帝御用耕田的"金犁"。

有一首民歌说："二月二，龙抬头，天子扶犁臣赶牛，正宫娘娘送午饭，宰相覆土把种丢，春耕夏耘率天下，五谷丰登太平秋。"

在北京先体农坛，过去有一个"御耕台"，就是皇帝每年"二月二，龙抬头"那天，亲自扶犁，耕种"一亩三分地"的场所。当日上午，天子率百官祭天，祈求风调雨顺，五谷丰登。"设棚悬彩，并配有乐队、唱工百余人，奏乐，唱《三十六禾词》"，围观者万人。

这一亩三分地的土，都是选用的肥田熟土，事先用箩精心筛选过，又肥又松又软，这样皇帝耕起来，才轻松愉快，毫不费力。御耕时，皇帝左手执黄尤绒鞭，右手执金龙犁，两位老农牵牛，户部尚书帮着扶犁，来回耕三趟，就礼毕。然后，三公五耕，卿侯九耕，文武百官也来耕个十几下，这犁田的任务就算完成了。这每年一度的"御耕"，据史料记载，约耗银九百两，相当于一千人一年的口粮。

农民犁田，可不是这样轻松，在集体生产时，队里的犁田手，都是种庄稼的老把式，他不仅十八般农具样样精通，而且种稻、种麦的一百二多种农活样样在行。

每到耕田季节，耕田手就会破晓起床，紧犁辕，装犁铧，上犁头，套犁扣，绞犁索，执犁鞭，扛着犁，牵着牛，下田耕地。

"啪"！耕田手一挥牛鞭，就像是在牛背上炸响一个炮仗。这很有讲究，这鞭梢紧贴牛毛而过，既赶了牛，但又不伤着牛，这就是"绝活"。

然后犁田手又唱起耕田号子："嗨……哎……嗬……，哎……"这声音清脆宏亮，在山谷中回荡，只见黑黝黝的土在脚下滚翻，不一会儿，就犁开了一大片。

犁，作为一种农具，留存于世，距今已有近 6000 年的历史，最初农民是用木棒、石器挖垦土地，叫木犁、石犁，到春秋战国时，才出现了铁犁，到了唐代，我们江南水田耕作，才使用"曲辕犁"，提高了农民耕田的水平，它标志着中国耕犁的发展史进入了成熟阶段。到了明清时期，又对犁加以改进，使犁辕缩短、弯曲，犁的结构更加轻巧、灵活，也提高了耕作的效率。在拖拉机没有出现前，我们还发明了双轮双铧犁，这已经有点半机械化了。

有一个成语叫"铸剑为犁"，敌对双方化干戈为玉帛，远离战争，将打仗的钱节省下来，发展生产，改善人民生活。据说在联合国总部还专门制作了一幅"铸剑为犁"的浮雕，呼唤人们热爱和平，发展经济。

镰

由南向北的麦收已近尾声。

金黄色麦浪里，成百上千的收割机在吞穗吐粒，它们现在是麦收时节的主角了。

早先麦收的画面上，少不得关中平原的"麦客"，以及他们手上那张银晃晃的镰刀。

"四月小满，黄穗在田。"农人心目中，开镰是件神圣的事情，凭一柄弯镰，落一地汗水，多少仓廪足。

其实在古希腊神话中，镰刀也早就是"丰产之神"克洛诺斯的标志。

用镰刀和铁锤绣在中国共产党的党旗上，作为工农象征，应该说主事者是动了脑筋的。

镰刀在农耕文明中，是农民劳作的主要生产工具，它可割可剐，可钩可削，可砍可斫，可挑可劈，用途非常广泛。

从娃娃下田割猪草，到巧媳下园挑青菜；从青壮年上山砍柴，到老年人在家前屋后修树枝，都要使用到各种式样的镰刀，那锯齿镰、月芽镰、平刃镰、长柄镰、小铲镰等等，在镰刀家族里，据说有百多种。

我在基层工作时，曾结识一位打柴的朋友。他每天头遍鸡叫就起床，把镰刀磨得能照见人脸，吃罢早饭，在怀里揣几个热山芋，就踏着晨霜和朝露，扛着扁担和绳子上山砍柴了。

不管山高路远，他总能在人迹稀少的大山深处，割回一担担红茅山草。手里那把长柄镰刀,非常擅长"吃草":在他奋力手舞时,只听嚓嚓嚓嚓,银光闪处,一堆堆、一丛丛山茅草纷纷倒地,顺手三划两划,用山藤一捆一扎,就是一个捆得结结实实,齐刷刷、圆滚滚、胖乎乎的草捆子,用脚一踢就顺势滚下山坡。

砍、拉、削、舞、斫……镰刀在他的手里,简直就是一个吃草器、割草机。

听这位割山草的能手说,他手里这把镰刀救过他两次命。

一次是在一个风雪夜之后,他在山崖上砍柴,突然脚下一滑,一脚踩空,竟从山崖上跌落下来,他吓昏了,耳畔只听呼呼风响,但他一个劲地挥舞手中的镰刀,也该他命不该绝,碰巧让他钩住了长在半山腰上的一棵松树,他使劲吊住镰刀,爬上了松树,然后撕碎身上的衣服,搓成绳子,慢慢地系下山来。

另一次是他在荒山割草行走间,猛地觉得后面有一个人搭上了他的肩膀,从太阳光照的影子里,他发现了一条拖在后面的长长的尾巴。

他知道遇见了凶狠的狼。这时绝不能回头,一回头狼就会顺势一口咬住他的脖子,他不紧不慢地走着,猛地向背后砍上一镰刀,恶狼"嗷"地一声惨叫,留下一摊血迹,转身就逃,"哪里走!"山里人一个飞镰斫去,把狼头砍下来半个。

这把镰刀从此成了他的好兄弟、好伙伴。临终,他吩咐家人将镰刀伴自己一同入墓。

开镰是件辛苦事。白居易有"观刈麦"的田园诗说:"田家少闲月,五月人倍忙。夜来南风起,小麦复垄黄;妇姑荷箪食,童稚携壶浆。相随向田去，丁壮在南岗；足蒸暑土气，背灼炎天光。力尽不知热，但昔夏日长。"好一幅全家老少忙麦场的夏收图。

开镰，也是农人盛大的节日。面对着黄澄澄、翻滚滚无边的麦浪，人们拿着镰刀，来到丰收的田边，习惯地摘下一两个麦穗，然后用手一搓，嘴一吹，两手一上一下一扬，一粒粒光闪闪饱绽绽的麦粒就在手掌中跳跃，放进口，慢慢咀嚼，那芬芳、青香的气息就摄入人的五脏六腑，香甜，更醉人。

好的刀手，用镰刀割麦子，如春蚕噬叶，风卷残云，一斫就是一大块，一拖就是一大片，割得快、割得齐，麦椿短，不带泥。

镰刀上像是长了眼睛，在收割净的麦垅上绝不遗下哪怕是一株两株田角地边的短穗小穗。一趟割到头，身后就留下一个个或立、或卧、或倒或仰的麦捆子，像是"麦娃"们在蓝天白云下翻筋斗、叠罗汉。

镰刀正逐渐被收割机取代，但开镰时节的劳动场面，依旧是值得珍存的一帧美丽画卷。

锄

锄头，可除草、翻土，作为南北都使用的一种农具，存世已五千多年历史。

新石器时代，我们的祖先就已经使用石锄来锄地。《秦本记》上就有"秦人荷锄"的记载。

我没统计过到底有多少种锄，据我所知，有开山锄、采药锄、锄草锄、板锄、平锄、条锄、尖嘴锄、月牙锄，甚至还有林黛玉葬花用的花锄、黄梅戏中《打猪草》的"打草锄"。

"锄禾日当午，汗滴禾下土。谁知盘中餐，粒粒皆辛苦"，大家儿时就知道农民锄地的艰辛和粮食的金贵。

后来读史，知道早在五百多年前的元朝，农民就组织过"锄社"：十几户农民组织起来，"拌工锄地"，使缺劳力的农夫也能获得丰收。

这比毛泽东提倡的农业合作化早了五个多世纪，说明我们的先人早就懂得"互助合作"抱团生产。

下乡参加农业劳动，农民手把手地教我使用锄头。锄头能削、能刮、能挑、能劈、能铲、能挖、能勾、能筑、能斩、能撩、能拾、能翻……锄头在农民的手里千变万化，使农耕文化结出累累硕果。

锄头底下三分雨。锄，不仅能除去田中的杂草，而且能松土保墒，使土壤里的水分不易蒸发，能在抗旱中发挥作用。

锄头底下三分肥，是指农人早起，用锄头拾粪，不管"冻三九",还是"热三伏",天刚破晓,就有农人背起粪筐,跑田埂,上山坡,溜河湾,像寻觅宝贝一样,荷锄拾粪,给庄稼积蓄肥料。没有粪臭哪来谷香,粪肥,是如今任何化学肥料无法替代的。

如今,农村实行机械化,但是农民仍然离不开锄头,大片的土地可以用机耕,而边边角角,机器无法转身,锄头就有了用武之地。

常州有许多园艺工具厂,专门为日本和欧洲生产园艺锄头,和小锹、小铲配在一起,作为人们侍弄花草的工具。

这小小的花锄,进入城市,进入高楼大厦,进入屋顶花园,进入城里人的阳台,仍在发挥它不可替代的作用。

锹

锹，常规农具，用于开沟、翻土。锹，和水利建设结下不解之缘，不管是大运河、淮河、海河、黄河，都是千千万万农人用铁锹挖出来的。

在手工劳作时，农民用锹开草塘、挖排水沟。转秧田放水、排水、管水，整修田埂，开缺口、堵漏、防漏，能扛锹的都是十级工的劳动力，是种田的好把式。

我认识一位来自里下河的"锹王"，他使用的是一把祖上留传下来的大铁锹，他爸爸用这把锹，修过长江的江堤、运河的河岸，也治过淮，枣红色的锹柄上，溜光得滑，闪着光泽，记录着岁月的沧桑。

六十年代开大运河，我见识过"锹王"的厉害。他挖出的土块，平平整整，四角方方，不破不碎。每块约七八市斤。一副粪箕，一头装五块，每担七八十斤。这是在"拿河心"，从下坡到上坡，有三十多个台阶，要爬上去倒土，担子可不轻啊！

有位长着一脸横肉的中年人，要和一个小伙子比赛挑担的工夫，在粪箕内装了二十多块土，这担子可有一百八十斤。那中年人有股子"蛮劲"，腰一弯，憋红着脸，使劲把担子挑上去了。接下来，轮到小伙子起担了。正要装土时，"锹王"说"慢"，要小伙子将粪箕放到十五级的台阶上去。说时迟，那时快，"锹王"起土时，两臂一扬，一块湿粘土便越过众人头顶，稳稳当当地落在小伙子的粪箕内，紧接着一块跟着一块的"飞泥"从天而降，将小伙子的粪箕装满了。

这"锹王"飞土入筐的绝活，将众人看呆了，要知道，这自下而上的扬程足有五米，这锹上的力道、准头可不是一年两年练出来的啊！人们异口同声地叫道："神锹"，"锹王"，真正的"大力士"！

小伙子轻轻巧巧地把这担土挑上去了，他少爬了一半的台阶，关键时刻"锹王"帮了他的大忙。

"年轻小伙子，正在长筋骨，把这担土挑上去了，压出毛病，可不要害人家一辈子！""锹王"一席话将那位中年人说得满脸通红。

抗洪排涝时，我跟随"锹王"巡查圩堤，他不紧不慢，一步一步从堤内看到堤外，这时，堤外河水漫漫，浊浪翻滚，而堤内却禾苗青翠，炊烟袅袅。这时我突然发现堤内有一处在往外冒清水，他用铁锹轻轻一挖说："不要紧，这是鼠洞蛇洞，于大堤无碍，水漏完了就没事了。"但当走到一处堤内冒浑水时，他立即叫我敲锣报警，说："此处很危险，堤下有灌涌，要下河排险，打桩护堤。"很快抢险队来了，在他的指挥下排除了隐患。我真感到不可思议，他那把神奇的铁锹仿佛长了眼睛，能洞察一切。

说到铁锹，在《水浒》上有位英雄好汉九尾龟陶宗旺也是用的一把铁锹作为兵器，锹，既是农具，也是武器。

其实，我们部队的战士，每人也都有一把工兵锹，这锹能挖战壕，也能在近距离和敌人肉搏时当武器使用。据资料介绍，现代军用锹有几十种用途，能砍，能挖，能斩，能切，能锯，能削，能量，能剪，能抠，能攀……简直就是一把"军用万能锹"。

锨

看姑娘的针线活看过肩，瞧小伙子的种田本领看扬锨。

这是在农耕社会，乡下人相亲的两大绝窍。

大姑娘能在剪裁衣服时，学会了过肩，说明这是位巧姐，什么针线活也难不了她。

而种田的小伙子，如果能在场头上，手握扬锨扬场，同样说明这是位种田的好把式，耕耖犁耙，场头船上，什么样的农活也拿得起来。

一个村上，上百户农家，会得扬场的也就是七八个人，都是些巧农民，属于拿十二分工的顶尖劳动力。

秋粮收割后，经过脱粒、暴晒、过筛，最后一道工序就是扬场了。

在生产队集体劳动时，场头堆放着一座座金灿灿的粮山。

扬场的人，手拿扬锨，站在上风头，不紧不慢地把粮食向空中抛洒，扬锨扬起来，粮食在半空中像天女散花一样，迎着阳光，向下撒去，真个是"满天谷雨纷纷下，不尽粮流滚滚来"。根据重物先落下来、轻物后落下来的原理，籽粒和谷物的枝蔓、叶片和空瘪粒在半空中就分开了，饱满的谷粒在空中哗哗抖落，落在上风头的是粮食，落在下风头的是淘汰出局的杂物。

凉爽的风呼呼吹着，漫扫帚的人头戴帽子，包裹头巾，站在被扬出来的粮堆下面用扫帚一下一下地漫着，他一下一下漫掉了浮在谷物上的杂物，随着扬锨的起起落落，他慢慢地漫出了一座金山。

同样是一穗稻谷上结出的稻谷，经过扬锨的考试，在风的公正裁判中，有的自信落下，有的洒泪出场。

手握扬锨的劳力，看似不紧不慢，而实际上非常费劲，完全靠腕力和巧劲，这一抬手，一扬锨的谷物被抛向高空，一条金黄色的弧线尚未落下，第二锨的谷物又抛上了高空，如此一锨接一锨，一道弧线联着一道弧线，一时一刻也不能停顿。

人们计算了一下，一堆谷物总有上万斤，每锨只能扬起三五斤，一个下午，扬谷手要起起落落两三千次，按每分钟扬五次计算，至少要连续干六七个小时。

这样的功夫，可不是一年两年练出来的。

更为难得的是，扬谷手既要迎风扬谷，更要能扬无风谷，这扬无风谷，扬谷手的抛物线要抛得更高，而且要抛成一个弯弯的月牙形，靠空气的流动，形成自然的风力，将谷物和杂物分离开。这空气的流动，就是靠抛向空中的谷物撞击的。

麦收和秋收的扬场是乡村里一道亮丽的风景线，而扬谷手的举手投足之间就是一门精彩的农艺表演。

这时，打谷场上经常围了许多孩子，他们也学着大人模样，用小手抄起一把把谷物，向空中抛去，他们长大了也想当一名扬谷手，来继承祖辈、父辈的事业。

磨

提起磨，就使我想起锡剧《双推磨》的词："磨儿磨一磨，黄豆拗一拗，豆子进磨银浆四面冒。"

以磨坊有关的戏剧，怕有几十个，有京剧《磨坊产子》、歌剧《红磨坊》、评剧《赵五娘》、甬剧《两兄弟》、越剧《磨坊会》等等。

还有电影《磨坊湾湾》、纪录片《磨坊的快乐》、钢琴合奏曲《磨坊会》、法国小说《磨坊书简》、世界名画《磨坊十字架》、《埃克河边的磨坊》，创作于1883年的法国画家雷诺阿的印象主义油画《红磨坊的舞会》，1990年的拍卖价值高达7810万美元。

在《红楼梦》第五十回里，还有林黛玉为"小毛驴拉磨"写的谜语："绿耳何劳缚紫绳，驰城逐渐势狰狞，主人指示风雷动，鳌背三山独立明。"

我记得还有一张毛主席在陕北帮农民推磨的摄影作品，领袖和老乡边推磨边亲切交谈，十分传神、感人！

与磨坊有关的文化还有许许多多，在我所撰写的农具与家具系列里，还没有哪一件如此与文化紧紧相连，息息相关，可以毫不夸张地说：完全可以成立一个磨文化的研究会。

磨，有用水力的、畜力的、风力的和人力的四种，当然，如今还有机械的、电力的。

我曾有幸参观过这一个磨展览馆，从几吨重的石磨，到几斤重的手磨，大大小小，林林总总，竟有五百多钟。

磨是我国最早发明的，它比西方早了 1500 多年，马克思曾说："中国的石磨，是人类最先使用机械原理的劳动工具"。

我从小就是从碾坊里度过的，我奶奶养了五个儿女，三个女儿、两个儿子，子女长大后，她就靠一个石磨的碾坊维持晚年的生活。

碾坊是专门碾米的作坊，有五六间房，碾盘、碾槽、碾道，一个五六百斤重的石碾盘，靠牛力牵引，牛的主人出人工、牛工，奶奶出碾坊，碾一石米给五升米的工钱，奶奶得到一半的报酬，一年下来，也有十几担米的进项。

我在还没有读书前，奶奶整天就带着我在磨坊里看牛拉磨，这水牛是被蒙上眼睛的，上了磨道，就"两眼一抹黑"，永远有转不完的圈。可也有偷懒的牛，老是停下脚步，不是"尿"，就是"屎"，所以从小就听说"懒牛上架屎尿多"的话。还听说过"盲牛拉磨瞎转"、"老牛啃磨嘴硬"、"卸磨杀牛没良心"等等的歇后语。

秤

　　说到秤，就想起电视剧《刘罗锅》中的主题歌："天地之间有杆秤，那秤砣是老百姓，秤杆挑江山，你就是定盘的星。"

　　"秤"，汉字"禾"与"平"的结合，本义它是用来称量五谷的重量的。但在这里是称人心的，这就是说，"老百姓心里有一杆秤"，他是用来秤时政、秤世道、秤政绩、秤"为官之道"的。这杆"秤"是记录当今社会的，可也会载入"史家之册"。

　　在中国，秤的出现很早，春秋中晚期，楚国已经制造了小型的衡器，有木衡、铜环，用来秤黄金货币，完整的一套有十枚，分别是一铢、二铢、三铢、六铢、十二铢、一两、二两、四两、八两、一斤。在中国历史博物馆内，藏有一支战国时的铜衡杆。千百年来，手杆秤流行了两三千年，已成了华夏的国粹，它创造了丰富的秤文化、秤文明。秤成了公平的象征，天地良心的标尺。

　　相传在范蠡经商时，发明了秤。据说，人们开始在市场上交易时，都是用眼估计，很难做到公平交易，一天范蠡在经商回家的路上，偶然看见一个农夫从井中汲水，方法极巧妙，在井边竖一高高的木桩，再将一根横木绑在木桩的顶端，横木的一头吊木桶，另一头系上石块，此上彼下，轻便省力。范蠡深受启发，急忙回家模仿起来，他用一根细而直的木棍，钻上一个小孔，并在小孔上穿上麻绳，用手来掂，细木的一头拴上吊盘，用来盛装货物，一头系一鹅卵石作为砣，鹅卵石离绳越远，能吊起的货物就越多。于是他想，一头挂多少货物，另一头鹅卵石要移动多远才能保持平衡，必须在细木上刻出标记，但用什么作为标记呢？

范大夫为此整整想了两个月，一天夜里，他出门看天象，见到天上的星宿，便突发奇想，决定用南斗六星和北斗七星作标记，一颗星代表一两重，十三颗星代表一斤，从此市场上便有了统一计量的工具——秤。但是时间一长，范大夫又发现，一些心术不正的商人，卖东西时短斤少两，尅扣百姓。他想，要把秤改进一下，杜绝奸商的恶行，于是他又在十三颗星外，添加了"福、禄、寿"三星，以十六两为一斤，并告诫商人："若欺人一两，便会失去福气和幸福；欺人二两，则后人永远不得'俸禄'，做不了官；欺人三两，则会短寿三年。"商人经商必须"秤平斗满，光明正大，买卖公平，老少无欺"。范大夫早在几千年前，就承担了如今工商局、物价局、消协、文明办所承担的责任了。

我在天目湖景区，就见到了一杆能秤800公斤重量的"秤无霸"，当然在秤文化博物馆里，也有秤几钱几毫的微型秤。

制秤是一门精细的手艺，从选材、刨圆、碱水浸泡、打磨、钉秤花、上色、抛光、秤砣校验等等，需要十几道工序，容不得半点马虎，制秤匠也需懂得物理、数学，才能定刻量，嵌标准星。

如今懂得打磨木杆秤的人却越来越少了，岁月在打磨中逝去，手艺也在打磨中消失。各种各样的电子秤、条码秤、汽车秤、天车秤、皮带秤、弹簧秤、婴儿秤，早就代替了木杆秤。但公平的秤文化永远也不会过时，不管到任何时代人们心里都要永远保留一杆公平正义的秤。

篮

一个农民家庭到底有多少种篮,谁也说不清,林林总总,怕有几十种。

有上街买菜的菜篮、打猪草的草篮、挑秧把的秧篮、采桑叶的桑篮、卖蚕茧的茧篮、捉苗鸡的鸡篮、收鸡蛋的蛋篮、放果品的果篮、摘西瓜的瓜篮、捉小猪的猪篮、挑肥料的泥篮、拾狗屎的粪篮、钓鱼虾的鱼篮、请香烛的香篮、放寿桃寿面的寿篮、祭祖用的祭篮、送礼品的礼篮、探望病人的花篮、采茶叶的茶篮、放糕点的糕点篮、妇女用的针线篮、母亲背小孩的背篮等,传统的农家一是缸多,二是坛坛罐罐多,三是篮多。

篮,怕已有几千年的历史,人类社会先有竹编的器具,然后才有陶制品。

在西安半坡文化遗址中,人们在泥土中发现了碳化的竹器,并在出土的陶器上,印有清晰的十字型、人字型篾席的纹饰,有的在陶制品的底部还粘有篾器的残竹片,说明我们的祖先在发明陶器之前,就已开始了竹制品的编织。

一九五八年,在浙江钱山新石器时代遗址出土的文物更是惊人,有篓、篮、箩、筐等竹制品二百多件,这些竹制品都经过刮磨加工,表明这一时期,竹器编织工艺已趋向成熟。

在《诗经》中就有"下莞上簟,乃安斯寝"的记载,说明在周代,竹制品已从民间进入宫庭。在唐代,文化人不仅有"书篮"、"砚篮"、"画篮",而且进京赶考,书童还挑着"考篮",做官人的官轿内还备有"轿篮"，就连叫化子也有了"讨饭篮"。

江南竹篮精编细织，种类繁多，从制作方式看，有手工制作、半手工制作，近年来还发展到半机械化制作，甚至完全用机器来生产。从竹篮的形状分，有长方形、椭圆形、圆形、八角形、元宝形、菱形等，可谓千变万化，千姿百态。从编织的技法看，有挑压编、拉花编、实编、空编。从工艺上分，有普通生产生活用的竹篮，还有出口创汇的工艺篮、宠物篮、儿童篮、玩具篮等等，在浙江安吉竹博物馆内，竟陈列了五百多种竹篮。

江南竹篮，体现了江南人的群体创造，深深烙上了江南水文化、稻渔文化、蚕桑文华、茶果文化和市井文化的印记，并以其朴实、隽永、精致、耐人寻味的特色，鲜明地显现出江南人的价值取向和生命活力，是江南农耕文化的重要组成部分。

中国是竹的王国，只要竹存在一天，竹篮，这一环保、绿色、生态的用具就永远也不会退出历史舞台。

如今，主妇上菜市场，拎回的都是一只只塑料袋、塑料包，这包装既不环保，又不卫生，且废物无法利用。在城市街道和乡村田野到处可见飘飘扬扬的"白色污染"，人们太渴求那久违了的竹篮了。

缸

第一次到宜兴丁山，只见一座座"缸山"扑面而来，每家陶厂，都堆满了大大小小的"缸塔"、"缸楼"，大的有两三层楼高，小的也有草堆大，陶都也可以叫"缸都"、"盆都"、"坛都""罐都"，到处都是缸缸盆盆、坛坛罐罐。

那时，每个农家、每个市民的家庭，大都有水缸、米缸、面缸、酱缸、油缸、菜缸、酒缸、泔水缸，还有防火的"太平缸"、养鱼的"金鱼缸"、烤火用的"火缸"等等，大大小小、林林总总，大概有二十多只，而农民家庭还要多几只粪缸，多几只饲料缸，至于盆那就更多了，坛坛罐罐数不胜数。

你想想，一个家庭如果有二十只缸，像金坛这样一个十五万农户的小县城，就需三百多万只缸，而一百个县就要三亿多只缸，听丁山镇的领导介绍：丁山的陶器靠运河、长江运出去，要供应大半个中国。这样一个庞大的市场，集中起来，丁山陶都怎的不会变成缸的海洋、盆的世界、坛坛罐罐的"金字塔"？当然丁山也靠紫砂茶壶、紫砂茶具闻名世界，但那毕竟是少数人的消费市场，它没法和缸缸盆盆相比。

缸，是我们生命的容器，滋润着我们，还给予我们儿时的阴凉。夏日，大地像起了火，停风歇浪，放学回来，放下书包，先趴在缸边，喝一口缸里的凉水，再用水冲一冲、浇一浇身子，比如今吹空调、吃棒冰都舒服。而晚上回家，竟发现在水缸里泡了只西瓜，剖开，一吃，甜津津的，不由大叫一声"老娘万岁"！

23

这就是缸的温情。

水缸，乡里人闪亮的眼睛，有了它，农民的日子是那样的鲜活、发亮。

农民更是忘不了永远放在厨房中的腌菜缸，一年四季，腌萝卜、腌青菜、腌豇豆、腌黄瓜、腌大蒜、腌莴苣，母亲总能像魔术师那样，从菜缸里取出各种可口的咸菜，把苦日子调理得有滋有味。

而老农更多关心的是安在屋后的那几只粪缸，除了自家的人粪，老人总是夏踩露水、冬踏霜，天不亮就到野外拾狗屎。就是上街，也都是一副空粪桶挑上街，一担粪水挑回来，没事就到粪缸旁抽袋烟，转一转。仿佛他能从一缸缸大粪里看到丰收的希望，从粪臭里嗅到稼禾的芬芳。

水缸是一种陶土烧制的容器，口大底小，内外有釉彩，呈深青色或红褐色的面容。这是农家灶间的三大件之一，锅灶、碗橱和水缸，成为农家厨房永远的景致。锅灶代表着温暖和温饱；碗橱是孩子们心头的秘密，橱门锁着，看得见，也闻得着，但就是捞不到；水缸则是生命的血液。

水缸有大小，分为一担缸、三担缸和五担缸，在大的寺庙里也见到过放十担水的特大号水缸。阿庆嫂让胡司令藏身的怕是五担缸。大户人家，几十口人吃饭，厨房里并排放着两三只五担缸，有专门挑水的伙计，一天要挑两次水，否则要闹水荒。

富裕家庭的水缸，与平常人家的水缸是有区别的，从质地上说，有粗缸和细缸之分，有花纹缸和平光缸之分。从外表上看，

24

富裕人家的水缸，光滑闪亮，缸外绘着牡丹，盘着龙凤，一副富贵相。而小户人家的缸就比较粗糙，光板子，没花没彩，用的是两担缸，一次挑满可吃上几天，但农民的家里还在水缸旁放一个泔水缸，是将淘米水、洗锅水集中起来，供猪宝宝增加营养。

缸，对于佛教信徒，还有一个特殊的作用，大和尚在圆寂时，都打坐在荷花缸里，在浴火中升天。

从民俗上讲，水缸有水缸神，米缸有米缸神，粪缸也有粪缸神，过年时都要在缸上贴福字。还有"穷灶头、富水缸"的说法，水缸要挑满水，灶下要理净柴，这是防火的经验之谈。

有了缸，乡村里多了一种补缸的职业，补缸时，老年的补缸师傅，右手拿把小铁榔头，左手拿一把小锤子，沿着缸的裂缝一直"笃、笃、笃、笃"錾下去，缸面上就会出现宽约一厘米、深约半厘米的槽，并在槽内填补铁屑和水泥调成的盐生，还要打上"蚂蝗钉"，这样破缸就成为好缸了。

有了补缸，就有了补缸的文化，如云南花鼓戏的"补缸调"、福州评话"大补缸"、湖南花鼓戏"补缸"、淮剧"王大娘补缸"、黄梅戏"小二补缸"等等。

随着时代的进步，陶器缸、盆退出了历史舞台，有了自来水，水缸没用了，有了抽水马桶，粪缸也不需要了，而铝合金工业、塑料工业的发展，又取代了笨重的陶制的坛坛罐罐、缸缸盆盆，所以就不见了陶都的一座座缸山、盆塔。

时光的流逝，虽然带走了农民家庭那一只只缸，但农民那艰辛的劳作、艰苦的日子所带来的精神财富却会一代一代传下去。

斛 桶

斛桶，又叫谷桶，掼稻盆。

斛桶是哪个朝代发明的已经无法考证，是一种传统的脱粒农具，在古农书《齐明要术》和《农政全书》上就有记载。

它适用于水田圩区和高寒山区，在人工脱粒机和电动脱粒机没有发明前，它是水稻脱粒的主要农具。

斛桶，呈四方形，齐大腿高，桶口大于底，像一个敞开的盆子，四围的杉木板上沿略有弧形，四个拐角均有把手便于推拉，桶底内侧光滑平坦，外侧装有 H 形的很粗的两根平行木条，称"泥拖"，便于在水稻田里拖行。

由于斛桶体积大，显得笨重，要搬上山也不容易，农民就将斛桶倒扣过来，由四个农民抬上山，走路时要十分小心脚下的路，而下水田就方便了，它可以在"水上漂"，也可以在"泥里拖"。

打稻时，四个男人分站四角，接过妇女束好的稻把，用力"嘭"地掼在斛桶的桶壁上，一束稻把子正反两面各打两下子就干净了，积存在斛桶里的稻粒叫"斛桶粒"，水淋淋的，装满大半桶就要用稻箩挑上场晾晒。

掼"斛桶粒"是十分吃力的重活，农民们要将潮湿的稻把子举过头顶，用力在斛桶上甩打，"嘭、嘭、嘭"的声音此起彼落，不绝于耳，金黄的稻粒则"刷啦啦"地落下来，那声音犹如"大珠小珠落玉盘"一般美妙。

用斛桶脱粒的好处是便于水田和山地作业，省去了长途挑稻把子的繁重劳动，且脱粒干净较少泼洒，能做到"九成熟，十成收，颗粒归仓"。

在上世纪五六十年代，乡村里大多种籼稻，一种叫"五籽籼"、"银条籼"、"白玉籼"的品种，"又好吃，又好掼，大风一刮要讨饭"，成熟时稍一碰撞就洒粒，用斛桶就成了最好的农具，避免了搬运时的泼洒。

斛桶在冬春季节，又成了农民贮粮最好的用具，在湖南参观毛泽东、刘少奇故居时，都见到了斛桶，刘少奇、王光美的一张合影就是站在斛桶旁拍摄的。

久违了的斛桶，如今已成为历史文物，陈列在农耕民俗园的博物馆里。

箩筐

箩筐，竹编的容器，农民家到了收获季节，一天也离不开它。

箩和筐，其实是两种不同的器具。

箩有稻箩、米箩、糠箩、面箩等等，形容一个人由穷变富，就说：他从"糠箩"跳进了"米箩"。

关于箩的成语和歇后语还有："滴水成河，粒米成箩"，"家家有箩皆白米，户户无筐不棉花"，"好话说了一箩筐，不顶实事做一桩"，"说了七稻箩、八笆斗的空话，没有一句中用的"。

在生产队分粮时，农民从场头上挑回了一箩箩粮食，心里是沉甸甸的，这箩里的粮，麦子吃不到知了叫，稻子吃不到雪花飘，夏荒好度，春荒难熬啊。这箩里装的是好大的一个"愁"！

更有那些人多劳力少的超支户，挑着空箩担，在生产队场头上，挨前滞后，忍气吞声，说："队长，给我们家分两箩吧?""不行，超支户下次再分"，于是只能挑着空箩回家。

茅山脚下，有位村姑，丈夫卧病在床，家里有老有小，等米下锅，她不忍心挑着空稻箩回家，让老老小小失望，于是含着泪水翻过一个山头，来到娘家，请求帮助，好心的哥哥嫂嫂见了急忙接过空箩，从自家米囤里挖出一箩白米，让小姑挑回家。几个孩子欢呼着、雀跃着："队里分粮了，有白米饭吃了！"丈夫问道："队里怎么会给我们这些老超支户分粮?!"妻子强装笑颜回答："村里乡亲同情我们！"

这箩里装的又何止是稻谷、白米，而是人世间的冷暖和亲情啊！

这笭，又何止是装粮装物，还装小孩。在五六十年代，常见小夫妻回娘家，男的挑副稻笭，一双儿女，都才三四岁，一头挑一个，女的挎只元宝篮，捎上糕点、鸡蛋、米酒，一路走一路唱，那风情，那温馨，并不比如今开着小汽车回丈母娘家拜年差劲。

农民砌房造屋，婚庆寿庆，也常见亲朋好友挑着一笭筐寿桃、寿果、寿面和各式各样的花团子、彩团子，前来庆贺，这稻笭上既有八仙过海，又有五女拜寿，就好像一只只五彩缤纷的花篮。

最后，还要告诉大家，我国已故数学大师华罗庚的名字，也和稻笭有关，华罗庚养下来时，他父亲华祥发急忙找来一只稻笭，将儿子放进笭内，所以华老叫罗庚，小名叫罗罗，是靠"稻笭""罗住了"罗家这条"根"！

钉　耙

农具三大件，钉耙、锄头、镰刀，钉耙排到老大，绕也绕不过去。

《辞海》上对钉耙的解释只有一行小字：齿状的农具，翻土、碎土、整地。

但我翻开记忆的仓储，忽地想起了"钉耙精神"。

那是在五十年代初期，办互助组的时候，金坛山区有九户农民办了一个类似王国藩"穷棒子"那样的互助组。

这九户土改中的翻身户，只有"四条牛腿"，但却有一百多亩粮田，麦子上场后，就该翻土、上肥、灌水、插秧了。但靠一条耕牛，怎么能在半个月内耕翻一百多亩麦田？算来算去，也要缺七十多亩田的牛工。

季节可不等人啊。"犁索一断，错过三莳"，"头莳插秧分上下午，三莳插秧就要分上下趟了"。当然，"栽秧栽倒小暑头，又有劳力又有牛"。

可"穷棒子"们不甘心"插三莳秧"啊！三莳秧就是减产秧。

于是就出现了十二把"大钉耙"披星戴月翻地的奇观：

月光下，十二个劳动力"嗬嗬嗬嗬"地挥汗如雨，赤膊大战，腾空一钉耙一钉耙凿下去，就是一大块一大块麦田土翻开来，这钉耙翻土，比牛耕得都深、都透。

他们渴了，喝一口凉水，饿了，啃一根黄瓜。硬是使劲不停地翻土。"不蒸馒头蒸口气","我们要替穷人争光,为互助组争气","没有耕牛,我们也要栽头莳秧"。

在十二把大钉耙的旁边,还有二十多把小钉耙,这是"娘子军"和"儿童团",他们也在用小钉耙翻田边地角。他们说:我们也来麻雀子煽风"小帮忙"。

眼看月牙西沉,晨星眨眼,这一夜"钉耙大战"竟然翻出了二十多亩耕地。

硬是和时间赛跑,他们在三天三夜里用钉耙翻出了七十多亩耕地。

"穷棒子"抢在头莳插完了秧,在全乡第一个吃了"洗泥酒"。

乡政府赠送了他们一面红旗:"可贵的钉耙精神"。有位乡村教师,写了篇"钉耙唱响翻身歌",寄给《苏南日报》,编辑还给加了个副标题:"穷棒子互助组抢季节栽秧记"。

"钉耙精神"传遍大江南北。

这"钉耙精神"是什么?就是自力更生、艰苦奋斗的"南泥湾精神"。

想当年,我们农民搞集体经济时,不都是走的"人拉犁,锹翻土,搓草绳,积农本,卖鸡蛋,换良种"这种奋斗精神吗?

如今,农业实现机械化、电器化了,钉耙早就进了博物馆、农史馆,可"钉耙精神"却永远也不会过时。

连 枷

麦收季节，骄阳似火，场头上"噼噼啪啪"的"打连枷"声响，还有几人记得？

连枷，这一老祖宗遗留下的麦收脱粒农具，怕有几千年历史了。

《齐民要术》和《农政全书》上都有记载："连枷，击禾器"、"连枷响，麦登场。"

连枷柄用细毛竹，枷用竹片铰链构成，操作者持柄使敲杆绕短轴旋转，拍打铺在地上的麦穗，使之脱粒。

我初学打连枷，就老是软塌塌地，是那种有气无力的"噼噼"声，像是给麦穗"挠痒痒"，搞不好还会将连枷打坏。

是老农手把手地教会了我这项农活。

他们说，打连枷使的是腕力和巧劲，关键要掌握好力的平衡，有一点"四两拨千斤"的技巧，你瞧这"噼"的一下较轻，这是重击前的准备动作，这"啪"的一下就是重重的一击。打连枷就是在这样一种轻轻重重、"噼噼啪啪"的过程中进行，一个打连枷的好手，只要"啪啪啪"三下重击，就能使麦穗开花、麦粒落地。连枷飞舞，关键是要能够旋转起来。

打连枷，凭的是一股合力、一股气势。

三十年多前，生产队的打麦场上，一铺就是十几亩、二十几亩小麦，等到火辣辣的太阳晒得麦穗杆起了脆，这时男一队、女一队的连枷手就登场了，一般一队都有二十几人，只见队长一声哨子，连枷手们一字儿排开，伴随着"嗨嗨"、"嗬嗬"的号子，很快响起了如海潮般的打连枷的声浪，飞扬的尘土中，连枷扬起如大雁摆字，连枷击下像追星赶月，"噼噼啪啪"的声浪是那样的火爆、齐崭，一起一落的节奏是那样的协调统一，这一轻一重的敲击又是那样的准确无误。

这时劳动号子好像变成了"丰收丰收"、"加油加油"的呐喊，真让人热血沸腾。

凡参加过打连枷的人在劳动号子的指挥下，都有一种音乐的节奏感，有一种欢呼雀跃的热腾感，在这种场合下，人的意志是那样的统一，人的行动是那样的和谐，人的奋发图强的精神又是那样集中地体现。

参加过几次打连枷，在那股气势的感染下，我好像参加的不是一场麦收劳动，而是参加了一场"场头大合唱"，又像是骑兵跨上骏马，奔腾在辽阔的田野上。

如果说大机器大生产的出现，培育了产业工人组织性、纪律性的可贵品质，像打连枷这样一种类似"场头乐队"的劳动形式，其实也在培养农民的集体合作意识。

脱粒机代替了打连枷，联合收割机又代替了脱粒机，但麦收打连枷那股气势，那种"你追我赶，力争上游"的场景却一直留在我的记忆中。

扁　担

扁担，既有木质的，也有竹制的。

它既是农具，又是工具，还是古代农民造反揭竿而起的武器。

扁担的历史，据古农史记载，已有三千多年，从秦始皇造万里长城到隋炀皇帝开大运河，农民都是使用的扁担。当年陈胜吴广揭竿而起，实际上就是拿起扁担造反。在陕西商洛李闯王的纪念馆里还保留着一根"李自成的扁担"。

扁担，两端较窄，中间较宽，表面光滑平整，一般长度为一百六十至二百公分。山里人用的扁担，两头还安装了用金属包裹的铁尖。

农民，一年四季一天到晚都离不开扁担。"穷灶头，富水缸"，在自来水和煤气还没出现之前，农民每天都要靠扁担挑水担柴维系一天的生活。人们冬天用它开河挖沟，春天用它送土担肥，夏天用它运送瓜果，秋天用它挑粮挑草。

有一位农民诗人，用质朴的语言歌咏他家挑了近百年的扁担："就是这根枣木扁担，祖孙三代，已经担过了百年。爷爷用它挑过江堤，挑过河岸，可他却始终没有挑起作为一个男人的尊严。爸爸用过这根扁担，在大跃进的岁月，用它炼过钢铁，深耕深翻，可是换回的却还是一家人的缺吃少穿。我也曾挑过这根扁担，那已是改革开放的春天，农民有了自己的土地，挑回来的却是连年丰收的甘甜。"

扁担除了和农民"攀亲"外，和码头工人也"生死相恋"，在大吊车没有出现前，码头工人硬是靠一根扁担在码头上装卸，挑来了一船船"煤海"，又挑去了一座座"粮山"。码头工人负重登高，如履平地。更为离奇的是，他们在午休时竟能在一根扁担上打着呼噜睡觉。

　　查查资料，这扁担还真和文化结下了不解之缘，先说扁担诗，在上个世纪的五六十年代，湖北宜昌出了个蜚声中外的扁担诗人黄声孝，他在《诗刊》、《人民文学》、《人民日报》、《光明日报》等国内外一百多家报刊发表了三千多首扁担诗，和我国著名诗人臧克家、郭小川、徐迟等都成了好朋友。在全国的文代会上毛主席和他握过手，周总理为他敬过酒。他的诗作曾用十多种文字翻译到世界各国。他在一首扁担诗中写到："一条扁担压上肩，一把汗水一滴血，一路脚印一身疤，艰难困苦难悠然。挑着大米空着肚，挑着布匹露着肩，挑着柴炭灶无火，挑着砖瓦睡露天。"这字字句句都是对旧社会的血泪控诉。

　　再说扁担舞，在广西红水河畔，春节期间，壮族男女老少，欢快地跳起扁担舞，用扁担撞击长凳，发出"咯咯咯咯"的和谐音响，人们边击，边舞，边歌，这扁担又是乐器又是道具。

　　再就是扁担歌，一曲"黄杨扁担软溜溜，挑担白米下酉州，人说酉州姑娘好，酉州的姑娘会梳头"的四川民歌，被李双江唱遍了大半个中国。还有"小扁担，三尺三"的湖南民歌，更成了"辣妹子"宋祖英的保留节目。

　　扁担，作为文艺道具，更多的是为人民带来欢乐，但作为一种劳动工具，更多的是担着艰辛，担着生活的重负。扁担，如今在农村使用的人是越来越少了，但在山城重庆，仍然是朝天门码头的保留节目，成千的"担担帮"靠着一支小扁担迎送旅客，甚至"肩挑满担上高楼，扁担压弯颤悠悠，下得楼来犹喘气，遍身汗水往下流。"

农　船

　　江南水乡，沟渠纵横，河川如织，三里一桥，五里一渡，形成了独特的水文化、桥文化、船文化。

　　有一年仲春，我和季全保、西江月等常州龙网的网友一起，游览兴化市的万亩油菜花，见到了久违的木质农船，成百上千的游客，坐在被桐油油得黄澄澄的木船椅子上，一边品茗，一遍观赏一望无际的油菜花。只见船夫撑篙，船娘摇橹，在弯弯曲曲花团簇锦的菜田中间穿梭。几十条农船首尾相接，相互照应，田歌对唱，乐器奏和，使人们仿佛置身于"菜花园"中，来到了"世外桃园"。

　　据兴化报社的同仁介绍，在上个世纪的六十年代，兴化四十八万农户中，拥有六十多万条农船，人人会水，家家弄船。农人用船上工收工，运送肥料，收割庄稼，迎亲嫁女，拜年张节，走亲访友，接送学生，上街卖粮，进城办事，检查生产，冬训春训，礼送新兵，进场赶集，乃至看戏、看电影，几乎乡村所有生产、生活、社交、农事活动，都离不开农船。

　　我们常州地区，虽没有兴化农船多，但每个生产队至少有三五条船。在金坛茅山香汛期间，烧香的香船敲着"铛铛铛铛"的铜锣，插着杏黄旗，从四面八方向茅山进发，那阵势也蔚为壮观。有首民唱歌道："三月三，千条香船朝茅山，头船已到青培桥，尾船还在古龙山"。

　　农户使用的农船，一般都是手摇的，一条船上两人，一人在船头撑竹篙，把握方向，避免与其他船只相撞，船尾一人摇动木橹，通过一推一扳，让船向前移动，遇到顺风顺水，就扯起船帆，扬帆行船，没有风时，就上岸沿着纤道背纤拉舟。

开始学摇船的人，不懂一推一扳的技巧，经常将船橹滑了掉下来，只能当个助手，帮助摇橹的人吊傍，握住橹绳，学习技巧。

坐农船观赏沿途风景也是一种趣事，沿途经过几座桥、几个村落、几处竹园果林，一草一木尽收眼底，有时高兴了，还可与船农一起哼哼船夫号子，唱唱船歌。

木质农船，使用方便、灵巧，但保养起来很费力，到了夏季，船要上岸"伏修"，用麻丝拌上油灰修补破损，还要涂上一层层桐油进行保养，对烂掉的船板还要拆旧换新。

随着生产的发展和社会的进步，用钢丝网浇铸的水泥船渐渐代替了木质农船。水泥船不仅体积大，装载多，而且使用年代长，行驶平稳，保养方便，容易清仓，防火防腐，行驶的速度也不比木船慢。

生产队的水泥船大都用于平时村头、田头的短途运输，如运猪灰、运稻把、麦把、罱河泥、送公粮等等，但也有来去八十里的进城装氨水的长途运输。

年年冬季，都要去金坛县城北门外的化肥厂装氨水，回来给麦苗施肥。船上三个人，遇到顺风顺水，行船还算舒服，遇到逆风行船，就是苦差事了，船头一人用竹篙使劲地撑，船尾两人，用木橹拼命地摇。特别到了白龙荡，一望无际，无风也有三尺浪，遇到大风大雨，那装满氨水的水泥船，简直就是在地狱门前打转，心都吊在喉咙口，连吃奶的力气都用上了，船才像蚂蚁爬行那样前进了十几米，就这样穿着湿衣裤与风浪搏斗好几个小时，船才进入内河，紧靠岸边，这时三个人全都瘫倒在船上，捡了条命似的直喘粗气，那真不是人过的日子啊！

当然，乘船也有欢乐的时候，那就是，陪新郎官去接新娘。当时已经是半机械化的挂桨船了，一般是三条船一起去，一条船装嫁妆，一条船载亲友，一条船载新郎新娘和乐队，且不说来去好吃好喝，乐队吹吹打打，遇到村庄和桥就放炮竹，就是沿路"闹新船"也十分热闹。所谓"闹新船"就是水手随便说个理由，如船坏了，没油了，将船停下来，逼新郎新娘表演节目，要他们唱歌唱戏，又是咬香蕉、苹果，又是喝交杯茶，又是拥抱接吻，反正将"闹新房"的一套节目，提前预演，直到新郎和媒人又是敬烟，又是发糖，又是发红包，让大家满意，喜船才继续前行。

水　车

　　龙骨水车，现在许多景点都有摆设，年轻人和洋人都抢着爬到这古老玩意上去一试身手。

　　其实不远的过去，它一直是很实用的农具。

　　古农书记载，龙骨水车在我国已有一千八百多年历史。苏东坡《无锡道中赋水车》诗中，说它是"翻翻联联衔尾鸦，荦荦确确蜕骨蛇"。

　　它有双人轴、四人轴甚至还有六人轴的。过去没有抽水机，"三吴"大地上的农民，车水灌田、抗旱全靠它。

　　夏季，田横头、大河旁。到处可见它们架在"当车口"，车水的人手扶车杠，像走路似的踏动车拐，通过联轴的齿轮，驱动长长的龙骨水链，由装在木链上的刮板将河水刮入槽管，流入田间灌溉久渴的禾苗。

　　遇大旱天或是出大水，农民"磨断轴心，车断脚筋"，没日没夜地车水，白天顶着一头烈日，夜晚披着一身星星，有时一天一夜车下来，脚下走路像踩着棉花，一点力气也没有。这种"头一伸脚一蹬，白天车水夜里哼"的滋味，今人是无法体会的。

　　至夜晚，四野又是另一番景象：一眼望去，水车上挂着的星星点点的灯笼和夜空的星星交相辉映，农民们敲着"哐哐哐哐"的破锣，尖着嗓子唱起"数墒歌"，伴随着水车"吱吱呀呀"的呻吟，此起彼落，忽近忽远，遥相呼应。

　　隐约记得有首车水"数墒号子"的词：一啊一更鼓儿响，一芽残月出苇塘，蛙声咯咯如雨点，萤火闪闪追逐忙；二啊二更鼓儿响，长旱禾苗心花放，露水落得背肩湿，不见汗水见盐霜……

山民抗旱更艰辛，从山顶高田到山下大河，几十米高的扬程，一垛水一般只有两米，要将河水一垛一垛翻上山，经常要架起二三十部龙骨水车，像接力棒那样，将救命水往高处引，浇灌稻田开裂、禾苗卷心的庄稼。

车水这农活，看着是轻巧，光着脚板在车拐上"走路"，时而慢悠悠地，时而又踏得飞快，车口飞起白晃晃的水花。但真的爬上水车，双手紧紧抓住横着的车杠，低头盯着脚下滚滚而来的"车拐"心里就发慌，明明是看得好好的一脚踩下去，稍不留神就要踏空，被"吊田鸡"挂在车杠上大喊大叫，惹得熟手在边上大笑。但万事开头难，蹬啊蹬的就熟练了。一步蹬，步步升，扬起水花笑出了声，也就能跟着农民车水数墒唱山歌了。

车水数墒一般是这样的：

在水链上系一根红布作为记号，车一圈水就数一根草棒，一般以五百圈为半墒，一千圈为一墒，数完一千根草棒，车完一墒水就可以下车杠稍作休息了，跳进大河"哗哗"痛痛快快洗个爽身澡，捧起海碗"咕咕"喝碗大麦凉茶舒舒服服歇个凉。

一般情况下，脚踏三四十步才有一圈水，要数完一千根草棒，在车拐上脚踩三四万步，相当于负重跑十几公里山路。

在龙骨水车上车水，还有个特别处：不管是四人上车还是六人上车，这动作还必须统一，步调必须一致，要齐心协力才能出水。不能说你用劲我不用劲，你用快步我用慢步，你蹬一脚我偏要蹬两脚，那就乱了套了，那就车不成水了。

41

洋　龙

估计四十岁以下的朋友，对"洋龙"不会有什么印象了。

洋龙其实就是戽水机，可能是较早从国外引进的农业机械了，和"洋油、洋火、洋钉"一样，因为是舶来品，就都叫它"洋龙"。

上世纪的三十年代，在鲁迅、茅盾、郁达夫等笔下的乡村里，"洋龙"这个词出现频率不低。而"洋龙坝"、"洋龙埂"、"洋龙渠"、"洋龙垜"、"洋龙船"、"洋龙鬼子"这些名词，也在早先的文字中经常现身。

尤其苏锡常、杭嘉湖一带富庶乡村，更是抢先用"洋龙"来取代人力和牛力戽水，成为水稻产区较为现代的排灌工具。

我最早接触"洋龙"是在五十年代。

每到插秧季节，就有洋龙船"嘭嘭嘭"地戽着水、冲着浪，很威武地从城里开下来，将小面盆粗的铁管子架在"洋龙埂"上，然后发动机器，将大河里的水抽到十几米高的水渠里去，清清的源头活水哗啦啦沿着主渠、支渠、斗渠、毛渠一直流淌到稻田里去，滋润着禾苗的生长发育。

洋龙有"座龙"和"船龙"之分。

一般在高田用固定的"座机"，人们称它为"座龙"；在圩区用流动的"洋龙船"，人们称之为"船龙"。

在少年眼中"洋龙"可是个了不起的"庞然大物"，它安装在一条二三十吨的大木船上，因为它是单缸机，就显得特别的笨重，一台机器足有两三吨重，不像如今的三缸、四缸柴油机那样轻巧。

整个"龙身"占据了船的前舱和中舱百分之七十的位置，发动机有一人多高，牵引两只大飞轮，比乡村磨坊的石磨还要大。

开机时，长长的皮带牵引着飞轮快速地旋转，发出震耳欲聋的吼声，使整条"洋龙船""嘭—嘭"有规则、有节奏地抖动，张开"铁口"，将大河里的水通过粗粗的"龙口"，喷珠溅玉般抽到高垛上去。

它可真是一条名副其实的"龙"，既不要吃草，又不要加料，靠一点儿油，就能灌溉村庄上五六百亩农田。只轻轻巧巧"吼"上一天，就抵得上三四十部龙骨水车、一百多个壮汉累死累活的劳动。

这铁家伙真厉害，能将大河里十几斤重的青鱼、草鱼、花鲢鱼，一轧两段地打上来。在"洋龙口"安上一张铁网，每天就有吃不尽的鱼。

孩子们喜欢猴到"洋龙船"上去，和"洋龙鬼子"作伴，看他们修机器，听他们在停机时说古今，在"洋龙船"上睡觉，尽管"抖"得厉害，但抖得人"松皮松骨"，抖得人昏昏欲睡，不用催眠，就睡着了。

最吸引人的，是和城里来的"洋龙师傅"一起袒胸露背喝酒吃鱼，听他们说城里和乡间的趣闻逸事。

农人尊称"洋龙鬼子"是"降龙罗汉"。

到了发洪水破圩的要命时刻，眼看着家园被淹，房倒屋坍，圩堤内不见了青青禾苗，不见了袅袅炊烟，不见了鸡鸣狗吠，眼望去就是滔天白浪、白浪滔天，心里惊恐无助得很。

这时，只听见大河里由远而近地开来了几十条"洋龙船"，"嘭嘭嘭嘭"地响成一片，赤脚爬天站在圩堤上的农民就一个个绽开紧锁的眉头，雀跃奔走："洋龙鬼子来了，大圩有救了！"

顾不上休息，"洋龙师傅"立马就在圩堤上将机船一字儿排开，挖沟的挖沟，接管的接管，加油的加油，点火的点火，摇机的摇机，很快就只见几十条"白哗哗"的"水龙"大显威风了。

大概也就三两天，水便退了，田也现了，树也绿了，圩堤里又是一派勃勃生机。

乌 头

传统的水田稻作农业中，艰辛的农活又何止是犁田、插秧，单单水稻的田间管理，就够苦够累。

"三交乌头四交草，一次也少不了。"据说，水稻的田间管理上少做一次"生活"，就少掉一层米油，有经验的老农只要看一看稻草，颠一颠稻谷，就知道这劳动的果实是缺水了，缺肥了，还是缺少了一次耘稻的过程。

当然懒人也有懒种田的办法，他们搞田间管理大都是"大草一掐，小草一捺，浑水一搂，拔脚就走"，其结果当然是"人误地一时，地误人一季"，"伏天不耘稻，秋后要懊恼了"。

乌头，是一种古老的农具，在《辞海》、《辞源》上找不到这个词条，但在《农政全书》上记有"耘荡"的说法："形如木屐而实，长尺余，阔三寸，底列短钉二十余枚，其上安竹柄，柄长五尺余，此种农具用于江浙一带水田的中耕除草，这大概就是乌头。"

为什么此种耘荡农具会叫作乌头呢？

民间流传这样的说法：舜死后，葬会稽，感动鸟禽，出现了百鸟耘田、千象耕地的奇观，这就是"象耕鸟耘"的神话故事。

而乌头柄的顶部，大都安装了一个形如鸟头的木柄，开始叫"鸟头"，后感到不雅，改称为乌头，以纪念鸟耘，这种说法虽未经考证，但在《辞海》上却记有"鸟耘"的辞条。

讲白了，推乌头就是给禾苗梳妆，就是给稻棵抓痒，是秧苗最舒服不过的事。

推乌头是水稻田的中耕除草，起到松根、活土、除杂草的作用，改善水稻生长发育过程中的肥水土壤环境，有利稻苗的发棵分蘗。

推乌头这农活，看似轻巧，动作甚至有几分洒脱：水田中央，耘稻人手执耥杆，稻行中推来耥去。面对习习凉风，耳闻哗哗水响，大步流星，好像持枪操练的士兵，又如骑行在绿色骏马上纵横驰骋。吼一曲耘田号子，的确蛮有诗情画意的浪漫色彩。

但要棵棵耘到，处处耥平，而且要用劲拉三四个来回。这中间还要拔除夹在禾苗中的稗草，拉掉缠在秧行中的藤蔓，这就不是一件容易的事了。

初学推乌头的人，不是推得太深，就是拉得太浅，不是耘倒了黄秧，就是漏掉了杂草，在水田中端着把乌头，磕磕碰碰，站也站不稳，更别说去耘耥了。

所以老农的话一点也不错，换一次农活，就要换一副骨头。

这乌头一季要推三次，还要弯腰驮背地在水稻田中拔四次草，可见手工劳作时代，大米饭真不是这么好吃的。

最为艰难的我看要算是手足胼胝的"爬行"了。"爬行"又叫"跪耧"。艾煊跟我说过，这大概有一点谷物崇拜的意思。

这农活在小暑到大伏之间进行，是水稻烤田前最为艰苦、最为累人的一项农活。尽管"爬行"是选在清晨和傍晚进行，但也热得要命。

"爬行"时，稻田里只留下了渍渍的水，人穿了长衣长裤，把袖管、脚管扎得紧紧的，一前一后地跪在稻耧间，双手不停地在稻行中抓、捏、挤、捋、抹，将稻行中的杂草连根拔除，将稻棵周围的泥浆捋平，再将杂草塞进泥土中去化害为利，要将整个儿一块稻田捋得溜光，滑得像一块玻璃，个中描龙绣凤的细功可想而知。

这时稻叶刺人，蚊虫叮人，蟥丝扰人，牛虻咬人。密不通风的稻耧中，汗水顺着头发、额角、眉毛、鼻子、腮帮、颈项直往下流，汗水淋湿了头发，迷糊了双眼，湿透了衣裤，直热得人连呼吸都感到困难。

好容易一行稻爬到头，便一个猛子扎进河，清清身子洗洗手脸，咕噜噜在清澈的河中畅饮一番。

这时最惬意的，便是平躺在水面上，面对蓝天白云，再也不想爬起来。

现在松土都依赖机械，除草就靠农药，推乌头、爬行的苦活计不会再被想起来。

少了汗水，随你怎么侍弄，稻米是再也没有从前那么香了。

47

畚 箕

畚箕，又名粪筐、泥筐、畚篓子。

畚箕在古时用荆条、草绳或蔑竹等编成的筐类盛器。

畚箕，既是农民常用的小农具，又是城里人搞卫生时不可或缺的用具。

当年知识青年下乡，农民给知识青年准备的礼物，少不了锄头、扁担、畚箕三大件。

一年四季，农民挑猪灰、挑河泥、挑土杂肥、挑草塘泥、上河工开河总离不开畚箕。

古人种田，也是用畚箕，这在《左传》、《楚辞》、《晋书》上都有记载，《晋王猛传》说："猛少贫贱，以编箕为业。"据说关羽幼时既织过蒲包，也编过畚箕。

愚公移山时，子子孙孙挖山不止，用坏的畚箕又何止千万。

据某报记载：海南有位当代愚公，为了帮助村里人修通一公里多出山的"羊肠小道"，从六十八岁到九十二岁，整整修了二十四年山路，用坏锄头十六把、手推车七辆、畚箕一百四十六副。开始时，有人称他"傻大爷"，还有人说他"修路是为了收钱"。可老人硬是"挖山不止"，为了修路编畚箕，他砍光了自家一片小竹林。如今，羊肠小道成了机耕大道，两部小轿车能并行。老人成了"人敬人爱的活雷锋"。

无独有偶，在浙江杭州城里，又出了个"畚箕王"何坤才，从七十八岁到九十岁，在十二年里他自费编制了一千两百多只畚箕，发给社区的二百多户居民和二十多位保洁员，让他们搞好家庭和社区的环境卫生。每年的三月五日和七月一号，就是他义务送畚箕的节日，他说我选这两个日子，一是为了学雷锋；二是为了向人民交党费。他是老党员，又是市劳模，被杭州人称为"畚箕王"。

畚箕，虽然离开了田头，但它却永远也离不开城乡人民的家庭。

如今，畚箕的种类多了，有塑料的、铁皮的还有不锈钢制作的。

畚箕，还和文化有一点关联，在现代京剧《龙江颂》里，江水英有一段优美的唱词："见畚箕似见亲人在盼水，九万亩良田旱情危，见畚箕千丝万篾情可贵，后山人抗旱的意志不可摧"。

在文房四宝中，有一种名砚，就叫"畚箕砚"，是乾隆皇帝的御用砚，那可是国家的一级文物。

还有两句谚语："笤帚离不开畚箕，老夫离不开老妻"，"顶头管下司，锄头管畚箕"。

蓑 衣

前些时去金坛山区扫墓，在一位山农家里的墙壁上忽地发现了一件久违了的棕制蓑衣，已有四五十年看不到它了，真像发现"出土文物"那样惊喜。听主人说，这是他老爷爷留下的"古董"，怕有上百年的历史了。

蓑衣，在乡间是农民最好的挡风遮雨的工具，是雨天一道亮丽的风景。

雨季里，农民下麦田排水，到秧田排涝，头戴斗笠，身披蓑衣，扛一把铁锹，冲进雨帘中。夜晚，还会多一盏马灯。其实，一件草编的蓑衣，压根儿也挡不住狂风暴雨，只能是雨天背蓑衣，越背越重。

为了稼禾，为了土地，就是没有蓑衣，庄稼人也会冲进雨中。

牧童穿着蓑衣放鹅、放鸭、骑牛泅渡；村姑穿着蓑衣采茶、采桑、采红菱；渔民穿着蓑衣拉网、叉鱼、钓黄鳝；农人穿着蓑衣犁田、插秧、挑肥、罱河泥。蓑衣总是和农民相依为命。

蓑衣起源很古老，《诗经·小雅·无羊》有云，"尔牧来思，何蓑何笠。"柳宗元《江雪》诗："孤舟蓑笠翁，独钓寒江雪。"苏东坡《渔夫》诗；"自庇一身青箬笠，相随到处绿蓑衣。"《牧童》："草铺横行六七里，笛弄晚风三四声，归来饱饭黄昏后，不脱蓑衣卧明月。"

旧时，乡间的蓑衣有的是用棕皮缝制的，有上衣和下裳。上衣像件大坎肩，披在肩上，露出两条胳膊便于劳作；下裳像件围裙，长及膝盖。也有的蓑衣是用蓑衣草制作，蓑衣草是生长于山边、河边的一种野茅草，有一米长，没节巴，柔软，用它制作蓑衣价廉、轻巧、保暖、透气，且有药用价值，还不宜腐烂，一件蓑衣一般可用三四年。那时，乡间农民家的土墙上，都挂了好几件这样的蓑衣。

农民穿蓑衣，大都和斗笠是配合在一起穿的，要不然雨水会从脖子里灌进来，那就成了落汤鸡。

一蓑烟雨任平生。诗词曰：青箬笠，绿蓑衣，斜风细雨不须归。那是诗人的浪漫，其实，毛毛雨，微微风，是压根儿用不着穿蓑衣的。为了省钱，农民更愿意用他们那古铜色的肌肤，光着脚，在泥里水里守护着禾苗。农民本就是泥土的命，从泥土里来，还是要回到泥土里去的。据说，农民长年裸在太阳下晒，皮肤晒成桐油色，雨点子打上去，闪一闪，滚一滚，就没了。就像油布伞，有一层保护层，一般暴雨是侵不入体内的。

随着塑胶工业的发展，更多的胶布雨衣、塑料雨衣取代了草制的蓑衣，蓑衣早就进了农耕文化的博物馆了。但在雨夜中，农民手提马灯、头戴斗笠、身穿蓑衣、为秧田开缺放水、护着翠绿秧苗的形象却永远定格在了我的大脑深处。

草　鞋

"苏区干部好作风，自带干粮去办公，日穿草鞋下田去，夜点灯笼访工农"、"打双草鞋送情郎，南征北战打胜仗"、"脚穿草鞋跟党走，刀山火海不回头"。在井冈山、延安、太行山等革命历史博物馆里，当年红军、八路军穿过的草鞋总是被陈列在这里，草鞋被喻示成"奋斗鞋"、"革命鞋"、"廉洁鞋"，成了传统的象征。

从秦汉出土的陶俑脚上穿着草鞋证实，早在三千多年前，中国商周时代就出现过草鞋。

草鞋，最早叫"扉"，相传是黄帝的臣子不则创造发明的。

汉代称草鞋为"不借"，《五总志》记载："不借，草履也，谓其所用，人人均有，不待假借，故名不借"。

过去我一直认为草鞋是穷人的"专利"，如今读了一些历史书才知道，汉朝时皇帝也穿草鞋，汉文帝刘衡，"履不借以示朝"，他穿着草鞋，上朝办公，百官争效，一时京城里草鞋价格卖得比布鞋都贵。

《三国演义》里的刘皇叔，就是靠打草鞋、卖草鞋起家的，"刘皇叔草鞋"至今乃是北方一个城市的品牌。

在古代，文人、雅士与侠客也以穿草鞋为飘逸、洒脱、超然，孔子、老子、庄子都穿过草鞋。

"竹林七贤"在一起吃酒、咏诗，竟然搞起了"草鞋诗会"。

"竹杖草鞋轻胜马，一蓑风雨任平生"，苏学士既是打草鞋的高手，也是穿草鞋的行家。

草鞋文化是中国传统农耕文化的组成部分，据我所知：有《草鞋县令》、《草鞋状元》的"草鞋戏剧"；还有《红色娘子军》跳的"草鞋舞"，还有张明敏唱的《爸爸的草鞋》等"草鞋歌"。

草鞋更是我国南北方农民下地干活、上山砍柴、登高采药、林区狩猎、长途跋陟时常穿的鞋。

草鞋既防水，又透气，它轻便柔软、防滑且廉价，还有按摩保健功能，深受农民欢迎。

特别是夏天跑长路，穿上草鞋，清爽凉快，软硬适中，步履敏捷，两脚生风。

制作草鞋的原料有稻草、蒲草、玉米皮、麦草、桑树皮、棕皮、布条、芦花等等，东北人也有用乌拉草打草鞋的。在我们江南地区，主要用稻草打草鞋。

在湖区，用芦花制作的草鞋叫"芦花鞋"，又叫"芦窝子"，冬寒天穿在脚上，可以"从脚心暖到手心"，比如今用空调都舒适。

如今，有工厂化生产的"中国结草鞋"，花色品种繁多，造型新颖美观，是广交会上畅销的出口商品，在柏林、巴黎、纽约等国际大都会的街头，夏令季节，青年男女穿"中国结草鞋"在街头漫步，成了"潇洒一族"。当然此类草鞋的原料，主要的已经是绵织的布料了。

过了雨水节气，正是打草鞋的季节，有兴趣的话，不妨打一双草鞋，在出外旅游时穿一穿，也过一把草鞋瘾。

鸡 公 车

上世纪初五十年代，我在粮库收公粮。每到交公粮的季节，通往集镇粮库的石板道上，就会拥来上百辆"吱吱呀呀"的独轮鸡公车，车头上插面"多卖爱国粮，支援工业化"的小旗子。车辆从街头排到街尾，将三里长街塞得满满的。

因为年复一年的独轮车碾压，故乡村集镇的石板路中间，都压有一道深深的凹槽。遇到上坡，推车人就会双手紧握磨得锃亮的桑木车把，肩上搭着麻绳车带，下肩沉腰，身子前倾，两只胯骨大幅度地扭动着，将身子弯成一张弓，嘴里"嗬嗬嗬嗬"地使着劲，将重载的鸡公车推上坡来。

当然了，这种鸡公车也可以两个人操作，一个在车后面使劲推，一个在前面套绳拉车，拉车人反手攥着绳子，身子前倾，配合推车人一步一步朝前挪动，就像纤夫拉纤一样。

可别小瞧了这种简单的运输工具，在拖拉机没有出现前，它可是农村的主要运输工具。

鸡公车，木头制成，两个扶手、一个轮子，前端像一个昂起的"鸡头"，车身约四五尺长，独轮，轮子上部装有凸形护轮木条、铁板，用于坐人或载物，车不动时它像一只独立的公鸡，一动起来，它能载动几百斤乃至上千斤的东西。

独轮的鸡公车，它既能行走在康庄大道上，也能行走在山间的羊肠小道、独木小桥和乡间的小小田埂上。

淮海战役结束时，陈毅同志曾说过：这场战争，是靠山东人民用小车推出来的胜利。

我们就是靠老百姓的鸡公车，推出了一个"人民共和国"。

有一首顺口溜说："鸡公车，真正好，不吃油料不吃草，战争年代去支前，建设时期运粮草，农忙季节运庄稼，农闲赶集看热闹。"

有资料说：这种木制的鸡公车，是《三国》时期诸葛亮在西南作战时发明的"木流牛马"。

有位老农说起驾驶鸡公车的经验："推车并不难，只要用点心，一要眼睛灵，二要手撑平，三要脚撑开，四要腰打伸，上坡要弓腰，下坡往后绷，背带要绷紧，平路要稳行，转弯悠着点，过桥须当神。"这可称得上是经验之谈。

如今，乡村都通上了公路，用上了机动车，鸡公车也退出了历史舞台，但作为农民运动会和乡村旅游，鸡公车仍然是一个旅游项目和运动项目。

据说独轮的鸡公车集"惊、险、奇、巧、美"于一体。它可以锻炼人的平衡技巧和神经的反应能力，使肩、背、腿、脚、腕都能得到锻炼，增强身体的灵活性和技巧性。

而在农家乐里，开着宝马、皇冠的城里人，非常乐意花钱坐一回由农民推的鸡公车，来领略一下木流牛马的感觉。

牛车篷

吱吱嘎嘎的"牛车",已几十年不见。这是一种用牛力提水的工具,现今只偶然在山水画中才能见到。

儿时暑假,赤日炎炎,牛车篷就成了纳凉好去处。这里,草木葱茏,一面紧挨大河,一面连着稻田,八面透凉,一处绝妙的清凉世界。在这里读书、休息,什么烦恼、忧愁都会被满眼的绿色洗涤得干干净净。

六根或是八根石柱子,撑着一个八面来风的圆溜溜的草篷,草盖得很实,倒戳进去,一层层很整齐。现在公园里人工搭建的草亭,大概就是对牛车篷的复制。中间竖一根木头轴心,轴心连着车盘,盘有四五张圆桌大。盘的边沿,凿着一个紧挨着一个的木齿轮。老水牛拉着轴心转,轴心连着车盘跑,车盘的齿轮又牵动了水车的槽板,沿着槽管一直伸向河中央。就这样一圈圈、一轮轮、一板板地,把大河里的水提上岸,哗哗地流进稻田,浇灌和滋润着碧绿的禾苗。

这样的提水工具不像里下河一带的风车,车轮随风转,好像并不费多大的功夫,得力于老天爷的恩赐;也不像山里人翻水抗旱那样艰辛,"踏破脚心,磨断轴心",它看似漫不经心,其实有板有眼,一环连着一环。

牛车篷里最辛苦的要数蒙着眼的老水牛了。肩上套着架,永远围着轴心一圈又一圈地画圆。但比较起推磨和耕地来,可能要轻松得多,它不必躬着身子在泥水里使劲拉犁,也不需喘着粗气在又热又闷的磨坊里拉磨，更不要受响鞭的惊吓。它听着吱吱嘎嘎车轮的慢唱和哗哗的流水声，消受着一阵阵徐来的清风，迈着稳健的步伐不紧不慢地走着，偶而还能听到悦耳的蝉鸣和牧童的对歌。

牧童的牛车号子，哼起来非常地动听，悠扬、清亮，拖声委婉，一个"啊"字有时拖两三分钟，且变化多端，像云雀放歌，一会儿贴着水面，一会儿又高入云中。

牛车号子的内容大多以欢快、流畅的情歌为主，有时也唱悲歌、苦歌，如孟姜女过关、秦香莲告状等，唱来如泣如诉，催人泪下。走村串户的算命瞎子，赶码头跑场子的江湖艺人，有时路过也到牛车篷来歇凉。这时，在稻田中耘耥除草的农民便会围拢来，献上一碗大麦、竹叶茶，请艺人说故事。记忆中许多狐仙鬼怪、才子佳人的故事，最早都是从牛车篷听来的。

牛车篷是水乡孩子们的"游乐场"。车水的槽板常将大河里的罗汉、川条鱼带上来，在水渠里嬉游，孩子们脱下汗背心，权当渔网，在出水口"张漏斗"，有时收获颇丰，就用来"煨野锅"改善一下生活。玩累了，疯够了，就坐在牛车盘上说故事，说不出来的罚割一篮青草喂牛。

牛车篷也是农村青年谈情说爱的场所。每到入夜，牛车篷就成了恋人们说悄悄话的地方，那满天的繁星，那一闪一闪的流萤，更增添了几多"牛郎会织女"的神秘感……

如今农村的灌溉早已被机灌、电灌所取代，牛车篷也早进了农耕博物馆。但田园牧歌的画面却还在吱吱嘎嘎地转动在逐渐老旧的记忆里。

秧马与秧船

中国古代农耕文明灿烂辉煌，在研制传统生产工具方面，中华民族作出了巨大贡献。如今在一些农耕博物馆里，还能见到旱地犁、耙、耱、碌碡、耧车、辘轳、水车等传统农具。我曾在江都某批发市场一个不起眼的角落，邂逅一批上世纪五六十年代的传统农具，其中秧马、秧船勾起了我童年的回忆。

秧马，又叫秧凳，是水稻田插秧时用的"坐骑"。秧马大约出现于北宋中期，最初是由家用四足凳演化而来，基本结构是在四足凳下加一块稍大的两端翘起的滑板。因为有四条腿，使用的姿势好似在骑马，在秧田中使用，所以人们形象地称为"秧马"。秧马的使用方法：操作者坐在秧马上，身体略前倾，两脚在泥中稍微用力一蹬，秧马就可前后滑行。

据史料记载，苏轼于元丰年间谪居黄州，在武昌的畦田里"见农夫皆骑秧马"，这引起了他浓厚的兴趣。他仔细观察发现，秧马"以榆枣为腹"（易滑行），"以楸梧为背"（体轻），首尾翘起，中间凹进，形似小船，农民骑在秧马上拔秧，"雀跃于泥中"，"日行千畦"。拔秧时轻快自如，没有猫腰弓背的劳苦。秧马的另一作用是"系束其首以缚秧"，就是把束草放在前头用来捆扎秧苗，极为便利。苏轼对秧马大加赞赏，每到一地即宣传推广。苏轼被贬惠州（今广东惠州），南下途经庐陵（今江西泰和），遇见《禾谱》撰者曾安止。苏轼遂作《秧马歌》相赠，该诗对秧马的形制及作用作了详细描述。后人将《秧马歌》刻成石碑（现藏于泰和县博物馆），使其流传久远。至今，秧马在南方农村仍在使用。使用过秧马的农妇记忆犹深："坐在上面插秧，腰板不痛屁股痛！"

秧船其实不是船，只是两条长一米五、宽六七十公分，弯弯地像月牙，固定在一起的船形秧苗运载工具。在江南一带农村，秧船是插秧必不可少的农具。盛夏，秧苗从秧母田里拔出，秧船浮在水田能装载三四百斤秧苗，两条秧船绑在一起，既稳当又灵巧，农妇只要用手在船梆上使劲一推，秧船便在水面上轻盈地荡开了。

南宋诗人、词人陆游曾在《初夏》诗中提到过秧船："已过浣花天，行开解粽筵。店沽浮蜡酒，步檬载秧船。"这首诗从另一个角度印证了，秧船早在宋代就成为农家传统的生产工具。

粪桶与料勺

"庄稼一枝花，全靠肥当家。"

大粪，是农民种瓜、种菜、种粮的当家肥料。

"夏秋之月，可以粪畴"、"深耕细锄，厚加粪壤，以助地力"，古时，农人积粪肥、垭田，在《国策》、《论语》、《论衡》上都有记载。

农民浇粪，离不开粪桶、粪勺。

早在二十多年前，城市环卫工人拉粪时也离不开粪桶。

文革前，北京市掏粪工人时传祥，一辈子背了三十多年粪桶。

时传祥当全国人大代表时，有一张和国家主席刘少奇合影的照片，刘主席说："你当背粪工人，是为人民服务，我当国家主席，也是为人民服务。"

时传祥说："可有人说我们脏，不让我们看电影。"

周总理说："你们用一人脏，换来万人洁，你们是北京市最干净的人。"

二十多年前，评比卫生城市，检查团下去验收时，竟然不准郊区农民挑粪下菜田浇粪。

当时，我写了篇"不准浇粪"的杂文，发表在《雨花》上，我说乾隆下江南时，尽管排场搞得很大，但农民田照耕，牛照放，粪照浇，从来也没下过不准农民浇粪的圣旨。如今怪了，一方面批评农民种的瓜菜不甜，一方面又不准农民浇粪，没有大粪臭，哪来的瓜菜甜啊！

前些时，看到一篇文章写挑着粪桶写作的当代作家韩少功，说他在乡下农民家体验生活，和农民一起挑粪种菜。

作家挑粪桶，如今算是奇闻了，但从古至今，苏东坡、施耐庵、郑板桥、曹雪芹、赵树理、柳青、贾平凹、汪曾祺、高晓声谁没有下过乡？谁没有挑过粪桶？

就是现在的中国作协主席铁凝，也浇过粪，也种过地，也挑过粪桶，她在文章中写道："人粪可是农民家的宝贝啊，人们都称之为大粪，是很大、很金贵的啊！"

农民挑粪桶，下菜田浇粪，是很有讲究的，在拿起料勺时，先要轻轻地"嘘、嘘、嘘"三下，那意思是说：我要浇粪了，孤魂野鬼，过往神灵，请你们避让一下，不要熏着你们。这是一种民俗，按照老人的说法，田有田神，谷有谷神，还有些没有户主的游魂野鬼，浇粪前要提前给他们打一声招呼。

如今，城市乡村都用上了化学肥料，也看不到粪缸、粪桶、粪勺了，但不浇粪长出来的米、面、瓜、菜，那滋味、那口感也大大不如从前了。

如今有些农民"被上楼"，住进了社区的居民点，居民点里只准种草，不准种菜。但有些老人硬是偷偷摸摸半夜三更从楼上下来，撬开化粪池，用粪桶偷粪，在家前屋后，铲净草坪，浇粪种菜。为此有些农户还受到了处罚，说他们"不卫生"，但农民笑着回答："你们回去磕个头，问问你们的祖宗吧，谁说浇粪就不卫生了?!"

品评农时

立春雨雪连绵绵，老翁选种在屋沿；

惊蛰隆隆闻雷声，催促农人早备耕；

清明谷雨三月过，平整秧田早落谷；

到了立夏种粮齐，秧苗青青麦黄时；

过了芒种进黄梅，布谷声声插秧苗；

处暑头上落喜雨，粒粒皆是下白米；

秋风秋雨迎重阳，笑逐颜开看稻浪；

霜降一到喜开镰，遍地黄金丰收年；

到了冬至吃新米，敬神祭祖供土地；

进入大寒要干塘，捉鱼杀猪又宰羊；

腊八之后忙过年，年终总结要盘点。

引 子

农时二十四节气，是由三部分组成的，第一部分是根据日月星辰的变化和春夏秋冬的四时交替，确立了两分（春分、秋分）、两至（夏至、冬至）、四立（立春、立夏、立秋、立冬）八个节气；第二部分是根据雨、露、暑、寒、霜、雪的气候特征确立了两雨（雨水、谷雨）、三暑（小暑、大暑、处暑）、两露（白露、寒露）、一霜（霜降）、两寒（小寒、大寒）、两雪（小雪、大雪）十二个节气；第三部分根据天象变化对草木虫鱼的影响以及动植物的物候变化确立了惊蛰、清明、小满、芒种四个节气。

适应农时，就是顺应天时、地利和人和的结合，就是按照生态平衡的自然法则进行农业生产。

顺应农时，是一个多维结构的运行过程，从大的方面来说，它实现了科学和社会的统一；从科学方面来说，它实现了天文学、气象学、物候学和农学的统一，而生态学是这种统一的基础。从社会学来看，它实现了生产和生活的统一，人文学科和民本主义是这种统一的基础，这就是中国传统农时观念的唯物辩证思维。

这种辩证思维，具有五个方面的特征：

首先，科学的农时观具有客观性的特征。顺应天时，就是顺应日月星辰的运行规律，顺应春夏秋冬气候的变化规律。人类的生产活动必然要受天时的约束和支持，人只能顺应天时，而不能逆天行事，只能在夏天插秧、冬天种麦，不能硬要在下雪天种稻子，到大伏天来种麦子，违反农时，就是违背自然法则，就必然要受到大自然的惩罚。聪明的农人只能将"智"和"时"巧妙地结合起来，在农时允许的客观范围内，巧顺天时，巧用地利，巧夺天工地取得较多的收获。

其次，科学的农时观具有系统性的特征。农时不是单一死板的教条，而是一个由多种因素构成的、活的生命载体。农时关联到天、地、人三个方面，它既是天体运动，又是地体运动和人的活动的有机结合。农时的"时"，既是自然界的冷暖交替，又是农作物的春种、夏耘、秋收、冬藏，也是太阳能量的释放和宇宙万物摄取的过程。因而，在科学上，就形成了一个完整的生态系统，既是中国农业生态学，又是粮食生产的生态学，还是多种经营的生态学、生产经营加工的生态学、农业管理的生态学，是一个科学的系统工程。

第三，科学的农时观具有具体性的特征。中国农民十分懂得在种庄稼时，要"因时制宜"、"因地制宜"、"因品种制宜"，要具体问题具体分析。"到哪山，砍哪柴。"农民到田头看苗情，看长势，看气候，看田脚，决定哪块田要上水，哪块田要放水，哪块田要施肥，哪块田要治虫，这就是农时科学的具体运用。

第四，科学的农时观具有可知性的特征。可知性就是种田人不仅要"懂时"、"记时"，而且要"辨时"、"务时"。在社会学上有一句话叫"识时务者为俊杰"，在农学上也有一句话叫"知农时者可夺丰收"。农民世代相传，从小就在"泥里爬、地里滚"，因此按节气种田就会千百年来一代代传承，成为种田人父传子、子传孙不教自学的本领。

第五，科学的农时观具有实践性的特征。实践性是种田人时间意识的重要特点，传统的中国农民在实践中总结出大量农谚来掌握农时、指导农业实践。如"到了立夏种粮齐"，"芒种一到，不问老少"，"霜降一到，不问老少"，"七葱八蒜"，"暑处萝卜白露菜"，"梅里芝麻时里豆"，"暑处头上下阵雨，粒粒都是下白米"，"伏天不热，五谷不结"，"千万莫栽三时秧，错过农时要遭殃"，"种麦莫过冬，过冬种麦不通风"等等，这些都是实践经验的总结，有很大的可操作性。

可能，现今有人会说，新世纪农业现代化了，乡村里都搞起了"温室大棚"，生产"反季节蔬菜"、"反季节水果"。寒冬腊月能吃到西瓜、梨子；大伏天能吃到冬季的果蔬，人们完全可以通过声、光、水、电，逆天、逆时进行生产，将大雪纷飞的寒冬变成姹紫嫣红、蜂飞蝶舞的暖春，这传统的农时节气还能派什么用场？但是且慢，你可以将百分之五、百分之十的农田搞温室大棚，搞设施农业，你难道能将十八亿亩农田都造起铺天盖地的温室大棚？你难道能在九百六十万平方公里的中华大地上，都用电气化来扭转春夏秋冬、四时八节？这是不现实的、不科学的，是完全不可能的。且不说温室里生产的反季节果蔬的营养价值远非自然生长的可比，人类如果整天食用反季节的果品蔬菜粮食，会不会造成人的生理机能的失调、退化，生出许多怪模怪样的毛病？试想，人造的太阳、人造的雨露，就能抵得上自然造化？能取代万物生长靠太阳？能取代雨露滋润禾苗壮？大自然绝不会让我们这么胡搞，否则就是人世间的最大灾难。我们的温室大棚、我们的设施农业只能搞百分之几，只能是"盆景"，而并不是"大田"。百分之九十的农田，依然要不违农时地按照二十四个农时节气来耕种庄稼、收获农副产品，农业现代化永远也不可能取代我们老祖宗留下来的二十四个农时节气。

立　春

立春，是一年二十四个农时节气中的第一节。

立春在哪一天很有讲究，如果在春节前立春就是"长三春"，"长三春"利备耕，季节等"农人"；如果在春节后立春，就是"短三春"了，"短三春"抢备耕，火烧屁股催"农人"。搞不好就会"人误地一时，地误人一年"了，这是万万不可松懈的。

正月十三立春，正月十四"六九"开始，因此是春打"五九尾"，是个好兆头，俗话说："春打五九尾，家家过年吃猪腿"，寓意"五谷丰登，六畜兴旺"。

立春又叫"打春"、"报春"、"咬春"。

一年二十四个节气中有立春、立夏、立秋、立冬四个立，但只有夏至、冬至两个至，为什么没有春至和秋至呢？我想可能因为有了春分和秋分两个分了，它代替了春至和秋至了。

中国古代将立春的十五天分为"三候"，一候冬风解冻，二候蛰虫始振，三候鱼陟负冰。说的是第一个五天冬风送暖大地解冻，第二个五天冬眠的蛇虫慢慢在洞中苏醒，第三个五天河水解冻，鱼类开始在水面上游动了。

立春是报春的使者，到了立春人们明显地感到白昼长了，太阳暖了，春风舒了，这时处于一年中的重要转折点："小草吐黄芽，杨柳冒青丝，油菜抽绿苔，麦苗拔节枝，万物盼春到，大地换妆时。"立春这天有许多气象农谚："立春晴，一春晴"；"雷公打立春，惊蛰雨纷纷"；"立春寒，一春暖"；"立春东风回暖早，立春西风回暖迟";"立春雨淋淋,阴阴湿湿到清明"等等,这都是千百年来农民看天看地经验的总结。

立春民俗又叫"春文化",明清两朝从天子到文武百官都要在立春这一天到郊外去"拜春"、"祭春",举行"打牛"仪式,按照规定要制作"春牛芒神"、用柳鞭去鞭打土制的泥牛,牛背上贴有"春牛图",然后进宫朝贺,并接受皇帝的赏赐。

在常州的迎春文化中,有盲人用五色纸扎糊成春牛,五色纸由盲人随意拼用,糊好后看春牛身上哪种颜色多,黄多兆丰年,红多有旱情,青多有风灾,白多有水涝,黑多示瘟疫。常州的地方官要带着迎春的队伍经过"迎春桥"到孔庙祭天,并举行迎春仪式。

在民间,也要以村为单位,举行"迎春会",要动员村民"打春",用彩鞭击打泥塑的"春牛",边打边对"春牛"高呼:"五牛耕田、九龙治水",直到将泥牛打得粉碎,然后将泥块抢回家中,抛向自家的宅田和牛栏,以求发家兴旺。然后各家将养了一冬天的耕牛牵到场头上,举行赛牛会,在这同时,给耕牛评膘,看看谁家的耕牛复膘好,对评到九成膘、十成膘的耕牛,要给予奖励。

在饮食习俗上,立春的这一天,农家有吃春盘春饼的习俗,在春盘里要放各种炒菜,如青菜、野菜、豌豆苗、菠菜、韭菜、豆芽菜、鸡蛋、粉丝、冬笋等等。还要制作春卷、春饼等等。旧时立春,还要生吃红白萝卜,古时萝卜叫芦葄,苏东坡有诗云"芦葄根尚含晓露,秋来霜雪满东园"。

在信仰民俗上，立春的春神，是"句芒神"，是草木神和生命神，其形象是人面鸟身。立春这一天，农民要抬着句芒神敲锣打鼓，游村、游巷、游镇，人们夹道围观，并争掷五谷，谁家掷得多，谁家一年四季就人畜平安，无灾无病。

立春第二天还有唱春、劝春的活动，动员农民收年心，停歇意，一门心思投入春耕生产，用今天的话说"过年莫恋年"，要集中精力，上班干活啦！

毛滂《立春词》："谁劝东风腊里来。不知天待雪，恼红梅。东郊寒色尚徘徊。双彩燕，飞傍鬓云堆。玉冷晓妆台。宜春金缕字，拂香腮。红罗先绣踏青鞋。春犹浅，花信更须催。"

雨　水

雨水，是春天到来的第二乐章。

这时，太阳黄经 330 度，气温回升，冰雪融化，降水增多，故取名雨水。

在正常情况下，这一节气后，小麦返青，大麦拔节，油菜抽苔，桃李含苞，正是"天街小雨润如酥，草色遥看近却无"的季节。

雨水节气，是植树造林、嫁接花苗果木的最佳季节，也是老母鸡"咯咯咯"家孵苗禽的最好时机，更是培育鱼苗、虾苗、蟹苗的好时机。一切动物、植物，包括青年男女，都在这一"春情萌发"的季节里，播种育苗，传宗接代，洒下丰收的种子，希望"秋有所获"。

"水是庄稼油，肥是庄稼粮"，"水满塘，粮满仓，塘中无水仓无粮"。雨水，更要做好灌水、浇水、蓄水的工作。

"春雨贵如油"，雨水下了雨，不仅可以"麦润苗，桑润条，油菜润苔茶润苞"，而且有利万物的生长、发育，使"麦苗洗洗脸，一轮添一碗"，使"庄稼被雨浇，大春小春一片宝"。山区的塘坝水库，更要抓紧这一多雨季节，及早蓄水防旱，蓄水备荒，蓄满一塘一库水，不仅在秋粮生产中节电节油节农本，而且还可利用水资源，放菱、种藕、养鱼虾。

但是，请注意，雨水节气既有春意萌发的一面，更有春寒料峭的一面，在大地回暖的同时，北方冷空气活动仍很频繁，天气变化多端。

"春冷冻老牛，春冷也冻老人、小孩"，这就不得不提醒老人、小孩，春天要"捂"，穿衣服时要带一点儿暖，要严防早晚"着凉"，寒气入侵，伤风感冒，还要加强春季养生和体育锻炼，注意保护自己。

对农作物也要采取保暖措施，最好的办法是壅麦土、撩麦垅、施土肥，保护麦苗的根部，促使分蘗，在这同时，还要清沟、理墒，防止水沟积土积水，及早作好准备，避免桃花汛到来时，"一寸不通，百丈无用"。

雨水季节，下雨天气，不方便外出干活，正是进行室内劳作的最好时机。如：打草鞋，织草包，搓草绳，绞草要，编草索，制作稻种包等等，还可以整理大中型农具，做好备耕工作。妇女劳力可以做好针线活，缝制针头脚脑。

赵长卿《雨水词》："宿霭凝阴，天气未晴，峭寒勒住群葩。倚栏无语，羞辜负年华。柳媚梢头翠眼，桃蒸原上红霞。可堪那，尽日狂风荡荡，细雨斜斜。"

惊 蛰

惊蛰隆隆闻雷声，呼唤农人早备耕。

惊蛰是一年二十四节气中的第三个节气，表示已入仲春，桃花红、梨花白、菜花黄、柳色青，满眼都是叫你欣喜的斑斓。

蛰，藏的意思。由此开始，天气回暖春雷鸣，惊醒了蛰伏于地下冬眠的昆虫。

惊蛰起始，燕子绕梁筑巢了，蜂儿开始采蜜了，黄莺啼翠柳，白鹭也扑腾着直跃青天了。小蝌蚪忙着找妈妈的当口，江南的天气将迎来莺飞草长。

又是融融春光一片。

到了惊蛰节气，锄头不停歇。春雷响，农夫闲变忙。

春光，价值千金。从惊蛰起，农民要忙着修农具、罱河泥、做草塘、选稻种、做秧田，下鱼苗、育菱秧，管桑田、治病虫、修田埂……此时的农活，一环套着一环，时刻放松不得。春耕时节的农夫，真是"眼睛一睁，忙到歇灯"。

九尽杨花开，春耕春种早安排。惊蛰期间也有许多农谚，如："九九八十一，家里做饭地里吃"，"九九加一九，遍地耕牛走"，"麦子锄三遍，等着吃白面"，"春雷响，万物长，锄杂草，灭害虫，保粮仓"。

惊蛰季节，古时还有祭白虎化解是非的民间习俗。

中国民间传说，白虎是口舌是非的祸根，是"小人的祖师爷"。白虎每年都会在惊蛰这天下凡噬人，搬弄是非，引起家庭、邻里不和。大家为了自保，便在惊蛰祭白虎。

所谓祭白虎，是画一个白虎像，当然是纸老虎了，祭时用猪血、猪肉抹在纸老虎的嘴上，使之充满油水，不能用口说人是非。

当然，如今农村有老人茶馆、社区有民事调解委员会，通过民事调解或者道德讲堂说事儿，都是促进和谐的新法子。

惊蛰既是万物复苏的季节，同时也是各种痛毒和细菌活跃的季节。

惊蛰时，人体的肝阳之气渐生，阴血相对不足，此时是肝病的高发季节，此外，流感、流脑、水痘、带状疱疹、流行性出血热等疾病也都易流行爆发。

《黄帝内经》说："春三月，此谓发陈，天地俱生，万物以荣。夜卧早行，广步以庭，披发缓行，以便生志"，意思是，春光明媚，万物复苏，要早睡早起，散步缓行，可以使精神愉悦，身体健康。

在养生饮食方面，应力求清温平淡，多吃新鲜蔬菜和蛋白质丰富的食物，如菠菜、春笋、芹菜，以及鸡蛋、牛奶、苹果、梨等，少食动物脂肪类食物。

惊蛰到，春天的开场锣鼓擂响了。

范成大《惊蛰词》："浮云集。轻雷隐隐初惊蛰。初惊蛰，鹁鸠鸣怒，绿杨风急。玉炉烟重香罗浥。拂墙浓杏燕支湿。燕支湿。花梢缺处，画楼人立。"

春 分

春分到，花枝笑，蝶飞舞，蜂儿闹，桃花落，柳絮飘，万物争荣万象新，满目春光真妖娆。

春分，太阳直射赤道，昼夜平分，一天的白天黑夜，各为十二小时，谓之春分。

汉董仲舒："至于中春之月，阳在正东，阴在正西，谓之春分。春分者，阴阳相伴也，故昼夜均而寒暑平。"

《礼记》："春分祭日，秋分祭月，乃国之大典。"

古诗词："立春阳气转，雨水雁河边，惊蛰乌鸦叫，春分地皮干"；"春分雨脚落声微，柳岸斜风带客归。时令北方偏向晚，可知早有绿腰肥。"

欧阳修《踏莎行》："雨霁风光，春分天气，千花万卉争明媚。画梁新燕一双双，玉笼鹦鹉愁孤睡。薛荔依墙，莓苔满地。春楼几处歌声丽。蓦然旧事心上来，无言敛皱眉山翠。"

春分季节，江南降水迅速增多，李花雨后桃花汛，春雨绵绵无尽期，乃是塘坝水库蓄水的大好季节。

"春分麦起身，肥分要紧跟"，"一场春雨一场暖，春雨过后忙耕田"。春种、春管、春耕进入繁忙季节。

"夜半饭牛呼妇起，明朝种树是春分。"春分植树树成荫，春分插柳柳成行。

凡种植早稻的地区，春分就要开始选种、浸种、催芽、落谷。

此时，春茶开始抽芽，在龙井、碧螺春产区，过了春分就开始采明前茶了。

春分，桑枝开始绽苞，要做好蚕室消毒、整修蚕具、供奉蚕娘、迎接蚕花的准备。

春分不仅要泡稻种，还要下菱种、下藕种、育瓜秧、育山芋苗……

由于春分节气平分了昼夜、寒暑，人们在保健养生时应注意保持人体的阴阳平衡。

"物体相对静止的可能性，暂时平衡的可能性，是物质分化的根本条件，因而也是生命的根本条件。"我们为了求得这种平衡，保持人体的阴阳平衡就成了春分后养生的一条重要法则，人体要根据不同时期的阴阳状况，使脏腑、气血、精气的生理运动与脑力、体力和体育运动和谐一致，保持"供销"关系的平衡。春分到清明是草木生长旺盛期，也是人体血液的旺盛期，这一时期常是高血压、月经失调、痔疮及过敏性疾病的高发期，人们要适当锻炼，定时睡眠，定量用餐，有目的地进食调养，多食韭菜、大蒜、木瓜等助阳类食物，配以禽蛋等助阴类食品。要切忌过多食用大寒、大热类饮食，也就是说不要动大荤。

春分过后，就要开始扫墓祭祖了，也就在这半个月内，人们从千里万里归来，为父母尽孝，为祖宗扫墓，尽管"南北山头多墓田"，然而"子孙祭扫各纷然"，但是清明过后，人们还是看到"几家坟上子孙来"，"荒草杂树掩蓬艾"，坟上看不到纸钱，而只见到狗尾巴草，那就是说也有不孝子孙，忘了祖宗。

春分时节，人们还喜欢玩一种"竖鸡蛋"的游戏，"春分到，鸡蛋俏"，因为春分这天，蛋黄下沉，鸡蛋重心下降，这才有利于鸡蛋的竖立。

　　春分时，人们在饮食习俗上，有吃春卷、喝春汤、品春笋的习俗，有的地方还有吃"春芽"的习俗，将香椿、豆芽、豆苗、蒜苗、笋尖等放在一起炒了吃。

　　"山青水秀风送香，万花含露迎朝阳，万物复苏鱼儿欢，水边忙煞钓鱼郎"，春分，就开始春钓了，是钓鲫鱼的大好季节。

　　史达祖《春分词》："人行花坞，衣沾香雾。有新词、逢春分付。屡欲传情，奈燕子，不曾飞去。倚珠帘、咏郎秀句。想思一度，浓愁一度。最难忘遮灯私语。澹月梨花，借梦来、花边廊庑。指春衫，泪曾溅处。"

清　明

清明时节晴好日，穿苇度柳踏青去的大都是扫墓祭祖客。

而杜牧在这个时节看见的，是"三月三日踏青行，长安水边多丽人"。

大概是从清代开始，集市、庙会、清明扫墓，成为踏青的最好由头。

"三月三，油菜花开赛牡丹。"过去的戏文告诉我们，清明一到，插柳戴花就该是妇人们斗艳的时候了："鹈鸠唤晴，江南春矣，山温水软，莺飞草长，堤平似掌，韶光满野，桃李吐芳，岸柳垂绿，都人士女相率为踏青游。"

游兴一高，总会忘了归期，返程一定是"夕阳在山，轻风在柳，花香在衣，春泥在屐，山影在杯，百鸟在林，游鱼在波……"人也薰薰然。

过去我们只知道广西刘三姐对歌，其实在我们江南水乡，清明踏青时，也有唱田歌、山歌的。

"春风春水满地春，春时春花春草生，春日春人饮春酒，春虫春鸟鸣春声"，这是田歌的"开场白"。接着就是唱清明了：

> 三月头上唱清明，桃红李白田歌兴，女戴桃花男插柳，
> 南河唱歌北河应；
> 三月头上唱清明，情歌情妹会梨林，田歌唱得梨花落，
> 苕子田里红茵茵；

三月头上唱清明，少男少女去游春，植树造林唱田歌，
老老少少齐助兴；

三月头上唱清明，红男绿女游春景，隔河摆开对歌场，
对罢田歌说私情；

三月头上唱清明，清明祭祖又上坟，全家畅饮杏花酒，
老翁携孙放风筝；

三月头上唱清明，清明时节雨纷纷，儿孙上坟烧纸钱，
寡妇上坟哭断魂；

三月头上唱清明，寒食禁火吃青团，后人不忘介子推，
临死谏君要廉政；

三月头上唱清明，烈士陵园慰忠魂，胜利得来不容易，
吃水不忘挖井人……

到了现代，踏青是组织青少年学生郊游的一项有趣的活动，
让孩子们从水泥组合的城堡来到泥水湿润的水乡，面对着十里绿
堤，千亩银波，万倾翠浪，尽情地歌唱。

此刻的田野，没有密如蛛网的电线；天空，没有可恶可怕的
浓烟；水上，没有锈迹斑斑的油污；空气中，也没有令人作呕的
怪味，有的尽是绿树、红花、青草、碧水、蓝天，还有那散发出
泥土气味的清香，在燕子、喜鹊、青蛙、蚯蚓、水蛇等小动物活
跃的乡村世界里，孩子们拥抱可爱的大自然，大自然也拥抱可爱
的孩子们。

然而，这一切都只能出现在上世纪五六十年代。进入九十年

代，这一幕幕清纯可爱的画面已不可能再现。现代工业文明在给人们带来物质利益的同时，也污染了我们的青山绿水，破坏了传统的田园风光。从前况味正渐消，传统的踏青乐趣恐怕只能定格在老年人的记忆底片上了。

晏几道《清明词》："欲减罗衣寒未去，不卷珠帘，人在深深处。残杏枝头花几许。啼红正恨清明雨，尽日沉香烟一缕。宿酒醒迟，恼破春情绪。远信还因归燕误，小屏风上西江路。"

谷 雨

"春雨惊春清谷天"，春季的最后一个节气谷雨到来。

谷雨源自古人"雨生百谷"之说。

"杨花飘落子规啼"，此时，蚕蚁出卵，柳絮飞落，牡丹吐蕊，子规夜啼，桑枝抽芽，自然景物告诉人们，时至暮春了，再过半个月，就要进入夏令季节。

这几年气候反常，刚脱下冬装，春装没穿几天，就要换夏装了，春天的脚步，在春寒料峭中，来也匆匆，去也匆匆。

谷雨，雨水增多，低气压和江淮气旋活动频繁，受其影响，这一地区经常会出现"一夜风雨来，花落知多少"的阴雨天气。

说起谷雨，有两个民俗故事，一个与古人仓颉造字有关，一个与花王牡丹有关。

黄帝时代，朝中能人仓颉辞官回乡造字，造了三年，造出了"一斗油菜籽"的汉字，玉帝听说这件事，十分感动，便奖给仓颉一个金人，仓颉迷迷糊糊醒来，果然地上立着个金晃晃的金人，他想：这玩意儿，既不会种庄稼，又不会做家务，完全是一种摆设。第二天一早，他叫来全村的小伙子，将金人抬到黄帝宫中；第二天深夜，正当仓颉沉睡时，玉帝又问他，给你金人你不要，你到底想要什么奖品，仓颉说："我想要五谷丰登，让老百姓有饭吃。"

第三天，天高气爽，万里无云，仓颉正要出门，听见狂风大作，满天谷落如雨，足足下了半个时辰，地上积了一尺多厚的谷子，这可把正在受饥荒的农民乐坏了，个个都去搬谷子回家。

黄帝知道这事后，就将天降谷粒这一天立为"谷雨节"，后人为纪念仓颉造字，又将"谷雨"定为"造字节"。

另一个民间故事，发生在曹州，唐代高宗年间，黄河决堤，水淹曹州，有位名叫"谷雨"的小伙子，在水中救起十几位乡亲后，正和母亲在城墙上避难。这时，谷雨猛地发现，在滚滚洪涛中，有一颗盛开的牡丹时沉时浮，粉红的花朵就像一个少女的脸，绿叶在水面上摆动，好像少女在摆手呼救。

谷雨脱下衣服，像"浪里白条"，跳进洪涛，向牡丹游去，水急浪高，谷雨也不知呛了多少水，在水中搏斗了两个时辰，始终抓不住牡丹，好容易牡丹被一棵冲倒的大树攀住，谷雨这才救起牡丹，爬上城墙，将牡丹双手交给老花匠赵大爷。

转眼两年过去了，这年春天，谷雨的母亲得了重病，卧床不起，谷雨四处求医。这天，谷雨从镇上抓药归来，见一妙龄少女正给母亲喂药，这少女红衣、红裙、红鞋、红嘴唇，像画上的仙女一样美。原来，她就是牡丹仙女，前来报答救命之恩。

一连三天，牡丹天天都来给大娘送药，一来二去，便和谷雨有了感情，后来便喜结连理结婚生子。

谷雨、牡丹年老死后，墓中长出了红绿两株牡丹，绿的叫"绿玉"，红的叫"丹凤"，这便是曹州牡丹的"花王、花后"。

在曹州，谷雨这一天，就是"牡丹节"。

谷雨，还和茶有关，谷雨茶也就是雨前茶，中国茶业学会倡议，每年将谷雨这一天，定为"全民饮茶日"。

雨前茶，一芽一叶，一芽两叶，有"雀舌"，也有"青峰"、"旗枪"，芽叶肥硕，色泽翠绿，滋味鲜活，香气怡人，饮后回甜，而且经久耐泡，价格也经济实惠。

一过了五月，茶树就生虫了，就要打农药了，所以劝君莫购五月采的茶。

"雨前香椿嫩如丝"，香椿头炒鸡蛋，醇香爽口，妙不可言。

仇远《谷雨词》："红紫妆林绿满池，游丝飞絮两依依。正当谷雨弄晴时。射鸭矮栏苍藓滑，画眉小槛晚花迟。一年弹指又春归。"

立 夏

春雨惊春清谷天，春天的六个节气已匆匆走过。

夏满芒夏二暑连，夏天的六个节气即将一一到来。

立夏，是夏令的第一个节气。

"绿树浓阴夏日长，楼台倒影如池塘，百般红紫斗芬菲，布谷声中饲蚕忙。"

古书云"斗指东南，维为立夏，万物至此皆长大，故名立夏也。"此时，太阳黄经为45度，在天文学上，立夏表示即将告别春天，进入初夏季节，温度升高，雷雨增多，农作物进入旺长阶段。

"到了立夏种苗齐"，到了这个节气，不管是稻种、豆种、菱种、鱼苗、蟹苗、虾苗、山芋苗都要一一准备妥当，该落谷的要落谷，该起秧的要起秧，该栽插的要栽插，该放养的要放养，错过这个节气，其结果必然是"人误季一时，季误人一年"了。

"立夏看夏"，此时小麦扬花灌浆，油菜接近成熟，新蚕豆新豌豆上市，夏收作物基本定局，水稻栽插即将开始，所以，我国古代帝王十分重视立夏这个节气，周天子在立夏这天，要率文武百官到郊外迎夏，并诏令司徒等官去各地勉励农民抓紧耕作，搞好收种。相当于如今派工作组下乡，"帮耕助种"，和农民一起搞好"夏收、夏种、夏购、夏分"。

"绿遍山原白满川，子规声里雨如烟，乡村四月闲人少，采了桑叶又插田。"过了立夏，蚕宝宝就要进入大眠，此时，人们日不困，夜不眠，要待候好春蚕。蚕门外，贴红纸，陌生人不得进蚕房，病人、产妇不得进蚕房，小孩不准进蚕房，亲戚朋友停止走亲访友，夫妻停止同房。连官府也尊重这一规矩，暂停到蚕乡征讨捐税。蚕室外，不好放鞭炮，不好鸡鸣狗吠，不好在近处敲锣鼓，也不好有打桩声⋯⋯

有一首民歌云："做天难做立夏天，蚕要温和麦要寒，种菜的哥儿要落雨，采桑的娘子要晴干。"可见养蚕之难，从中也可以理解为什么养蚕会有那么多的禁忌。

立夏，还有秤人的习俗，传说，诸葛亮入川前，在立夏这一天，将刘备的儿子交给孙夫人，并当场过秤，那意思是说，小主公交给你了，他虽不是你亲生的，但你是养母，要用心抚养，每年都是要秤一次的，如果养瘦了，短了斤两，你是要负责的。从此，民间就有了立夏秤人的习俗，"秤人过立夏，夏天不疰夏"。

养生方面，以养心为上。中医认为："心为一身之主，脏腑百骸皆听令于心，故为君主。"五脏之中的心应对夏。当夏日气温升高后，加剧了人们的紧张心理，较易烦躁不安，心火过旺，好发脾气，所以在立夏之季要做好精神养生，做到神情安静、笑口常开、自我调节、制怒平和。品茗、绘画、书法、听音乐、下棋、种花、钓鱼都可调节精神，保持心态舒畅。

立夏和立春一样，立春是冬春之交，是冬季向春季的过渡；而立夏是春夏之交，是春季向夏季的过渡。从气象学的意义讲，日平均气温达到摄氏 22 度，才真正进入夏季。

辛弃疾的《丑奴儿》："千峰云起，骤雨一霎时价。更远树斜阳，风景怎生图画？青旗卖酒，山那畔别有人间，只消山水光中，无事过这一夏。午醉醒时，松窗竹户，万千潇洒。野鸟飞来，又是一般闲暇。却怪白鸥，觑著人欲下未下。旧盟都在，新来莫是，别有说话。"

小 满

    小满，表示冬小麦已经乳熟，摘几支麦穗，搓掉麦芒，放几粒入口，籽粒儿还没硬实，有浆，甜滋滋的，有一股淡淡雅雅但又充满泥土气息的清香，乳熟称之"小满"，完全成熟了，就是"大满"了，当然没有"大满"这个节气，所谓的"大满"，就是"季节一到，不向老少"的芒种了，那就到了"黄金铺地，老少弯腰"的夏粮收获季节了。

    当然，在三四十年前，农民熬春荒，到了小满，就看到了希望。饥饿的农民已经等不及了，纷纷下田"搓麦仁"，捋回乳熟的麦粒，放在石磨里磨成麦糊，加上小葱和盐，这就做成了香喷喷的"连麸捣"，这是江南农民度春荒、接新粮的一种创造，这在地方志和食品大辞典上是找不到这个辞条的，但苏东坡会做这种熬饥的麦饼。

    小满到，动三车。一是油菜籽上场，油坊动"油车"，要榨菜油了，苦了一冬春的农民，可以见到"油星星，油花花"了；二是动丝车，春茧上市，古时没人收茧，都是农民自己缫丝，自己织绸；三是动龙骨水车，要车水灌白垡，准备做黄梅了。

    小满动"三车"，苏东坡当年在江南乡村写了诗，赞叹农民榨油、缫丝、车水的艰辛。其中"咏水车"写道："翻翻联联衔岸鸦，荦荦确确蜕骨蛇。分畴翠浪走云阵，刺水绿针抽稻芽，天公不见老农泣，唤取阿香推雷车。"

    谈到动水车，就不得不说说高田地区农民"抢塘"的民俗。

在高田地区，农民种田都是靠天吃饭，上千亩的高田中间，就只有一条腰带形的长塘，延绵三五里，这塘水的来源，全靠天落雨，沿河两边有车口，根据田亩多少安排车口，排上几十部龙骨水车，小满一到，由村长统一号令，"镗镗镗"三声锣响，各家上车抢塘取水，水灌到哪里秧就插到哪里。各家各户都组织强壮劳力，轮番上车，歇人不歇车，拼命抢水。而抢水的时间是有限的，一般只有四十八小时，当塘水还剩一半时，村长就敲锣收车。因为不能将塘水一次抢光，还要留一半供水稻分蘖拔节，孕穗做肚，否则黄秧也不可能变成黄谷。

这水抢多抢少，就要看各家各户下的本钱了，资本足的，请壮年小伙子上车，吃的是煎饼子、肉包子，劲头足、力道长，车的水就多，而穷苦农民抢的水就少，只能"一半旱谷，一半秧"了。

"春风吹，苦菜长，荒滩野地是粮仓。"小满季节，在我国南方北方，都有吃苦苦菜的习俗。

苦苦菜，医学上叫败酱草，它苦中带涩、涩中带甜、新鲜爽口、清凉嫩香、营养丰富，含有人体所需各种维生素，具有清热、凉血和解毒的功能。据说当年王宝钏苦守寒窑，就吃了十八年苦苦菜，长征路上，苦苦菜被红军战士称为"长征菜"、"红军菜"。

宋时欧阳修，有一首描写小满的诗："南风原头吹百草，草木丛深茅舍小。麦穗初齐稚子娇，桑叶正肥蚕食饱。老翁但喜岁年熟，饷妇安知时节好。野棠梨密啼晚莺，海石榴红啭山鸟。田家此乐知者谁？我独知之归不早。乞身当及强健时，顾我蹉跎已衰老。"

芒 种

眼看着小麦田由乳黄到牙黄、蜡黄，麦芒像鱼叉一样叉开，麦穗儿被南风吹着，发出"泼沙沙"的响声，这时就该开镰了。有芒的麦子要收，这就是芒种，二十四节气中的第九个节气。

芒种一到，不问老少，插秧落谷。这是个"眼睛一睁，忙到熄灯"的季节；这是一个"布谷声声催夏种，了却蚕桑又插田"的季节；这是一个"早晨一片黄，中午一片白，黄昏一片绿"的季节。

麦收有五忙，割、运、打、晒、藏。麦要抢，稻要养，黄豆要挑在肩膀上。说到夏收，总离不开一个"抢"字，抢收、抢种。"九成熟才能十成收，十成熟就要一成丢了。"成熟的麦穗是不等人的，麦收季节松一松，风吹雨打一场空。

神仙就怕烂麦场，连下三五天雨，麦堆就发热、发芽、霉变，麦子烂了，猪都不吃。浩然的《艳阳天》，写的就是农民靠集体的力量战胜"烂麦场"。

白居易的《观割麦》中说"田家少闲月，五月人倍忙"，忙到什么程度？"妇姑荷箪食，童稚携壶浆。相随向田去，丁壮在南岗。"好一幅全家老少忙麦场的夏收图。

开镰，就是农人盛大的节日。

好的刀手，用镰刀割麦子，如春蚕噬叶，风卷残云，一斫就是一大块，一拖就是一大片，一趟割到头，身后就留下一个个或立、或卧、或倒、或仰的麦捆子，像是"麦娃"在蓝天白云下翻筋斗、叠罗汉。

如今农民麦收可幸福了，收割、脱粒有收割机，晒麦有烘干机，不动镰刀，不用连枷，麦子就入库了。不幸的是到处烧麦草，浓烟滚滚，连空中的飞行的飞机都害怕，污染了空气。

提起芒种收麦，就会想起儿时的拾麦穗：热辣辣的太阳下，孩子们一人提个小筐，在满是麦茬的麦田里，寻找大人收割后遗留的麦穗，在蹦跳的小青蛙、飞舞的红蜻蜓的陪伴下，顾不得太阳晒红脸，顾不得麦茬刺痛脚板，像觅宝一样拾起一株株金灿灿的麦穗。娃娃们不停地弯腰，不停地寻觅，很快，小筐满了……后来见到法国画家米勒的油画《拾穗者》，夏风中，三位穿着粗布衣裳的农妇，拖着沉重的木鞋，弯腰拾麦穗……农家孩子从童年时代就开始丈量生活的艰辛。

芒种节，还是个"女儿节"，《红楼梦》里的黛玉葬花，就是在芒种节前后。这时，夏日已临，从花皆卸，花神退位，按尚古风俗，凡芒种节这一天，女子都要摆上各种供品，祭花神，给花神送行。红楼梦第二十七回的践春会，大观园的女孩子用花瓣柳枝编成花环轿马，每株花上、每棵树上，都用彩线系了，满园里绣旗飘飘，花枝招展，甚是热闹，所以芒种节也称"女儿节"。

陆游在芒种季节听见了"处处菱歌长"，而一位叫楼涛的宋代诗人则将这"新秧初出水"的时节，描绘得另有一番"渺渺翠毯齐"的田园诗意。

温庭筠在芒种写了《晚归曲》："莲塘艇子归不归，柳暗桑秾闻布谷。格格水禽飞带波，孤光斜起夕阳多。水极晴遥泛滟红，草平春染烟锦绿。"

夏 至

夏至不过不暖，冬至不过不寒。夏至和冬至一样，都是二十四节气中在我国历史上最早出现的节气，它们关连到两个丰收节点，一是夏粮登场，二是秋粮入库。

夏至的来到，预示着蚕茧卖掉了，秋季的农本有着落了，一家人也可以添一点夏天的服装了；二是油菜籽丰收了，黄澄澄、香喷喷的菜油进缸了；三是丰收的小麦变成了雪白雪白的面粉，馒头、饺子、麦面、油饼、馄饨、烧饼，要吃面食尽可以让一家人尝个饱。

夏至期间，鲜桃、鲜杏、鲜李、杨梅、枇杷、鲜香瓜、鲜黄瓜也都可以采摘了。

另外还有蚕豆、豌豆、刀豆、茄子、辣椒等等时鲜蔬菜。

别忘了，还有新鹅、老鹅，带籽的虾，肥肥的鳝、鲜嫩的螺，还有大公鸡、老母鸡……

夏至既是插秧的季节，又是"关秧门"的季节。

有两条农谚：一是"吃了端午粽，就把莳来送"，表示黄秧已经落地，"关秧门"了；二是到了夏至吃馄饨，稳稳当当"开秧门"。

一说"开秧门"，一说"关秧门"，这不矛盾吗？其实一点也不矛盾，前面讲的是山区，后面讲的是圩区，一是插早粳稻、中粳稻，一是插晚稻。

农民开秧门是个神圣的日子，要敬"秧神"，在苏南地区一般敬"白、黄、青"三种"秧神"，分别代表粳稻的三个品种：

"芦花白"、"牛毛黄"、"铁更青"，当然如今要种"武农早"了，是武进农科所培育的新品种。

过了夏至，就"交莳了"，从夏至到小暑，头莳五天，中莳五天，三莳五天，最好在"头莳"关秧门。

头莳要抢，中莳要养，最好别种"三莳秧"。

头莳插秧分"上下午"；中莳插秧就分"上下趟"了，到了"三莳"插秧，对不起，"黄秧落地就减一成"。所以，农民在这期间都争分夺秒抢季节，是一年中最忙、最苦、最累的季节。

按习俗，开秧门要吃"插秧酒"；关秧门要吃"洗泥酒"。

夏至这天，是一年中白天阳光照射大地时间最长的一天，从早晨五点出太阳，到晚上七点太阳落山，日照十四个小时，在漠河竟有十六个小时。但到了"冬至"，就是一天中阳光照射大地最少的一天，只有七个小时，所以老人都讲"长在夏至，短在冬至"。

夏至这个季节，还有岳父母给新婚的女儿、女婿"送夏风俗"，要送"八凉"，这"八凉"是凉帽、凉鞋、凉床（预备给小外孙的）、凉椅、凉枕、凉帐、凉席、凉扇。

夏至、夏至，表示这夏天到了，天开始一天比一天炎热了，要保持神清气爽和快乐欢畅，心胸宽阔，精神饱满，尽量避免发火，要多吃绿豆粥、炒米茶、大麦粥、青蚕豆、凉拌黄瓜、拌凉粉、冬瓜汤、茄子饼等清淡饮食。

苏轼《夏至》词："林断山明竹隐墙，乱蝉衰草小池塘。翻空白鸟时时见，照水红蕖细细香。村舍外，古城旁，杖藜徐步转斜阳。殷勤昨夜三更雨，又得浮生一日凉。"

93

小 暑

小暑，这是一年二十四节气中的第十一个节气，是夏季的第五个节气。

小暑，表示才刚刚小热，还没有到大热，大热就是大暑了，但近十多年来，气候反常，还在夏至期内，气温已上升到35、36度，已经是热风拂面，热浪熏人，汗流浃背，热得人喘不过多气来。

小暑、大暑热是正常的，俗话说："伏天不热，五谷不结"，"伏天不热，身体不适"，不管是农作物还是人体，都需要伏天的大热大汗，才有利于生物世界的生长发育。

"六月大伏刮北风，十家药店九家空"，如果小暑、大暑不热，整天不出汗，整天在清凉世界里度过，对不起，身体就要出毛病了。就像如今的"空调病"，"六月天伤风是真伤风"，医院的挂号就要排队，病房就要爆满。

我有个朋友，他称自己是"汗头猪"，到了夏天，一不用空调，二不吹电扇，到了夜晚，就"浴汗而眠"，一觉醒来，冲把凉，再喝一大杯凉水，继续"浴汗而眠"，身体十分结实，他说伏天出汗，有三大好处，一是排毒，二是清凉舒服，三是有利消化。他还说："人就是副贱骨头，夏天，就让他热一热，松松骨头，冬天，就让他冷一冷，紧一紧骨头。"这就是他"浴汗养身"的理论。

"小暑一声雷，倒转做黄梅"，小暑时节的雷雨，往往是"倒黄梅"的信号，对水稻、棉花的生长是十分不利的。

"热不死的稻秧冻不煞的麦"，小暑的热，有利于庄稼的分蘖、发棵，有利于农作物的光合结实，"小暑热得透，稻米多层油"，"小暑热风吹，稻米要加堆"。

但伏天也是抗旱抗洪的关键时期，是自然灾害的多发季节，"在东南阵上发一发，冲走石磨淹死鸭"，"河道决口似瀑布，千人万人难挡住"，"小暑大暑，灌死老鼠"。在我们常州地区，"不怕百日旱，就怕三日涝"。所以防汛是首要任务。

伏天热的时候要多吃粥，大麦粥、元麦粥、炒米茶、荷叶粥、茶叶粥、绿豆粥等，吃粥养身，帮助消化。

小暑黄鳝赛人参，小暑前后一个月产的黄鳝最为滋补美味，黄鳝中铁的含量比一般鱼类高一倍以上，并含有多种维生素和矿物质，吃鳝鱼还可以降低胆固醇。

小暑天的清晨最美，溥露飞甘，舒云结庆。午后溥气凝为云山，又呼风唤雨，待雨弹光鞭过后，林梢簇簇红霞满。暑天的晚霞、星空、虫鸣的不眠之夜，都是很美的。

赵师侠的《暑风词》："清和时候雨初晴。密树翠阴成。新篁嫩摇碧玉，芳径绿苔深。雏燕语，乳莺声。暑风轻。帘旌微动，沉篆烟消，午枕馀清。"

大　暑

　　大暑，是一年中气温最高的季节，也是庄稼生长发育最关键的季节。

　　"稻在田里热了笑，人在屋里热了跳"，在一般情况下，温度如果超过36度，中暑的人会急剧增加，特别是老人和孩子要特别注意防暑降温，而在高炉旁、高温下生产、值勤的工人、战士，更特别要做好防暑降温工作，他们这种战高温的精神和工作态度，也特别地受人尊敬。

　　大暑期间，民间有晒伏的习俗，将棉衣、棉被、夹衣、夹被，特别是皮衣、毛衣拿出来"晒伏"，防止霉变、虫蛀，以利保管。

　　"晒伏"不仅晒衣被，还要晒书、晒字画、晒纸墨、晒"文房四宝"。

　　"晒伏"还有"晒龙王"的，如果久旱不雨，农人在求雨时，就会到"龙王庙"将"龙王爷"抬出来，放到烈日下暴晒，让他也尝尝"汗滴禾下土"的滋味，据说这样做可以逼迫龙王"上天求雨"。

　　晒伏，还要晒粮食、晒麦、晒米、晒黄豆，特别要晒"陈粮"。

　　"伏天西南风，晚上进蒸笼"，大暑期间，最难过的是晚上，这时，风不动，树不摇，蝉不鸣，狗不吠，连空气都热烘烘、火辣辣的，席条上的温度已接近或超过了人体的温度，人睡下去就是一身的汗，不管是城里人还是乡下人，都只好到露天乘凉。

村头、街头、场头、桥头、巷头，到处都摆满了竹床、竹椅、躺椅、座椅，有的干脆就在地上铺上了棉席、竹席。人们一面摇扇子，一面说故事，乘凉会也成了故事会。

我在乡村驻队时和农民一起在场头消夏纳凉，躺在瓜棚豆架下，听村翁说旧闻，听老妪讲童话，享受田间的蛙鼓、虫吟、蝉唱，享受蒲之风、竹之影、萤之光、荷之香。

特别到深夜，月到中天，凉飕飕，影悠悠，芳菲菲，馥并流，此刻以身受，以目受，以鼻受，全身心都进入了幽静的世界。

本人不懂古诗，但在旧笔记本上还保留了几句"打油诗"："葵扇摇风绕溪行，晚凉新浴布衣轻，一弯曲水凉荫绿，人立桥头观月明""水牛入汪闹泥塘，低吟浅唱纺织娘，放眼银河占丰歉，仰卧竹床月意凉"。

如今，城乡都已进入高楼，家家空调电扇，露天乘凉的况味再也感受不到了。

闻一多先生写过一首《大暑》的现代诗：

今天是大暑节，我要回家了。
今天的日历也劝我回家了。
他说家乡的大暑节，是斑鸠唤雨的时候，
大暑到了，湖上飘满紫鸡头。
我要回家了，今天是大暑；
我们园里的丝瓜爬上了树，

几多银丝的小葫芦，

吊在藤须上巍巍颤，

初结实的黄瓜儿小得像橄榄，

今天是大暑，我要回家去？

家乡的黄昏里尽是盐老鼠，

月下乘凉听打呼，

卧看星斗坐吹箫。

　　吴文英在大暑写《流萤词》："暮檐凉薄。疑清风动竹，故人来邀。渐夜久、闲引流萤，弄微照素怀，暗呈纤白。梦远双成，凤笙杳、玉绳西落。"

立 秋

转眼又到了立秋了。

立秋是一年二十四个节气中的第十三个节气。至此，一年光阴，已经走完一半的时辰。

立秋，是"三伏"中的最后一伏。

"三伏天"是一年中最热的节气，就和"三九天"是一年中最冷的节气一样，也是人们锻炼身体最佳的节气，"夏练三伏，冬练三九"即是这个道理。

"一叶而知秋"，过了立秋，梧桐树就开始落叶了。"立秋"是由暑转凉的过渡。

"一场秋雨一阵凉，十场秋雨迎稻场"，过了"立秋"就"早凉晚凉"了，"早上立了秋，晚上凉飕飕"。

但"秋老虎"也是十分厉害的，伏热对庄稼、对人体只有好处，并无多大害处，而"秋热"却是人体和农作物的克星。

"立秋午后下阵雨，粒粒都是下白米"；"立秋季节雨纷纷，粮囤才能高几分"，"伏雨贵如金，秋风秋雨赛黄金"。

大伏天城里人盼秋雨，是希望"天凉好个秋"，而农民盼秋雨，是为了请老天爷帮忙，消灭农田病虫害。午后的秋雨杀虫，在爆热、爆冷的眨眼间，稻苞虫、螟虫、棉铃虫、稻飞虱等昆虫纷纷"死光光"，比打农药管用，既环保，又节省农本。

从小暑到处暑整个儿四十五天，都是文人墨客和达官贵人歇伏的最佳季节。过去皇家到承德避暑山庄度夏；蒋家王朝到庐山避暑；而毛泽东时代就到北戴河集体办公。

　　而普通的劳动者却要在稻田里、高炉旁、脚手架上、车厢内、岗亭边斗酷暑、战高温，他们的清凉世界大概也只能在内心深处了。

　　秋天是昆虫合唱的世界，金铃子、纺织娘、蟋蟀、青蛙、知了，都在向火热的高温发出一声声抗议，希望风婆婆、雨公公下界灭火降温，为劳苦大众送去清凉。

　　立秋后，早秋的果实就陆续登场了，早餐桌上多了"粉嘟嘟"的彩玉米、紫红的山芋，还有新上市的早花生。

　　晏殊《秋风词》："青萍昨夜秋风起。无限个、露莲相倚。独凭朱栏，愁望晴天际。空目断、遥山翠。"

处　暑

处暑，二十四节气之一，"处，去也，暑气到此而止矣"，意思是说炎热的夏天即将过去了。

此时，夏季称雄的副热带高压，虽说大步南移，但它绝不会轻易让出地盘，退到西太平洋的海上，而要扫一扫它的秋老虎尾巴，使人间闷热难当。

但从蒙古草原上南下的冷空气也不是好惹的，它步步紧逼，使出拳脚，使副热带高压滚出江淮流域，于是秋高气爽的好天气便来到人间。农谚曰："处暑天暑，就怕秋老虎"，"处暑天不暑，炎热在中午"。"千浇万浇，就盼处暑头上一浇"，"一场秋雨一阵寒，十场秋雨要添棉"。

处暑期间，有两个重要的民俗活动。

一是农历七月初七的"七巧"节。"七夕"之期，"牛郎织女鹊桥相会"，这是中国古时的"情人节"、"夫妻节"，留下了许多美丽动人的神话故事。唐朝李隆基和杨玉环曾在"七夕"之夜，在"长生殿"盟誓："在天愿作比翼鸟，在地愿为连理枝"，但给唐玄宗和杨贵妃留下的只能是"天长地久有尽日，此恨绵绵无绝期"。

"七夕"之夜，还有民间姑娘媳妇"投针乞巧"、"瓜棚听巧"、"焚香拜巧"、"穿针试巧"、"水碗验巧"、"谜语猜巧"等等的民间习俗，如今虽已不多见，但妇女组织却利用这一传统节日，评比"巧姑"、"巧嫂"，开展"技术能手"比赛，推动生产技能和"五好家庭"的评比，却也能"古为今用，推陈出新"。

另一个重大节日，就是"七月半"祭祖。这是一年中"三大鬼节"之一，也是孝悌文化的一种表现方式。同时，晚上放荷花灯，给孤魂野鬼烧纸钱、抛馒头团子。

说到祭祖，就不能不说说"鬼文化"，我曾在三峡丰都，看过"鬼城"，一进门就是一副对联："世上本无鬼，鬼在人心中"。"人能造鬼，也能造神。"神也好，鬼也好，仙也好，妖也好，都是人造的。"鬼文化也是劝世文"，它有消极的一面，但也有好的一面，惩恶扬善，提倡孝悌，使人对大自然有敬畏之心。我曾在丰都看到这样副对联："在世不孝父母亲，何必坟前焚纸钱。"

赵长卿《气爽词》："露华清。天气爽，新为已觉凉生。朱户小窗，坐来低按秦筝。几多娇艳，都总是白露余声。"

白 露

"白露雾迷迷，秋分稻秀齐"，在阵阵蛙鼓声中，从稻花香里看出来丰收的年景。

"白露身不露"，天气一天比一天凉爽了，节气从初秋步入中秋，晚上乘凉，阵阵晚风吹来，拂至皮肤上，有一点儿凉飕飕的感觉，早晨起来跑步，公园的草坪上，挂满了亮晶晶的露珠。

"八月十五雁门开，雁儿头上带霜来"，"白露秋风夜，一夜凉一夜"。进入白露后，冷空气转守为攻，暖空气退避三舍，气温很快下降，到了夜间，空气中的水汽遇冷便凝结成细小的露珠，非常密集地挂在花瓣和树叶草尖上，经过清晨的朝霞照射，晶莹剔透，洁白无瑕，惹人喜爱，"白露"遂而得名。《诗经》上就有"蒹葭苍苍，白露为霜"的记载，还有"白露为霜霜华浓，红袖添香夜读书"的诗句。

这时乡村田野的景色，也一天比一天丰富多彩，柿树上挂起了"红灯笼"，棉田里开满了"银花花"，彩色的玉米地里铺起了"五彩路"，高粱举起了"红火把"，石榴裂开了"歪嘴巴"，向日葵地里亮起了黄灿灿的"金盘盘"，而早稻田里也涌起了金色的稻浪……这正是稻香鱼肥蟹脚痒，人寿年丰奔小康。

白露最佳的时令食品是红枣莲子汤、桂花糖芋头、百合糯米粥、银杏炒鸡丁、桂花藕和山芋南瓜汤、荷叶桂花粥等滋补的食品。

白露的农谚有"处暑萝卜白露菜，花生芝麻收家来"，"草上露水凝，天气一定晴"，"白露满地红黄绿，收了早稻种早麦"，"喝了白露水，蚊子闭了嘴"等等。

周邦彦《雁归词》："候馆丹枫吹尽，回旋随风舞。夜寒霜月，飞来伴孤旅。还是独拥秋衾，梦余酒困都醒，满怀离苦。甚情绪。深念凌波微步。幽房暗相遇。泪珠都作，秋宵枕前雨。此恨音驿难通，待凭征雁归时，带将愁去。"

秋 分

秋风送爽，桂子飘香，天高云淡，蟹肥菊黄。

秋分，古书上讲："秋分者，阴阳相半也，故昼夜均而寒暑平。"它表示三个意思，一是这一天，白天和夜晚都是一半对一半，白天十二个小时，夜晚十二个小时，二是从秋分到霜降，整个秋季九十天时间，立秋到秋分是四十五天，秋分到霜降，也是四十五天，又是一半对一半；三是进入秋分节气，就和炎热的夏季，彻底"拜拜"了，在一般情况下再也不可能出现三十度以上的高温了。

进入秋分，桂花开了，小区里、街道旁、公园里，一阵阵香味飘来，浸人肺腑，令人心醉。可以美美地吃上一顿桂花糖芋头、桂花炒大栗、桂花蜜汁藕，还有桂花酒、桂花茶、桂花饼、桂花糕和桂花糖粥。

在中秋前后，虽然长荡湖、阳澄湖的蟹还没上市，但高淳固城湖和洪泽湖的蟹都已上市，此时邀三五好友，在庭院内、阳台上一边赏菊，一边品酒吃蟹，也蛮富有诗情画意。

"立夏祭日"，"秋分祭月"，古时，人们在秋分这一天有祭月的习俗，用柿子、莲心、红菱、鲜藕、石榴，对月遥祭，感谢月亮公公对"人寿年丰、五谷丰登"的保佑。后来这一习俗改成了中秋祭月了。

"秋分到，鸡蛋俏。"秋分时，在民俗上有竖蛋的习俗，将一只只鸡蛋在桌面上、玻璃上"竖"起来，据说："将鸡蛋竖起来，这是个好兆头。"

金期秋分，风清露冷秋期半；桂子飘香，月圆前距望非遥。秋分，天爽地爽人更爽，不管从物质上或精神上讲，实在是个好节气。

秋分三候：一候雷始收声，电公雷母收工回天庭了，他们从惊蛰下凡，到秋分收工，干了八个月的活，可以上天向玉皇大帝要"年终奖"了；二候蛰虫坯户，虫类受寒气驱逐，也纷纷提前进洞，告别残秋，准备冬眠了；三候水始涸，春交水长，因为农作物需要水，到秋冬季节，小池塘、小沟渠、小塘坝里的水也开始干涸了。

谢逸《秋分词》："金气秋分，风清露冷秋期半。凉蟾光满。桂子飘香远。素练宽衣，仙仗明飞观。霓裳乱。银桥人散。吹彻昭华管。"

寒 露

萧疏桐叶上，月白霜且团。滴沥清光满，荧煌素彩寒。

《月令七十二候集》解说："九月节，露气寒冷，将凝结成也。"寒露的意思是气温比白露更低，地面露水更冷，快要凝结成了霜了，季节将要从中秋向深秋转变。

古时人们将寒露说成四候：一候鸿雁来，二候菊花开，三候枫叶红，四候残荷败。

《红楼梦》上有"寒塘渡鹤影，冷月葬孤坟"的诗句，想必就是寒露期间的月夜。

寒露季节，晚稻快要成熟了，"喜看稻菽千重浪"。寒露节气农民朋友最爱看的秋景，是重重叠叠的稻浪。看那沉甸甸的稻穗、齐崭崭的稻棵、饱绽绽的稻粒，一株挨一株，一穗靠一穗，一粒碰一粒，互相挤挤夹夹在一起，"馒头型"地向中间伸延。

面对一望无际的稻浪，那铺金垒银的气派，那微风过后发出的沙沙声响，那耀眼的光芒，确实令人神往。

"外行看热闹，内行看门道"，有经验的农民告诉我："科学种田的本领好不好，肥水管理的水平高不高，要看稻子的长势、长相，只有那些根白、叶绿、杆青、粒黄，穗多、穗长、粒多、粒重、粒饱满、长势均匀、活熟到老的水稻是高产田。"

"你看，这稻田里，每一株稻杆都是青青的，每一片稻叶都是绿绿的，每一穗稻穗都是黄黄的，充满着生机和活力。"

寒露节气，既是收获的季节，又是播种的季节。

有经验的农民，总是"人在秋来眼在春"，不满足于五谷丰登的秋景，而在计划着来年的希望，盘算着下一个丰收年的到来。恐怕这就是"不是春光，更胜似春光"，从"秋光里看到春光"。

寒露后有一个重要的节日，那就是重阳，是老年节，"人间重晚情"，是敬老、爱老、尊老的节日。作为老人，更需要自尊、自爱、自重，活到老，学到老，每天都要有所读，有所获，有所乐。把"夕阳"当做"朝阳"，枫叶胜似二月花，快快乐乐地活好每一天，就像那丰产的稻穗一样，老来青，老来俏，老来精气神儿更好。

晏几道《重阳词》："庭院碧苔红叶遍。金菊开时，已近重阳宴。日日露荷凋绿扇。粉塘烟水澄如练。试倚凉风醒酒面。雁字来时，恰向层楼见。几点护霜云影转。谁家芦管吹愁怨。"

霜　降

"黄金铺地，老少弯腰"，"霜降一到，不问老少"，紧张的秋收秋种开始了。一年两个收和种的节点，一个是芒种，一个是霜降，对于农民来说，既是收获的季节，又是播种的季节，更是欢乐的季节。夏收夏种，庆祝夏粮丰收，秋收秋种，庆祝秋粮丰收。夏忙、秋忙，都是大忙场，是很艰辛劳累的，但有的忙，有的藏，越忙越高兴，越忙越开心。

霜降，农民欣赏的不是"树叶枯黄，风吹叶落"，不是"枯草霜花白，寒窗月新影"，也不是"千树扫作一番黄，只有霜菊独自开"，而是将地上的、地下的、树上的、河边的、塘里的、园里的丰收果实，一个不漏地收回家。

有一首农谚说道："大片晚稻抢收割，晚茬棉絮收摘忙；大葱萝卜要离地，红薯切晒或鲜藏；藕菇蒲茨要抢收，成鱼捕捞上市场；芋头要起果要摘，大菜要砍需进缸；霜降一到无老少，柴草归堆粮进仓……"这只是讲的收获，还有抢种冬小麦、冬油菜，还要做好第二年生产的准备工作。

所以在一年二十四个节气中，霜降和芒种都是一个既收获硕果又播种希望的重要节气，到了霜降农民就可以对一年的生产做一个总结了：是"多收了三五斗"，还是欠下一屁股的债；是多劳多获了，还是得不偿失；什么品种优良，什么品种需要淘汰，哪一块田要水改旱，哪一块地要旱改水。当然，还有桑、茶、果、竹、畜、禽、水产的种植、养殖、加工、上市的计划。

霜降不是降霜，霜降是"初霜"，是夜空中的露水，遇到寒冷，凝结成霜，这种霜人们叫它为"菊花霜"。到"中霜"时，在千里沃野上，才会出现一片片银花花的世界，在朝阳下熠熠闪光，这才是从天空中降下来的霜，这是浓霜，它出现在深秋晴朗的月下，六角形的霜花，凝结在溪边、桥畔的树叶和泥土上，谚语说："浓霜猛太阳"，第二天早晨，该是人们拱着手在稻草堆旁晒太阳了，这已经是进入了初冬季节。

毛滂的《秋雨词》："绿寒窗，清漏短。帐底沉香火暖。残暗暗，小屏弯。云峰遮梦还。那些愁，推不去。分付一檐寒雨。檐外竹，试水声。空庭鹤唤人。"

板栗香的新山芋、香喷喷的早花生，还有那又香又甜的南瓜粥、南瓜饼，最好吃的还有新上市的乌豇豆米粉团子，都是人们在霜降后早餐果腹的食品。

立 冬

细雨生寒未见霜，庭前落叶半枯黄。

到了立冬，天气渐渐寒冷、干燥，水分较少，表示已进入冬季，万物收藏。

古时，立冬这一天，皇帝要率文武百官到郊外迎冬，祭农神，感谢他们给下界送来了五谷丰登、六畜兴旺，同时预约明年还要继续关顾。

立冬后气温有三大特点，一是露可凝成霜；二是河水可结冰；三是蛇虫始冬眠。

从农事上讲，一般大田的麦子早在立冬前种完了。"种麦不过冬，冬季种麦不通风。"

春种，夏管，秋收，冬藏。从立冬后，农民就开始忙"八大腌"了。这八大腌主要都是蔬菜：腌萝卜干、腌大菜、腌酱油豆、腌大蒜头、腌辣椒、腌豆角、腌秧草、腌莴苣，还有荤腌的八大样，到了冬至再介绍。

另外还要将山芋、芋头、胡萝卜收藏好，防止冻坏了，这可是一冬一春"瓜菜代"的主要食品。

立冬的最大习俗是吃饺子，"立冬不吃饺，冻坏两只耳"。

在常州民间还有吃"胡葱笃豆腐"的习俗，意思是向祖宗表白："清清白白做人、做事"。

"交冬数九"一共要数九个九，"九九八十一"天过去了，寒冬就过去了。竹枝词云："连冬起九验天寒，只有寒消九九难：

111

第一莫贪头九暖，连绵雨雪到冬残。"数九歌云："冬至进一九，两手插袖口；二九一十八，冻得下巴塌；三九二十七，见火甜如蜜；四九三十六，人人焐被窝；五九四十五，起劲打锣鼓；六九五十四，河边插柳丝；七九六十三，行人把衣敞；八九七十二，天上飞大雁；九九八十一，犁耙一齐出。"

古诗《寒窗雾》："雾窗寒对遥天暮，暮天遥对寒窗雾。东风回首不堪悲，冻云一树垂垂。夜来带得些儿雪，如今寂寞待人归。"

小 雪

枯荷无雨盖，残菊有霜枝，小雪飘窗外，夜读静坐时。

转眼间，一年间第二十个农事节气小雪又来到了。

《月令七十二候集解》说："十月中，雨下而为寒气所薄，故凝成而为雪。小雪者，小者未盛之辞。"这个时候，天气变冷，北方已大雪纷飞，而南方偶见雪花，落地即化，因地气高，凝不成积雪。农谚道："十月里来小阳春，飘场小雪润麦根。"

有一则赌博鬼当棉衣的民间故事：旧时，赌鬼输光了赌资，只好到当铺当棉衣棉裤，作为赌本。乡人问道："节令刚到小雪，你当掉棉衣，岂不要冻死？"赌鬼说："过了九月芦花汛，就到十月小阳春，冬月稍稍冷一冷，过了腊月就打春，不要紧的，深夜靠浴室过寒冬，白天钻草堆养精神，老天爷是冻不死赌鬼的。"为了赌博，他是豁出去了。

小阳春，指的是立冬到小雪一个月时间，一些果树会开二次花，呈现出好似阳春三月的暖和天气。

我国在较长时间里使用夏历，是把农历十月作为一年之始，叫"阳"，习惯上将十月叫"小阳春"，所以将立冬叫做"初冬、孟冬、上冬、吉冬、阳冬"。

有一位作家是这样描写小阳春的。"向天上望去，太阳在浅蓝色的天空里，亮得化成了不成形体的白光，真是一个标准的小阳春，只有十月天下午的太阳才能这样晶亮夺目。"

人死前有"回光返照"之说，这"小阳春"恐怕也是一年节气之中的"回光返照",暖节气不愿就这样退出一年之中的历史舞台,让位给千里冰封、万里雪飘的寒冬节气,好像在警示寒冬:瞧,我又开花了,别高兴得太早,我还会回来的……

小雪养生的说法:"多晒太阳多泡脚,多吃萝卜多喝汤。"喝汤,主要是羊汤、老鹅汤、萝卜汤,特别是鹅肉鲜嫩松软,有补阳益气之功,暖胃生津,符合中医养生学养阴的原则。民间流传"冬天的萝卜赛人参","多吃萝卜排骨汤,不用医生开药方"。·

小雪的农谚还有:"小雪不起菜,就要受冻害","小雪大雪不见雪,小麦大麦粒要瘪"。

晏殊《瑞雪词》:"何晓雪花呈瑞。飞遍玉城瑶砌。何人剪碎天边桂。散作瑶田琼蕊。萧娘敛尽双蛾翠。回香袂。今朝有酒今朝醉。遮莫更长无睡。"

大　雪

"大雪，大者盛也，至此而雪盛也"，这是古人对大雪的解释。按气象学定义："下雪时水平线见度距离小于五百米，二十四小时降雪量大于五毫米，即为大雪。""大雪节气后，篮装水不漏"，这时民俗学的说法。

"瑞雪兆丰年。"严冬积雪覆盖大地，可使麦田保暖、保墒，既增加土壤的温度，又增加土壤的水分含量，有利越冬农作物的生长。

另外，"冬雪杀虫"，冰冷的下雪天气，可冻死藏在稻根中越冬的稻苞虫、螟虫等害虫，有利于第二年农作物的生长。

还有一种说法，"麦盖三层被，枕着馒头睡"，因为雪水中的氮化物的含量是雨水的五倍，有一定的肥田作用。

秋收冬藏，大雪后，居民们就忙着腌制腊肉、腊鱼了；腌猪腿、腌香肠、腌咸鸡、腌咸鹅、腌咸鸭、腌狗肉、腌羊肉、腌牛肉，这就是农家的荤八腌。

"江南雪，轻素减云端"，"蝴蝶初翻帘绣，万玉女，齐为舞袖"，"孤舟蓑笠翁，独钓寒江雪"……这是古时文人雅士、吟雪的诗文，车装船载，数不胜数，但我还是喜欢民间的那些"打油诗"："一片、两片、三四片，落在河中都不见"，"黑狗身上白，白狗身上肿"，"大地一片白，井口黑洞洞"……

还有一首描写下雪的儿歌，也别开生面："下雪啦！下雪啦！雪地里来了一群小画家，小鸡画竹叶、小鸭画枫叶、小狗画梅

115

花、小马画月牙、青蛙为啥没来画，它在洞里睡觉哩！"

古人还有踏雪寻梅的雅趣，下雪天，骑头小毛驴，携上一葫芦老酒，走荒村，过木桥，访茅舍，找梅花，然后一边赏梅，一边围着火炉饮酒吟诗。

如今的好官，到了下雪天，就下乡访贫问苦，看看老百姓的衣食住行，看看低保户、五保户的住房、穿衣、吃饭，看看屋里透不透风，床上暖和不暖和，有病了能不能得到及时治疗，这就是"踏雪访贫"。

叶梦得《大雪词》："翩跹飞舞半空来，晓风催。巧萦回野旷天遥，回望兴悠哉。"

赵长卿《大雪词》："晚色沉沉，雨声寂寞，夜寒初冻云头。晓来阶彻，一捻冷光浮。日断江天霭霭，长迷映绿竹修修。多才客，高吟柳絮，还更上高楼。"

冬　至

冬至，是二十四节气中最早制定出的一个节气，早在春秋时代，我们的先民就用土圭观测太阳，测定出冬至时间。

在冬至当天，太阳位于黄经 270 度，阳光直射南回归线，成为北半球白天最短、黑夜最长的一天。过了冬至，太阳又慢慢向北回归线转移，白天也就一天天变长。所以民间有："白天最短是冬至，最长是夏至"，"冬至冬，一天一根葱；夏至分，一天一根针"，就是说，测量太阳的影子，过了冬至，一天就延长"一根葱"的时间；过了夏至，一天要短"一根针"的时间。

"冬至大如年"，在我国古代，先有冬至，后有春节。《国礼》记载："以冬至致天神人鬼"，因为周历的新年是从冬至这一天开始的，周朝时，冬至日，天子要率三公九卿迎岁，直到汉武帝采用夏历后，才将春节和冬至分开。也就是说在二千二百年前，我们的先民还没有过春节的习俗，而是将冬至作为年节。但到了汉武帝，仍然将冬至作为大节，朝廷上下，放假五天，供天地、敬鬼神、扎彩灯、放鞭炮，相互拜访、馈赠美食，欢度佳节，其盛况远超过春节，有诗云"有几人家挂喜神，匆匆拜节趁清晨；冬肥年瘦生分别，尚袭姬家延子春"，这就是"冬至大如年"的来历。

在冬至这一天，皇帝要祭天，老百姓要祭祀自己的祖先。这一习俗在东汉时期就已出现，到了明清时代已广为流行，在江浙一带，除了供祖宗，还要上坟、扫墓，冬至上坟不亚于清明扫墓。很多人还在祖宗的坟前烧纸衣，称为"送寒衣"，在江南也叫"烧衣节"。祭祀过后，亲朋好友共饮"冬至酒"。

在常武地区，在冬至这一天"开祠堂"，"挂祖宗神像"、"打开宗谱"、"吃祠堂酒"，这是同族人会聚，做冬至是敬祖先的盛大节日，有些地方，还敲锣打鼓舞龙灯，请戏班子"唱戏"。

冬至，还有独特的节令饮食文化，饺子、馄饨、米团、年糕、糯米饭等都是常州人冬至的最爱。

吴文英《冬至词》："冬分人别。渡倦客晚潮，伤头俱雪，雁影秋空，蝶情春荡，几处路穷车绝。把酒共温寒夜，倚绣添慵时节。又底事，对愁云江国，离心还折。"

小　寒

"小寒冰上走，冻得直缩手"，小寒是一年二十四节气中的倒数第二个节气。

小寒和夏令的小暑是对应的节气，小寒过去有大寒，这还是小冷冷，还不能说是"天寒地冻"。"小寒冻鹭天，大寒冻神仙"，鹭天是一种耐寒的鸟。

小寒天气酷寒，农民一般不在室外劳动，而是在家中作草活，打草鞋、搓草绳、织草包、编草垫子、整修犁、耙等农具家什，同时做好耕牛保护工作，加料，饮温水、保温、使越冬耕牛不掉膘。

在小寒后，有一个重要节日，即"腊八节"，"腊八节"是我国的传统节日，源自上古时期的腊祭，后因佛教的传入，腊八这一天，作为佛祖释迦牟尼悟道的日子，就成为重要的宗教节日。

佛门弟子为了纪念佛祖苦行修道，就把腊月初八日定为"腊八节"，并在这一天煮腊八粥救济穷人。每年到了腊月初七，寺庙的僧侣，都要将新鲜的干果、豆类、米类、杂粮放在大锅熬煮，直到天明，先用煮好的腊八粥供奉佛祖，然后向善男信女施舍腊八粥，这腊八粥也叫"福粥"、"寿粥"、"佛粥"，传说吃了这粥，就能得到佛祖的保佑。

要看农家巧不巧，就到腊八粥碗里找一找，在江南乡村，有的地方在腊八这一天，举办赛粥会，看一看哪家粥里的花色品种多，实际上是一场多种经营的小竞赛、一种巧农民的竞赛，因为腊八粥里有各种各样的果啊、豆啊、菜啊，各种各样的农副产品啊，各种各样的副食品啊，实际上是一场巧种田的竞赛，是一场农副产品加工能力、加工水平的竞赛。

周邦彦《腊月词》："白日隐寒树，野色笑寒雾，春残腊相催，霜冷板桥路。"

大　寒

“大寒大寒，杀猪过年”，“大寒一过，快备年货”，“大寒冷到极点，日后天气渐暖”。

大寒，是一年二十四个节气中最后一个节气，也是一年中最冷的一个节气。

大寒过后，人们就开始忙“年”了，买年货、杀年猪、做年米、蒸年糕、做年团、制年酒、索年粉、熬年糖……总之，为过好一个丰盛、富足、祥和、欢乐的春节做准备、

这大寒后，民间还有一项供奉土地公公、土地娘娘的活动，一般安排在腊月二十日左右。

土地庙是乡间最小的庙，土地神也是诸神中职位最低的神，按品级算，恐怕只能是十二品。

“多少有点神气，大小是个官儿”，横批“独霸一方”，这是小时候常见的一副土地庙的对联；另外还有一副对联，“黄酒白酒都不论；公鸡母鸡总要肥”，横批是“尽管端来”。

和第一副对联联系起来，更生动地说明土地神地位卑微，供品要求不高，但毕竟是独霸一方的神，不可怠慢，像村长、村民小组长一样得罪不起。所以又有一副妙联：“莫笑老朽无能，许个愿试试；哪怕多财善贾，不烧香瞧瞧？”

别看土地神职位低，官不大，但管的事不少。辖区内凡婚丧喜庆、天灾人祸、鸡鸣狗盗之事都要插一手，而且土地神一副慈祥老翁的模样，与人较为亲近，所以乡里人都敬重他，要过年

了，向他送点年礼，烧点香火，祈求保佑。

大寒过后，就要"接风送雨忙祭灶了"，祭灶，又称"交年"、"小年"，是民间极具特色的节目，每年要在腊月二十四日这一天，在灶台上供奉瓜果甜食，送灶君上天，向玉皇大帝报告情况，希望他"上天言好事，回宫降吉祥"，可不能当"密探"，说主人家的坏话。

如今，人们供奉的灶神都是老夫老妻，既有："灶君爷爷"，又有"灶君奶奶"，《王烛宝典》卷一二引《灶书》："灶神姓苏名吉利，妇名博颊。"

民间还有"祭灶糖"之说，供上甜瓜、甜饼、甜果、甜糖，希望灶君将嘴巴吃得甜甜的，能在玉帝面前说好话，说"果子话"，省得老来找我们老百姓的麻烦。

晁补之《辞岁词》："残腊初雪霁。梅白飘香蕊。依前又还是，迎春时候，大家都备。宠马门神，酒酹酥酥，桃符尽书吉利。五更催驱傩，爆竹起。虚耗都教退。交年换新岁。长保身荣贵。愿与儿孙、尽老今生，祝寿遐昌，年年共同守岁。"

正月新春忙过年

正月的"正",是端正、正大。端为始,"天一元始,正月延寅"。

"爆竹声中一岁除,春风送暖入屠苏。千门万户曈曈日,总把新桃换旧符。"王安石的这首诗家喻户晓,"山头曈曈日将出","曈曈"是日将出微明时的景貌。大年初一也称"元旦"、"上日"、"上元日",东坡有诗:"眷东风之协应,嘉上日之同欢",春风由此也称协风。

按古时习俗,年初一为鸡日,鸡司晨;初二为犬日,犬救主;初三为猪日,猪忠厚老实;初四为羊日,羊孝道;初五为牛日,牛负重;初六为马日,马伏骥;初七为人日,人有七情六欲,为万物之首;初八为谷日,六畜兴旺,五谷丰登。

正月是忙过年、拜年、贺年的月份,年初一是拜父母的年;初二是拜岳父母、娘舅的年;初三是拜兄弟姐妹的年;初四是拜叔伯、表亲的年;初五是村里人互拜。

农历初五,"破五",商店开市,就恢复正常生活了,在江南乡镇,年初五比除夕还重要,要"抢财神"、"接财神"、"烧财神"。

古时年初五,既要接财神,还要送穷神。韩愈写《送穷文》,称自己是穷智、穷学、穷文、穷命、穷交,是才智不足、才学不够、文采枯竭、命不畅、患难之交稀缺。从精神方面上讲"送穷、脱贫",这蛮有新意,和我们今天强调的治贫先治愚,不仅富口袋、还要富脑袋,有异曲同工之妙。

金坛诗人戴叔伦作新春诗："年来日日春光好，今日春光好更新，独献菜羹怜应节，遍传金胜喜逢人"。

在正月初七这天，人们要喝七种羹，以冬笋、青菜、韭菜、野菜、莲藕、山药、百合七种菜为羹，人吃了大吉大利。这和后来人们吃春饼、咬生萝卜、咬春、拜春是一个习俗。人们用生菜、花生摆"春盘"，以麦米豆打春牛，南方人叫"打春牛，赚钱可流油"，妇女梳"春髻"，文化人互赠春词为"春帖子"。

正月十五闹元宵，古称"上元节"，七月十五叫"中元节"，十月十五为"下元节"，这"三元节"来自道教的天、地、水三官崇拜。

正月十五，北方吃元宵，南方吃汤圆，名称来自"混元子"和"浮圆子"。

正月十五办灯会，为灯节的高潮，这一天满街灯山灯海，人流拥塞，车水马龙，夜如白昼，人们奏月光曲，饮赏月酒，古诗云："春风来鲜吹残雪，灯烛迎阳万户燃，静看繁星在平地，不妨明月满中天。"

元宵节，是民俗文化之大展示，唱麒麟，舞龙灯，走马灯，跳狮子，渔歌灯，荡湖船，跳皮老虎，唱春送春。常州有首儿歌唱道："甘棠桥，对鼓楼，鼓楼对着庙门口，镗镗镗，灯来哩！嗲格灯？一团和气灯，二龙戏珠灯，三元及第灯，四事如意灯，五子夺魁灯，六角风菱灯，七子八婿灯，八仙过海灯，九九莲花灯，十面芙蓉灯。镗镗镗，后底还有一条老龙灯，跳出二十四个小猢狲，吓得娘娘小姐呆瞪瞪。"

莺飞草长二月天

正月过去二月到，农历二月，是早春二月，历书上称"如月"，"如"是顺从的意思，"万物相随而出，如是然"。

二月对应古乐十二律的阴历夹钟。夹是左右相持，钟为礼乐之器，夹钟是指阴阳相杂、相持之声。姜夔词："红妆艳色，照浣花溪影，绝代朱丽。弄轻风，摇荡满林罗绮。自然富贵天资，都不比等闲桃李。帘枕静俏，月上正贪春睡。"

二月的农时节气一是"一雷惊蛰始"的惊蛰，二是"绿杨飞急花枝俏"的春分。

"二月春风似剪刀，二月的风是'条风'"，条风也称"融风"，融冰雪、融冻土、融寒气，将"霜水"融成"露水"。所谓春日融融，春风融融。二月融冰之后，开始流"白萍水"，"杨花雪落覆青萍，青鸟飞去衔红巾"。莺飞草长的二月天气，开始迎接百花齐放、万紫千红的到来。

二月，正是桃花盛开的季节，桃之夭夭，使春色无限。

桃李是群芳领袖，桃之夭夭，美在娇羞妩媚，娇红中自有风情万种，春光无限就由她招摇而来。"深红粉白，无言忽笑，斗尽铅华半无力，烟脸嫩雾寰斜，肠断东风客。燕子欲来还去，满地愁狼藉。芳姿难得，韶光一片，嘱咐东君再三惜。东君，春神也。"辛弃疾词："可恨东君，把春去春来无迹，便过眼，等闲输了，三分之一。昼永暖翻红杏雨，风晴扶起垂杨力。更天涯，芳草最关情，烘暖日。"

二月的民俗多，二月初二，龙抬头，是指二十八宿中的青龙，它镇守东方，在上年"秋分"后潜渊，到二月初二跃出、腾起，春天就真的来了，春色为青，青是春色，也是生命色。二月二，龙抬头，下雷阵雨，这时下的迎春雨，雷是催促万物的号角，雨是滋润禾苗的雨露。古时，农人要在这天接雨水进水缸，称"龙水"，用此水煮饭，称"龙子"，下面条称"龙须"，但不能动针线，怕伤了"龙目"。

农历二月二，是孟子生日，初三日是文昌帝生日，初八日，是"芳春节"，是道教之节日。

二月十二，是百花生日。"花光红满栏，草色绿无岸"，姑娘们在花枝上挂红布条，"扑蝶西园随伴走，花开花落，渐解相思瘦"。

花朝月夜动春心，二月十五是花朝会，春到此为半，百花都将竞放，春花烂漫的最美季节到了。此时，春风拂煦，春光迷眼，春意撩人，春心难耐。这一天也称"扑蝶会"，彩蝶纷飞，莺飞草长。这一天也是"挑菜节"，到野外挑马兰，挖野菜，吃春笋，尝春饼。青年男女双双对对去郊外游春、闹春、浪春。

农历二月二十二，是马王爷的生日，马王爷是天上的天马星，称"马神"，三只眼，四只手。驷马难追，是四匹马一起奔驰，天马行空，独来独往。

农历二月十六，是"黄姑浸种日"，浸种发芽，准备春耕播种了。黄姑是谁？"东风伯劳西飞燕，黄姑织女时相见。"黄姑是谁？是牵牛星。牛郎变成了黄姑，可能是牛郎织女换了工种，也可能是牛郎外出打工了，将种田的活交给了织女，农耕社会也搞起了男女平等。

正月拜年，二月种田。二月是农家赶集场的日子，也是春耕备耕的日子，更是青年男女"播种"的最佳季节，二月怀春冬月生，腊月农家添子孙。

欧阳修的《春分词》："雨霁风光，春分天气。千花百卉争明媚。画梁新燕一双双，玉笼鹦愁孤睡。霹荔依墙，莓苔满地。青楼几处歌声丽。蓦然旧事上心来，无言敛皱眉山翠。"

阳春三月百花艳

三月为病月，《说文》称"病"为卧，惊病也。此月对应《周易》中夬卦，夬是对决，阳气绝对优势，气长物盛，阳气蒸腾，构成"清明时节雨纷纷"。

三月又是建辰月，北斗星斗柄指向为"建辰"，辰是十二生肖的龙，辰为震，震为雷，春雷滚滚，是雷神为百花擂春鼓。儿歌说："老天爷打腰鼓，鼓劲，别忘了，春光一刻值千金。"

三月又对应古乐十二律中的阳律姑洗。姑者，故也，洗者，鲜也。"仁风导和气，句芒御昊春。姑洗应时月，元巳启良辰。"白居易诗云："风吹新绿草芽坼，雨洒轻黄柳条湿。"

三月有"满溪红片向东飘"的"清明"和"鸟弄桐花，雨翻浮萍"的"谷雨"两个农时节气。

清明是三月节。温风如酒，清香而明洁。"欲减罗衣寒未去，残杏枝头花几许，墙头风急树枝空，啼红正恨清明雨。"

清明时节，桃红柳绿，春光烂漫，正是常武地区上茅山烧香的最好时节。

茅山山歌唱道："三月三，十万香客上茅山，三千轿夫唱号子，歌声响彻九里湾"；"三月三，千条香船上茅山，头船已到清培桥，尾船还在古尤山。"据说茅山轿夫的号子，还成就了江苏一种地方剧种——丹剧，丹剧的曲调大部分来源于茅山轿夫的号子。

清明时节又是江南一带植柳、插柳、舞柳、食柳的最好季节，人们在踏青时，戴柳条帽、跳柳条舞、饮柳叶茶，吃杨柳饼。

民俗说："清明不戴柳，死了变小狗"，"清明挂柳球，鬼邪不敢留"，"吃了杨柳饼，傻子变聪明"。

清明时节，是乡村赶集场的时节。更是乡村民俗大展示的时节。旧时，集场大都和香会、庙会结合。赶集时，农民举着香烛，敲着锣鼓，唱着民歌民谣，玩着龙灯、狮子、皮老虎，荡着湖船，踩着高跷，扛着旗伞向集市进发。河道里停满了赶集的农船、烧香的香船和赶码头的商船。集市上万人云集，千商汇聚。街上有店，店外有摊，摊外搭棚，篷连篷，摊接摊，铺面栉比鳞次，商品琳琅满目。集市上，人挤人，人夹人，平时半小时能走完的集市，此刻，三个小时也走不出去。赶集场，正是小孩子的"天堂"，不仅有的玩也有的吃。

各种小吃品种繁多，有小米子糖、庆汤粽、氽鱿鱼、凉粉、藕粉、千张百叶、酒酿元宵、豆腐花、糖粥、梅花糕、海棠糕、焙酥豆、鸭血汤、五香茶叶蛋、肉丝面、小笼包子、锅贴、馄饨、汤圆、花生糖、芝麻糖、炒米糖、黄豆糖、生姜糖。

再说玩的：有拉洋片看西洋景的，有猴子骑车敲锣的，有敲渔鼓唱道情的，有变戏法玩把戏的，有雀子衔牌测字的，有卖梨膏糖、卖狗皮膏药的，有耍刀使剑喷火走钢丝的，还有圈地跑马的，还有算命、打卦的……当然最热闹的地方是唱社戏，五六亩地的场子围了几千人，这戏一般要唱三天三夜。

三月赶集场，更是走亲访友最佳时期。在集市上和附近村庄，家家早在三天前就杀猪、捉鱼、宰鸡鸭，备好了酒席，准备接待赶集的亲朋。有的农家客人多，就开"走马席"，吃走了一批，又迎来一批。客人来得越多，主人越高兴，感到有面子。赶集场吃饭，大家都是亲戚带亲戚，朋友带朋友，像牵线一样，根本不问认识不认识，也不问姓名，只要是亲戚朋友带来的，坐下来就是客，好酒好菜，热情招待。反之，如果这一家过集场，没有客人登门，准备的饭没人来吃，这家主人就"摊上大事了"，就要倒霉了。

三月中旬，是谷雨，雨其谷于水，播种时节到了，此时，"湖光迷翡翠，草色醉蜻蜓"。残花即将落尽，春将告别了。

范成大谷雨词："春涨一篙添水面。芳草鹅儿，绿满微风岸。江国多寒农事晚，村北村南，谷雨才耕遍。"

到三月下旬，落尽千花飞无絮，落钟声里已无春，莺出谷，燕巢梁，黛玉葬花了。即将进入四月，夏在叩门了。

四月初夏芳菲尽

农历四月，已进入初夏，树叶儿由鹅黄、嫩绿、浅绿、深绿而转到了墨绿，植物在春风春雨照拂下，疯狂地生长，已经是浓荫覆盖、春笋成竹的季节了。

在越剧《黛玉葬花》的唱词里，将无可奈何花落去唱得十分恐怖："看风过处落红阵阵，牡丹谢，芍药怕，海棠惊，杨柳带愁，桃花含恨，这花朵儿与人一般受欺凌，人说道大观园四季如春，我眼中恰是一座愁城。这正是花魂鸟魂总难留，鸟自无言花自羞，一朝春去红颜老，花落人亡两皆休。"

林妹妹爱情失落，亲情失宠，在她那眼里，看不到"落红不是无情物，化作春泥更护花"，看不到"人间四月芳菲尽，夏日荷花别样红"，而只能看到离愁别恨和哀怨孤独。

《尔雅》称：农历四月是"余月"，不是多余的"余"，而是宽裕的"裕"，万物到此月皆枝叶繁茂而宽裕舒展，初夏的万物疯长，为秋日的整肃埋下了伏笔，这就是自然法则。

春风风人，夏雨雨人。桃李伤春风，夏雨生众绿，春风风气教化，夏雨雨意滋润，所以古人说，春风是诗人，夏雨是情人。引得春风，沐得夏雨，获得秋阳，新的生命就诞生了，人是如此，一切动植物均是如此。因此，四月是播种的季节，四月也是"孕育人"的季节。

四月有两个农事节气，一是立夏，一是小满。

"立夏樱桃熟，窗前笋变竹"，到了立夏种苗齐，不管是稻种、菱种、瓜种、藕种，也不管是苗鸡、苗鹅、苗鸭、虾苗、鱼苗、蟹苗，都要下地、进坑、入池塘了。

更为重要的是，到了立夏、小满，大麦乳熟了，蚕豆登场了，春茶、春果都收获和即将收获了，蚕豆、油菜也快上市了，农民熬春荒总算是"磨刀看见亮了!"不再为肚皮发愁了，不再为生计担忧了。

立夏要尝三鲜：樱桃、青梅与青麦，这麦可能是早大麦、早元麦，小麦还没有上市，所谓"消梅松脆樱桃熟，新麦甘香蚕豆鲜。"

小荷才露尖尖角，前村布谷正催耕，春耕大忙开始了，乡村四月闲人少，才了蚕桑又犁田。

四月又是养春蚕的季节，白天采桑，夜晚饲蚕，日不困，夜不眠，一个多月变成钱。养蚕可累人啊，头眠、二眠和衣睡，三眠开口，忙不停手，大眠蚕宝宝上山，穿衣吃饭都要忙里偷闲，蚕娘们硬是要瘦掉三个膘，才能将蚕蚁变成白花花的茧，换成农本，换成一家人穿衣吃饭的开销。

四月佛教活动特多：四月初四是文殊菩萨生日，四月初八是浴佛节，四月二十一日是普贤菩萨生日，四月二十八是药王生日。

李白诗云："轻摇白羽扇，裸体青林中，脱巾挂石壁，露顶洒松风"；白居易诗云："林薄蚊未生，池静蛙未鸣。春禽余弄在，夏木新荫成。兀尔水边坐，悠然桥上行。"

"晴日暖风生麦气，绿荫幽草睡花时"，已经闻到麦子散发的香气了，离夏收季节不远了。

五月榴花红胜火

农历五月，仲夏，此时，绿叶厚了，树荫浓了，榴花红了，枇杷黄了，杨梅熟了。谷口云横渡，柳外乱蝉鸣，田野弥漫新麦清香，秧田一片怡人新绿。

农历五月，有两个农时节气、一个传统节日。一为夏至，这是一年中夜最短、昼最长的一天，是一年二十四个节气中最早确定的一个节气，也是一年中最有诗意的一个节气。

夏至后五天，就意味着夏天过半了，后半夏白昼骄阳似火，浓荫难求，夜晚虫鸣如织，汗湿枕席，酷暑难眠。

在我国清代，夏至放假一天，回家祭祖，团聚，品尝桃、李、杏、梅、枇杷、黄瓜等新鲜瓜果，吃刚收获的蚕豆、豌豆、麦面、菜油饼等夏季粮油食品。

夏至一到，布谷鸟就催春了，有《布谷词》为证："杜宇伤春去，蝴蝶喜风情。一犁梅雨，前村布谷催耕。天际银蟾映水，柳外乱蝉鸣。人在斜阳里，几点晚鸦声……"

另一个农时节气是"芒种"，"芒种一到，不问老少"，泛指："有芒的麦子要收"、"有芒的稻子要种"。芒种，稻麦也。

"芒种"是一年中农人最忙的季节，过去有说法叫："眼睛一睁，忙到熄灯"、"从鸡叫忙到鬼叫"、"从'东方红'忙到'国际歌'"。此时，麦要收，豆要摘，茧要采，秧要插，油要榨，场要压，肥要运，水要踏，地要犁，沟要挖，磨要推，草要括，豆要点，蒜要拔，桑要剪，圩要闸……真是丢下钉耙拿扫帚，一天恨不得有四十八个小时用，一个人恨不得有四手四脚赶忙场，哪像如今农民种田不用弯腰，不要动刀，不要下水，不要肩挑，只要开动收割机、拖拉机、插秧机，五六天就将夏收夏种搞定了。

五月，还有一个端午节，这是一年中除过年、中秋外，最有人情味的一个传统节日。

端午的端是端正，人是天地之心，五行之端，端为始，午是正午，纵横交错才正中，这是端午节的原意。大约在春秋时期，我国民间就有过端午的习俗，流传最广的就是纪念屈原包粽子。

端午的民俗活动主要有吃粽子、划龙船、辟五毒和端午景。

五月，被视为"恶月"、"毒月"、"湿月"，时近盛夏，蚊蝇百虫危害人体，于是民间便有了"吃雄黄酒"、"菖蒲酒"、"大蒜酒"，以及点燃艾草，熏蚊蝇，用艾草、菖蒲煮成"香汤"沐浴的杀菌消毒的法子。

端午节，民间还有吃"五黄五白五红"的习俗，五黄即黄鱼、黄瓜、黄鳝、黄鸡、雄黄酒；五白即白切肉、白斩鸡、茭白、白豆腐、白酒；五红即咸鸭蛋、红烧鱼、红烧肉、苋菜、炒虾子。

五月端阳，小孩穿老虎鞋，妇女戴百脚巾，老人系长寿绳，家家门前挂蒲插艾，成为节日的佳景。

五月枇杷正满林，一树蝉声满院庭，连日夜雨孕苔藓，格格声中飞水禽。已经到了用扇子的时候了，盛夏离我们不远了。

映日荷花六月红

农历六月，夏天的最后一月，此刻是一年中天气最热的时候，天空如烧炽一般，上无纤云，下无微风，流火铺天盖地，时为酷暑，促万物疯长成熟。

到了大暑，天热到极点，东汉刘熙说，"暑是煮，骄阳在上，火气在下，熏蒸其中，人如进热笼，气极脏"，也叫"龌龊热"。古时，"人们以各种方法避暑，浮甘瓜于清泉，沉朱李于寒水"，"卧松林，趟竹园"，"藏桥洞"，"立井旁"。而午后盼风雨欲来，迎大雨滂沱，傍晚听雷断雨，看彩虹担山，也别有一种清凉诗意。

六月溽暑，溽是湿气，湿气蒸腾，所以暑天怕蒸热、闷热，最怕"白天西南风，晚上进蒸笼"，传说"西南风是光棍风，一到晚上就回家烧晚饭了"。暑天清晨最凉快，最适意，凉风习习，头脑清新；而东南风的夜晚也不错，林梢簇簇红霞满，晚凉新浴布衣轻，人在瓜棚豆架下乘凉，在如雨的虫声中进入梦乡。

六月二十四，是荷花生日。

有首民歌唱道："荷叶出水尖又尖，荷花爱藕藕爱莲，荷花爱藕节节白，藕爱荷花色色鲜。"

映日的荷花是阳刚之气，是男人的世界；荷塘的月色是温柔之美，是女子的乾坤。

荷花是君子花，荷花以其圣洁、气节、品格、繁衍、茂盛、吉祥、崇高、丰收、连绵、富裕、幸福等文化符号传承表达中华民族的远大理想、人文情怀、民心愿望，在我们的历史长河中弥漫，历久弥新。

荷与和是相通的，荷文化也表示和气、和顺、和合、和谐、和平。有人说荷文化从五个方面体现了和谐的精神。

红花、绿叶，它体现了色彩的和谐；莲心、莲子、莲根、莲叶，它体现内容和形式的和谐；荷出污泥而不染，洁白、圣洁，质朴无华，它体现了在市场经济环境下精神与物质的和谐。荷外通内直，不蔓不枝；而藕扎根水底，巧斗风浪，是一种刚柔相济的和谐；荷藕既可果腹，又可欣赏，变河水为良田，一塘荷藕就有一塘肥鱼，增加农民收入。它顺天时，适地利，尽人和，是一种天人合一的和谐。

六月十五、十六，也是玩月、望月的好时刻。一年中除春江花月、中秋桂月外，六月十五玩月亦不可略。暑夜树影连连，若泛舟湖上，待暑褪尽，以轻风月光荷香度酒，周边睡莲红翠相依，清芬相拥，岂不也美哉？古诗云："江树悬金镜，深潭倒玉幢，白小忽乱跳，化为水银池。"

七月流火报秋信

农历七月，初秋。"七月流火"的"火"，其实是指火星的位置从中天西降，意味着暑退秋至。

七月，还被称为"兰月"，泽兰七月开莹莹百花，有一种温馨的清香。七月，在江南城市街头，常有"白兰花、白兰花"的叫卖声，很香，是一种淡淡雅雅的香，放在上衣口袋里，能解汗气。

七月初七，是七巧夜。"渺渺银河浪静，星桥外，香露菲菲，霞车举，莺引鹊驭，稳稳过天梯。"牛郎织女一年一度在星光中鹊桥相会，虽静美，但凄切、悲哀，小夫妻远隔天上人间，一年就只能见两个时辰，说不上几句体己话，就分开了。

古时文化人为什么将民间故事写成"鹊桥会"，一因古诗有"破颜听鹊喜"的记载，它叫声"切切"，是知喜迎喜的吉庆鸟；二因它喜筑爱巢，建温馨家园，培养下一代，夫妻双双把家回，你觅食来我筑巢；三是在三更时的月色中相会，更具诗意，古时称七月的月色为"鹊华"。

七月初七，鹊桥会也是我们中华民族的"情人节"，"在天愿作比翼鸟，在地愿为连理枝"，"天长地久有尽日，情爱绵绵无绝期"。

白居易《七夕诗》："烟霄微月谵长空，银汉秋期万古同，几许情欢与离恨，年年并在此宵中。"

江南民俗姑娘媳妇在七巧日这一天，常以"晒水试巧"、"丢针验巧"、"贡月乞巧"、"瓜棚听巧"、"投蛛织巧"、"荷露食巧"等方法，以乞得智慧，成为巧姐、巧妇。

现时古为今用，在七巧日由工妇组织，开展评比巧农民、巧工人活动，有技术能手、操作能手比赛，看谁电脑打字快、厨艺手段高、安全驾驶汽车又快又好又省油，在生产经营上发明创造贡献大等等。

七月十五是中元节，这是一个鬼节，古称盂兰节，盂兰是梵文，意为救倒悬，是讲目连救母的故事，目连是孝子，其亡母倒悬在饿鬼里，以钵供饭，母未入口，皆化为火炭。佛释疑说：你母罪重，非你一人能救，需借十万僧众神威之力。于是，在月明千里水面，陈法供，漂河灯，奉经燃纸，称为万众同求怜悯，为所有幽冥沉沦者超度，这才使母亲有饭吃。由此，这一天人们烧钱化纸就成了人人参与赦罪，帮助孤魂野鬼超度。

七月有立秋、处暑两个农时节气。

立秋是七月节，春为生，秋为熟，所以秋为轻盈展翅，由此才称"飞秋龙，游上天"。有秋高气爽，春花秋月，花为温馨，为繁；月为清寒，为简，由此秋夜明，秋风白。碧水秋素，秋水伊人，秋明空旷，秋波横流，秋怀难耐，秋爽媚人。

柳永的《气爽词》："雨晴气爽，伫立江楼望处。澄明远水生光，重叠暮山耸翠。遥认断桥幽径，隐隐渔村，向晚孤烟起。"

"一点新萤报秋信，一家松火隔秋云"，处暑后，早起凉意爬上胳膊；夏夜临晓，秋影长，过了七月，就进入中秋了。

中秋八月桂花香

农历八月是桂月，江南小城正是丹桂飘香时，桂子月中落，天香云外飘。站在小巷深处，呼吸被香艳牵制，粉墙黛瓦皆被桂香沾染。

八月十五中秋节，正是一年中最有诗情画意的时节。

"中秋三五夜，明月在前轩，天净无片云，地静无纤尘"，"三更好月十分魄，万里无云一样天"，"乾坤融入冰壶里，万象都无只有光"，"月宫桂树下，攒柯半玉蟾，花好月圆夜，情侣俏盟誓"，古人写中秋月夜的诗数不胜数。

中秋，又叫"仲秋"、"夕月"、"团圆节"。

中秋节，是现今我国三大传统节日之一（春节、端午、中秋），但它起源较晚，到了唐代才有中秋的说法，宋代才出现"中秋节"一词。宋代孟元老《东京梦华录》载："中秋节前，读者就卖新酒，贵家结稀台榭，民家占酒楼玩月，笙歌远闻千里，嬉戏连坐至晚。"

月饼的出现更晚，大约形成于元末明初，明代沈榜《宛署杂记》载："八月馈月饼。世庶家俱以是月饼相遗，大小不等，呼为'月饼'。市肆以果为馅，巧名异状，有一饼值数百钱者。"

民间关于月饼的产生，有一种传说：朱元璋在饼下放一张小方纸，上书"中秋夜杀鞑子"六字情报，相互传递，月饼成了起义的暗号。是夜，农民揭竿而起，元兵不战自溃，月饼帮朱皇帝打江山立下汗马功劳。至今，苏式、沪式月饼下仍有一衬纸。

中秋拜月是江南民俗，大都是妇女拜月，用"红菱、鲜藕、花生、石榴、甜瓜、莲蓬、玉米、南瓜"八样果蔬供月亮公公和嫦娥娘娘。过去，商店有专卖供月亮的大号月饼，上面印有美妙的图案：如"嫦娥奔月"、"西施醉月"、"三潭印月"、"银河夜月"等等。扬州人拜月不仅有月饼，还要做团圆饼，团圆饼做得一个比一个大，敬月时形成宝塔形。武进人做月亮饼，用芝麻糖包，也有的用青菜肉包。常州人还用"子孙藕"（一根连枝新藕）"和合莲"（颗粒饱满的莲蓬）供月拜月，象征子孙满堂，全家和合。

月饼，作为一种时节食品，被赋予祝福团圆的含义，成为受人喜爱的馈赠礼品。常武一带，中秋节的应时食品还有百合汤、韭菜饼、桂花年糕、糖芋头、冰糖藕片、莲心汤等等。

八月底，桂花凋谢，月色渐淡，虫鸣声倦，花红叶焦，落叶已经增多，中秋八月即将告别，李贺诗："孀妾怨夜长，独客梦归家，傍蟾虫辑丝，向壁灯垂花。帘外月光吐，帘内树影斜。悠悠正露姿，残荷池中花。"

八月有两个农时节气，一是白露，一是秋分。秋分至，风清露冷秋期半，九十天的秋天就过去了一半。春分和秋分，都是昼夜平分。秋分阴在正东，阳在正西，之后，阴气渐占上风，雷收声，燕飞走；夜越来越长。秋分后，阴风起，秋雨连绵，秋虫残鸣，秋云逶迤，秋水蹉跎逐渐凝滞。

辛弃疾《秋风词》："快上西楼，怕天放，浮云遮月。但无取、遇纤横笛，一声吹裂。谁做冰壶浮世界，最怜玉斧修时节。

问嫦娥入孤冷有愁无，应华发。"

　　八月中后，"盲风吼空来，不识前山遮"，盲风就是疾风，疾风知劲草。"八月秋高风怒号，卷我屋上三重茅"，杜翁的茅草屋就是让八月的劲风吹破的，害得这位诗圣做了一回"广厦梦"，"安得广厦千万间，大庇天下寒士尽欢颜"。

九月重阳话登高

九月，是秋天的最后一个季节，由中秋转为深秋。

至此，袅袅凉风动，凄凄寒露零，露气重而稠，稠而将凝，再过半月，将凝为霜降。从此告别了秋高气爽、秋明空旷，白日将变得幽晦，天寒夜长，风气萧索，雾结烟愁。萧萧秋意重，依依寒色浓，归鸿急于南飞，哀鸿遍野、秋残如雪的季节到了。

深秋，也是一个色彩斑斓的季节，金黄的稻浪，雪白的棉海，浅红的枫叶，五色的菊花，再加上一盏盏"红灯笼"似的小柿子、粉嘟嘟的苹果，把田园风光打扮得如诗如画。

在文人雅士眼里看到的是悲秋、怨秋，而在农人眼里看到的是欢秋、喜秋，是天凉好个秋、丰收好个秋，"不是春光，而更胜似春光"。

秋天到了，蟹在池中爬，鱼在水中跳，猪在圈内哼，鸭在棚中叫，果在枝头挂，稻在田中笑。春种秋收，人们从秋光秋色里看到了希望，看到了银行里的存款和一处处丰收的捷报。

农历九月重阳节，古称"重九节"，今又称"敬老节"，这也是内蕴丰富的传统节日，有各种民俗事项，如登高、敬老、赏菊、茱萸、食重阳糕等等。

九为阳数，九月九是两个阳数重合，故称"重九"、"重阳"。魏文帝曹丕在《与钟书》中说："岁往月来，忽复九月九日。九为阳数，而日月并应，俗嘉其名，以为宜于长久，故以享宴高会。"民间又有"九九长寿"一说，这也应合了"宜于长久"一词。晋代葛洪《西京杂记》载："九月九日，茱萸，食蓬饵（即重阳糕），饮菊花酒，令人长寿。"因此，人们便在重阳节上赋予尊老敬老的含义。前些年国务院规定："重阳节为老人节。"

重阳与登高相联系，起源于南朝，并相伴附会出一些传说。南朝吴均《续齐谐记》载：汝南恒景随道士费长房游学，费对恒景说：九月九日你家中有灾难，速回令家人各作绛囊，盛茱萸，挂于手臂，再登高饮菊花酒，灾难便可消除。恒景照此做了，举家登山，傍晚回家果然见家中猪犬牛羊都暴死了。从此"重九登高"便成了古人辟邪的习俗，后来又成了人们"求福求寿求健康"的一项民俗活动。

插茱萸，饮菊花酒，都是为了防止疾病，茱萸，是一种植物，高丈余，皮色青绿，七八月结实如椒子，果为深紫色，有浓烈香味，可以入药。民间有记载制菊花酒的方法："菊花舒时，并采茎叶，杂半酿之"，至来年九月九日始熟，就饮，谓"菊花酒"。

重阳糕，是一种时节的食品，用米粉制成小方糕，上染红点，并插红绿白三色小旗，为"重阳旗"。常州一带制作的重阳糕，嵌有果脯、枣泥，还有的夹红豆沙、果仁，"蒸出枣糕满店香，依然风雨古重阳"，重阳糕已成为馈送长辈的礼品，清淡绵软，更适合老人口味。

九月也是赏菊的节令，红梅傲雪，是春寒料峭中的朝阳；金菊凌霜，乃是秋残月冷里的晚霞。江南人爱菊、敬菊、赞菊、蔚然成风，相沿成习。"菊花节"又叫"黄花节"，家家把菊花插在花瓶内供亲友欣赏，在广场上，则陈列千百盆菊花，层叠似丘，号为"菊花山"。

陶渊明的"采菊东篱下，悠然见南山"和李清照的"帘卷西风，人比黄花瘦"都是咏菊的名句。

"落花无言，人淡如菊"、"节去风愁蝶不知，晓庭还绕折残枝。自缘今日人心别，未必秋香一夜思"也是咏菊的好诗。

如今，各地在重阳前后都办菊花展览，让人们咏菊、唱菊、书菊、画菊、品菊花酒、饮菊花茶，最好到长荡湖的渔船上去"吃蟹赏菊"，更别有一番情趣。

十月立冬晓霜浓

立冬为十月节，冬为终，万物收藏，春耕，夏种，秋收，冬藏。冬季，是农作物入库季节，也是农产品加工季节。

立冬十月，朔风起，水始冰，地始冻。拂晓朔风气，蓬惊晓霜浓。

立冬要迎冬，祭北方高阳氏，高阳玄冥系水德之帝，掌管水域，是水神。祭了水神，冬才得以闭藏。李白说：不周来风，玄冥掌雪。

冬藏不仅藏物，更要藏人，冬天养生，怎样养？"没钱买肉吃，睡觉养精神。"人们要早睡晚起，躺在暖暖的被窝里，在绵长而静谧的长夜，在美梦中沉睡。"暖被中，温柔乡，避寒气，将身藏"，是最好不过的养生。

冬天的萝卜赛人参，它通气，驱寒，滋补。萝卜古时从东南亚引进，有四个名字：夏叫"夏生"，秋叫"萝葡"，春叫"地锥"，冬叫"土酥"。冬天里一锅白萝卜煨汤，或者一盆红烧萝卜，古人说："若非从仙山移来，人间绝无此味。"

十月初一，是送寒衣的日子，据说是孟姜女给远在北方筑长城的丈夫万喜良送寒衣，过关给兵爷唱小曲《十送寒衣》。古时，是晚辈给祖先送纸剪的寒衣。《燕都杂咏》记民谣："地寒地冻交，鬼将寒衣索，彩纸剪衣裤，郊外见烧包。"在江南乡村，十月初一，也叫"十月朝"，要吃糯米饭，要烧冥衣祭祖，上坟用糯米饭供祖宗，配以萝卜、青菜、豆腐，让祖宗也尝尝新粮、新酒。

十月十五是下元节，正月十五是上元节，是天官的生日；七月十五中元节，是地官的生日，十月十五是下元节，是水官的生日。水官就是高阳玄冥，原来过去在这一天也是要张灯的，特别是船民、渔民，更要张灯结彩，要点香烛，放鞭炮，并请道士诵经祈福，这水神是一点也不能得罪的。

冬天的风叫"不周风"，是"朔风"、"西北风"。明代有位叫郎瑛的文化人说"四季风"："春风自下而上，风筝才能轻扬；夏风横行空中，风从树梢游过；秋风自上而下，落叶由此飘飞；冬风着地而行，触到人间疾苦，于是吼地生寒。"于是就有了"一夜朔风起，银妆素裹时"。

十月有两个农时节气，一是立冬，一是小雪。

柳永《瑞雪词》："长空降瑞，寒风翦，渐渐花初下。乱飘僧舍，密洒歌楼，迤逦渐迷鸳瓦。好是渔人，披得一蓑归去，江上晚来堪画。满长安，高却旗亭酒价。"

南方还有些地方办丰收节，举办玉米、南瓜、山芋、芋头、稻穗、棉桃、柿子、大栗等农产品展览，评比"种田状元"。

宋诗咏立冬："细雨生寒未有霜，庭前长叶半枯黄，小春此去无多日，何处梅花一绽香。"

李白咏《立冬》："冻笔新诗懒写，寒炉美酒时温。醉看墨花月白，恍疑雪满前村。"

隆冬数九梅花开

农历十一月为"冬月",又称"辜月"、"畅月"、"仲冬"。一年之中用十二地支来表示的话,又称"子月"、"建子"。按周朝的习俗,冬至曾是"年",后来人们一直认为"冬至大如年"。

大雪为冬月节,天大寒才有落地盈尺的大雪。一夜翻江倒海的朔风,漫天狂雪呼啸。早晨一睁眼,冰封的窗户亮得耀目,使劲推开雪封的大门,一大堆倚在门上的积雪首先破门而入。屋外雪龙飞舞,飞雪弥天,白茫茫一片银封的世界。

雪停了,须晴日,看"红妆素裹,分外妖娆",那红是玫瑰红。村外,沟渠道路都被填平,大雪遍地,分不清哪是河流,哪是道路,一脚一膝盖,一脚一雪窝,那才叫"过瘾",可惜这样的大雪已多年不见。

冬月,是人们"猫冬"的好季节,老人们在背风的稻草堆旁嗑瓜子,晒太阳,说古今;妇女们在山墙的大门前,扎鞋底,做针线;孩子们忙着堆雪人,打雪仗。

冬月的夜晚,是农村办科技夜校的好季节,也是乡村俱乐部排节目的好季节,更是青年男女谈情说爱的好季节。当然了,也是人们摸纸牌、抓麻将的好季节。

古人《大雪词》:"蹁跹飞舞半空来,晓风催,巧萦回。野旷天遥,回望兴悠哉。欲向玉京知远近,试携手,上高台。"

还有一首《好雪·好雪》也写得很好:"好雪好雪,萦空如雾转,凝价似花积。拂草如连蝶,落树似飞花。散葩似浮玉,飞

147

英若总素。"

冬至为十一月中,"至"是极致的意思,冬藏之气至此而极。

按南方习俗,冬至和清明一样重要,都要祭奠亡灵。这样一年之中,除夕、清明、七月半与冬至,一共四次,怀念已经故去的亲人,追思亲情、友情、爱情、恩情,向逝去的亲人致以冬至的问候,让他们也有一个温暖的寒冬。

常州人也把冬至叫"大冬",这一天是一年中白天最短、夜晚最长的日子,过了冬至,则白天渐长,黑夜渐短,固有"过了大冬,日长一葱"和"冬至一阳生"之说。从冬至始,就"交冬数九"了,就是"数九寒天"。

苏北人说"大冬大似年",苏南人说"肥冬瘦年",人们为何要将冬至如此重视。"冬肥年瘦生分别,尚袭姬家建子春。"原来在唐朝之前,人们都沿习周代的规定,冬月就是正月,冬至就是过年,天子要祭天,民间要祭祖,文武百官要放假,老百姓也要过年、贺年、拜年。一直到现今,人们还牢记两千多年前的习俗,可见民俗文化是多么的源远流长。

如何过肥冬?人们在这一天要办酒席,"送冬至盘",互赠食品。要吃羊肉,喝羊汤,切羊羔,"寒冬吃羊,暖洋洋,喜洋洋"。

常州人在这一天还有"胡葱笃豆腐"、"大冬吃南瓜"的习俗。

苏东坡在冬月有《梅花诗》:"罗浮山下梅花村,玉雪为骨冰为魂。纷纷初疑月桂树,耿耿独与参横昏。"

腊月除夕盼团圆

腊月是一年之岁尾，正值寒冬。民谚云"腊七、腊八，冻掉下巴"，是言其之冷。这时冬季田事结束，故有冬闲之说。虽说农事闲了，但生活的节奏并没有放慢，人们怀着喜悦而急切的心情，加快了向春节迈进的步伐。

春节，是中国传统的三大节日中最隆重的一个节日。而腊月，正是迎接春节的前奏曲。在这个前奏曲里有着丰富的内容，从吃腊八粥开始，人们就忙年了，要做年米、酿年酒、制年糖、打年糕、办年货；要干塘捉鱼、杀猪宰羊，要准备新衣、新鞋、新帽、新围巾；要腌制荤八样、素八样；要炒炒米、炒花生、炒瓜籽、炒豆子；做馒头、磨豆腐；要大扫除、请香、祭灶、供祖、请神、写春联，一直忙到除夕夜，可以说一天也不得闲。

农历十二月是一年中最后一个月，称为"腊月"，这个"腊"原是猎取禽兽，以肉祭祖，与"伏"对应，周朝称"大腊"。"腊"也称"索"，"索鬼神祭之"，元稹诗云"腊尽残销春又归"。

柳永有《腊月词》："别岸扁舟三两只，葭苇萧萧风浙浙。沙丁宿雁破烟飞，溪桥残月和霜白。渐渐分曙色。路遥山远多行役。往来人，只轮双桨，尽是利名客。"

金坛藉晚唐诗人戴叔伦，在《除夕夜泊石头驿》诗中写道："旅馆谁相向，寒灯独可亲，一年将尽夜，万里未归人，寥落悲前事，支离笑此身。"这位飘泊异乡的诗人，千赶万赶，还是没有能够赶回家吃除夕之夜的团圆饭。

腊月初八，是佛祖如来的成道日，寺院施粥慈养众生。僧众在这一天除吃腊八粥外，还有携众生操度八苦，佛教中的"八苦"是：生、老、病、苦、恩爱、别离、忧悲、怨恨。

民间煮腊八粥的原料各家都不尽相同，通常有糯米、花生、黄豆、红豆、百果、莲子、红枣、山芋、芋头、豆腐、山药、茨菇、蚕豆、胡萝卜、薏米、青菜等二十多样，是农副产品的大展示，也是乡村多种经营的大展示，在江南乡村，历来就有"要看农民巧不巧，到腊八粥锅里找一找"的说法。

腊祭百神，其中一个是灶王爷，一个是土地神，这是民间最小的神，也是最具体管平头百姓的神，千万不能得罪，要拍好他们的"马屁"。这天农人以糖饼、年糕、枣、栗、胡桃等祀灶神，并到土地神悬挂天灯，供奉酒菜，他们一起上天向玉皇大帝报告一家、一村善恶，农民们都希望他们"上天言好事，下界保平安"。

到了除夕夜，最隆重的节目就是吃"年夜饭"了。这时，合家欢聚，长幼咸集。

吃年夜饭，是以父母为中心，这是长辈一年的期盼，傍晚，太阳刚刚落山，父母就在门口望眼欲穿，盼儿女们鱼贯而入。等桌上摆满了碗筷，饺子热腾腾地端上来，一碗碗主菜一盆盆端上来，大家一齐举杯，他们的眼神才会表现出那般的满足。父母在，让我们珍惜这温馨、幸福、欢乐的时刻吧。

大年夜，家人围炉团坐，看春节联欢节目，儿孙们试穿新衣新鞋，"户外爆竹辞旧岁，儿孙戏争压岁钱"，"压岁果子压岁年，辞旧迎新又一年"。

农谚农事和田歌

农谚是农民千百年来在生产、生活实践中总结出来的经验，是对农事活动高度的概括和形象的反映，对引导农业生产和农民生活有一定的作用。

在江南水田地区，一年十二个月，月月有农谚，例如：立春雨雪连绵绵，老翁选种在屋沿；惊蛰隆隆闻雷声，催促农人早备耕；清明谷雨三月过，平整秧田早落谷；到了立夏种粮齐，秧苗青青麦黄时；过了芒种进黄梅，布谷声声插秧苗；处暑头上落喜雨，粒粒皆是下白米；秋风秋雨迎重阳，笑逐颜开看稻浪；霜降一到喜开镰，遍地黄金丰收年；到了冬至吃新米，敬神祭祖供土地；进入大寒要干塘，捉鱼杀猪又宰羊；腊八之后忙过年，年终总结要盘点。

农谚有三种类型，一是气象农谚：如"瑞雪兆丰年，春雪是灾年"，"清明断雪，谷雨断霜"，"春雾雨，夏雾热，秋雾凉风，冬雾雪"，"霜前冷，雪后寒"，"雨打清明节，干到夏至节"，"夏至没雨，囤里没米"，"梅天晒堡南风吹，赛过稻田垆猪灰"，"白天西南风，晚上进蒸笼"，"六月大伏刮北风，十家药店九家空"，"东南阵上发一发，冲走石滚淹死鸭"等。

二是农时节气的谚语：如"梅里芝麻时里豆"，"七葱八蒜"，"头莳插秧是金秧，中莳插秧是银秧，三莳插秧是狗屎秧"，"伏天不烤稻，秋后要懊恼"，"芒种一到，不问老少"，"霜降开镰，九成熟，十成收"，"暑处萝卜，白露菜"，"种麦不过冬，过冬不

151

通风"等。

三是根据动物行为总结的谚语：如"麻雀囤食要落雪，蚂蚁垒窝要落雨"，"猪衔草，寒潮到"，"燕子低飞要落雨"，"雨中听蝉叫，预告雨要到"，"老鼠搬家，鸡上树，地震之前有前奏"等等。

过去我们只知道冬季有九个九，整个冬季九九八十一天，最近在一个资料见到，夏天也有九个九，从夏至到秋分，也有八十一天，还有一首"夏九九歌"："一九二九，扇子不离手，三九二十七，出门汗欲滴，四九三十六，夜晚露天宿，五九四十五，日中秋老虎，六九五十四，乘凉勿入寺；七九六十三，早晚勿露肩，八九七十二，秋凉穿夹袄，九九八十一，床上换棉席。"

江南农民在生产活动中，还将农谚、农事和田歌结合起来，用田歌来传播农耕知识。如"五月芒种过瑞阳，麦老蚕眠秧又长，又收蚕茧又打麦，又耕麦田又插秧，一天要当两天过，恨不得四手八脚赶忙场"；"六月大伏蚊虫多，秧田又要补缺棵，蓑衣笠帽乌头柄，汗水湿到眼睛窝"；"插秧要唱插秧歌，两腿弯弯泥里拖，背朝日头面朝水，蜻蜓点水插六棵。一行到头唱一曲，汗水换来米饭锅"。还有落谷歌："农家落谷出彩霞，小秧喜逢春雨洒，细雨落在翡翠上，农家秧田美如画。"又如车水歌："头一伸来脚一蹬，日里车水夜里哼，米饭好吃田难种，粒粒大米费精神。"人们不仅在种田时唱，摇船也唱"摇船曲"："摇一橹来吊一绷，隔河两岸稻花香，鱼儿跳入船舱里，又见牛车车水忙。"农民在唱田歌时，不仅唱农业劳动的艰辛，也唱丰年的喜悦；

"一箩小麦黄又黄，淘淘晒晒进磨坊，磨子牵磨牛来赶，磨出面粉白如霜。杆出银丝长寿面，酱油麻油合鲜汤，全村吃了丰收面，年年月月保安康"，从这淳朴的田歌中，我们仿佛看到了丰收后农民喜悦的笑脸。

二十四节气的由来

写完了一年中二十四个农事节气，现在有必要说一说这一伟大农事科学的由来，以及其中包含的农学、生态学、天文学、气象学、文学和自然哲学的科学知识，可以说这是一部极其深奥而又极为普及的百科全书，是我国劳动人民的一项伟大创造。

二十四节气的制定，是我国古人通过土圭实测日晷的长期实践逐步制定的。从表面看，土圭只不过是一根插在土里的木杆，但从其产生的影响来看，却有着极为重大的科学价值和实践意义，不亚于现代牛顿从苹果落地发现地球吸引力。其科学原理是这样的，将一根杆子插在土里，从每天中午太阳当头的时候开始，来测量木杆影子的长度，人们发现日影的长度是每天不相同的；日影变化的规律是由最长逐渐变成最短，又由最短变到最长。日影最长的这一天，就是一年中白昼最长的一天，因此就叫做"日长至"或"长至"，这就是"夏至"。而日影最短的这一天，是一年中夜晚最长的一天，因此被称作"日短至"或"短至"，这就是"冬至"，也就是农谚"长到夏至，短到冬至"、"夏至分，一天短根针"、"冬至冬，一天长根葱"的由来。

以后，人们又发现在春、秋两季里，各有一天昼夜长短相等，便将这两天分别订作"春分"和"秋分"，于是在《尚书》上就有了"二分（春分、秋分）二至（夏至、冬至）"的记载。

从此之后，节气又根据夏季和冬季冷暖的变化增加了"两暑（小暑、大暑）和两寒（小寒、大寒）"，并按一年四季春夏秋冬，

154

增加了四立（立春、立夏、立秋、立冬）。

人们从观察物候的变化，从潜伏越冬的蛇虫开始蠢动，立下了"惊蛰"；从天气变暖、万物发青，定出了"清明"；从越冬农作物的果实已经饱满，立下了"小满"；从有芒的农作物成熟，急需抢收，立下了"芒种"。

人们还从雨、露、霜、雪的自然现象里，立下了"雨水"、"谷雨"、"白露"、"寒露"、"霜降"、"小雪"、"大雪"等等与气象有关的农时节气。

古书上说：农事二十四个节气中，"两分"、"两至"和"四立"这八个节气，是反映天象变化的，是反映寒暑之极、阴阳之和和农业的生长收藏之时，而余下的十六个节气，是反映物候和气候变化的，是反映天气的冷暖阴晴变化的。

"二十四节气"的制订和命名，是我国科学发展史上的一件大事。《周髀算经》中，我们的祖先不仅利用圭表日影来测定南北方向、四季二十四节气和回归年的长度，而且还作为测量周天行度、天地大小的工具。它以勾股定理为中介理论，将天体和大地看成是一个整体，利用杆长、杆影长度、杆端至影端距离构成的三角形关系，间接地来认识太阳的运行周期，从此来把握季节的变化，来指导人们的生活和生产。从而，数学成了天文学的有效工具，天文学也成了数学的重要对象，天文学和数学的结合则成为人们谋幸福的有力手段。

二十四节气的制定，还说明农学从古时开始就是一门生态科学，按照二十四节气种田、经农，就有效实现了天文学、气象学、物候学、生态学和农学的统一，也实现了生产和生活的统一。"天时、地利、人和"三者合一，顺天时，尽地利，应人和，这就是活生生的自然辩证法。

农时节气是农耕文化的结晶

我对节气的兴趣始于儿时的记忆，从小和母亲在一起，她最看重时节。"立春"了，她就说"春打六九头，庄稼丰收不用愁"；"惊蛰"了，她说"惊蛰听雷声，蛇虫百足要起身"；到了芒种，她又说"芒种一到，不限老少，该麦收了，小满家把家，芒种大插花，要栽秧了"；"春分一到，天就暖了；白露一到，天就凉了"；"太阳的影子，长到夏至，短到冬至"，"暑天刮北风，十家药铺九家空"……每个节气对应着庄稼的收种和气候的变化，非常准。节气成了城里人、乡下人特别神圣的一种生产、生活的准则。

《淮南子》成书至今两千多年，那上面就记载了农事节气，两千多年来，它被一代代传承，不断丰富发展，在之前呢？《尚书·尧典》中已有了春分、秋分、冬至、夏至的记载，只不过叫日中、日永、宵中与日短。"日中"是春分，"宵中"是秋分，"日永"是夏至，"日短"就是冬至，古人以星座在黄昏时出现来定位春夏秋冬，有一套星象学知识，两至两分确立后，加上两启（立春、立夏）、两闭（立秋、立冬），就有了八个节气，这八个节每节三气，就成了二十四节气。我感兴趣的是其中各种神秘主义元素及不断发展的农耕民俗文化。比如，古人以为，天地之间，天道是元，地道是方，方主幽含气，吐气为施；圆主明吐气，含气为化；天偏气就怒而为风，地含气就和而为雨；天地之气冲突就感而为雷，乱而为雾。再比如一年四季的十二月对应着天干和地支，对应着周易的卦象，对应着古代音乐的十二音律，每一种解释都涉及对"天地人"关系的认识，深入去研究，就回味无穷。而相应的民俗元素，如除夕的爆竹、新年的春联、元宵的灯笼、清明的扫墓、端午的粽子、中秋的月饼等等，背后都有丰富的历史，历代骚人墨客也都用诗词、书法、绘画、戏曲等各种表现形式，丰富对它们的理解和感受，并延展至草木虫鱼、天地万物，使我们在每个节气、每一时刻、各种各样的天气条件下，都能有一种幸福感和满足感。如果真能把这些都集中起来，就是一本中华民族的生存方式、生存智慧的百科全书。无论朝代更替，即使兵荒马乱也不被影响，人们照样坚持诗意化的生活方式，一代代人复归为泥土，又一代代人诞生，它们就支持着一个伟大的民族，有滋有味地生生不息。在这农时节气中包涵着古农学、天文学、气象学、数学、古代哲学、古代医药学、生物学、社会学等许多科学知识。

我对这些文字的研究，是始于汪曾祺先生对晚明归有光散文的推荐，他说归有光一改士大夫"文必秦汉，诗必大唐"的文风，从极富人情味的家庭琐事、农家耕作、自然风光着笔，用极为凝炼的文字，于细微精妙处见精神，成为明代散文大家……而对农耕社会的节气，面对这些沾满尘土、被世人视为"腐朽"的文字，难道对今天的工业化、城镇化真的就一点用处没有了吗？面对春花秋月，夏雨冬雪，日月、星象，候鸟迁徙，草木生长，春种、秋收、夏管、冬藏难道就不能悟出一些今天创建生态文明与和谐社会的道理吗？文革时，曾出现过违背农时的瞎指挥，插秧过小暑，种麦过立冬，使庄稼失收。可能有人说如今有高科技，可以反季节，但你能让十八亿亩农田都用上塑料大棚吗？不违不误农时仍是人们当今乃至长期所必须遵行的。

我写农时还有另一个原因，我们沈氏的老祖宗曾于明崇祯末年撰《沈氏农书》，系统反映江浙地区水稻种植、栽桑养蚕、缫丝织绸、饲养家禽家禽、培肥土壤、逐月农事、农民家常日用、农本、农村乡风等诸多方面，作为沈氏后人，也应步其后尘，在农耕农时上留下一点文字，以告慰先祖。

无论社会多么进步，无论工业多么发达，我们中华民族、作为龙的传人，我们不能没有除夕的年夜饭，不能没有清明的扫墓，不能没有中秋的赏月，不能没有重阳的敬老，不能没有冬至的祭祖，没有了它们，也就没有了我们的日子，再激进的中国人也无法脱离这个环境。

文学大师汪曾祺先生曾作《十二月葡萄小令》，敝人步其后尘，试作《十二月农事小令》：

正月舞龙灯，

气象更新，

红联迎岁万家门，

邻里亲朋同欢饮，

互贺新春。

二月杏花浓，

社鼓①催耕，

一年之际在于春，

植树育苗抓季节，

哪有闲辰。

三月是清明，

细雨濛濛，

千船万船积肥料，

小春稼禾已拔节，

麦哨声声。

四月熟黄梅，

花艳蔷薇，

春光已逝夏日催，

养蚕插秧常暮色，

摸黑夜归。

五月节端阳，

饮酌浦殇，

白面馒头菜油饼，

又见银蚕变现洋，

---

① 农村庙会上敲的一种鼓。

蚕豆真香。

六月暑难当，
风渡荷塘，
乡村田野碧莲香，
赤日炎炎忙车水，
汗变盐霜。

七月望银河，
西南风烈，
农夫无奈龙王何，
千盼万盼处暑雨，
救救稻禾。

八月桂花浓，
金轮光明，
中秋圆月月圆人，
红菱莲藕均供奉，
谢了嫦娥。

九月风渐凉，
重九重阳，
稻菽一浪接一浪，

田垅菊花开悦色，
一片金黄。

十月小阳春，
序属初冬，
秋收时节晚霜浓，
五谷杂粮已入库，
等待庆功。

冬月雪盈天，
水冷冰坚，
细算收支暖心田，
清理检修农用具，
以备来年。

腊月一年终，
庆贺收成，
梅花点点报春意，
辞旧迎新贴新桃，
来年丰登。

行当趣事

如今在我们的生活里已找不到真正的锡匠，寻常人家也很难觅到锡做的器皿。回首往事，一切都是那么仓促，仓促得就像刚出世的锡具，银亮的色彩转瞬即逝。

做 田 埂

　　"壮士车水，不如黄病儿做埂。"这句农谚，说出了做田埂蓄水保秧苗的重要。农民种水稻，都知道"铁锹底下三分雨"，要在冬春做好田埂，将埂基脚夯得严严实实。三步水能保孕穗，七步水能保稻黄。一亩农田八百方水就能使"黄秧"变成"黄谷"。到了蝉鸣蛙鼓的小伏天，就看出做的田埂好坏了。

　　凡是冬春天做的是"金埂"、"银埂"，上一步秧水能保十天半个月，放水员每天早中晚三次转田埂，秧田里都是浅薄薄的水、翠生生的苗，眼看着清水变浑水，浑水变肥水，秧田里田螺伸触角，翠鸟梳羽衣，一派生机勃勃的样子。

　　而那些做得不好的"豆渣埂"，可就苦了放水员，眼看着"早晨水泊泊，晚上干白白"，秧苗卷起了叶片，秧棵也没了精神，一副病歪歪的样子。这有什么办法呢？放进去的水不够渗漏。一个大缺口哗哗往里进水，而数不清的"芝麻缝"、"黄鳝洞"、"水蛇洞"却又在不停地往外漏水，河水从东头进田，经过弯弯曲曲的旅行，却又在西边淌走了，把人工、牛工、机油、电力都白白浪费了。

　　尽管壮士"力拔山兮气盖世"，如果只懂得出蛮力车水，而不懂得做埂蓄水，岂不要败在"黄病儿"的手下！

　　在什么季节做田埂大有讲究。冬做金，春做银，夏天做埂"散天星"。这就是说冬天、春天筑的是金埂、银埂，土壤比较板结，又夯得结实，而到了夏天泥土都给水泡酥了，做成的埂自然

165

像"散天星"似地被人们称之为"豆渣埂"，这样的埂蓄不住水，也保不住肥。

田埂有大中小之分，大埂上能骑马，中埂上能推车，这小埂上也能挑担。小田埂虽只有四五寸宽，但却是青年学生下乡劳动锻炼的"课堂"。

特别是到了下雨季节挑草塘泥，天空下起了雨，埂上滑得浇了油，赤脚挑重担在小田埂上走，会跑的农人，一双脚十个指头，只只都像"爬山虎"，打起号子，挑起担子，稳稳沉沉，健步如飞；而不会走路的年轻人，跑上小田埂，别说是挑担子，就是空手走路也跌跌爬爬，跟吃醉了酒差不多。如果知识青年下乡劳动能够在下雨天挑起担子跑田埂，就快要拿到"毕业证书"了。

你可别小看了这一条条埂，它可是农民搞多种经营的好场所，收获五谷杂粮的"小仓库"。大埂旁种胡桑、杞柳，也可以栽桃、杏、李等各种果树；中埂可种南瓜、牵丝瓜；这小埂上可种植各种豆类……黄梅结束关"秧门"，就该是农民见缝插针种"十边"的时候了。

会经营的农人一边铲除小田埂上的杂草，一边在秧田埂下捧起肥土，做成一个个"泥窝窝"，放进一粒粒赤豆、绿豆、黄豆、乌豆、白豆，不用两个月，这一条条田埂，就成了一垅垅豆架。

也有的农民，在田埂横头的高坎上，撒一些菊花的种子。到了秋季，伴随着金黄的稻浪，该是烂漫的山花泼辣辣撒满了丰收的田园。

这时候，田埂如画廊，很是美好。

挖排水沟

"田间一套沟，从种喊到收。"做过农事的都晓得，种麦子，最叫人头皮发麻的是挖排水沟。江南河道纵横沟渠如网，地下水位高，其实并不利麦子生长发育。一接了春，偏偏那丝丝绵绵的春雨来得又特别多，杏花雨后有桃花雨，桃花雨后又接连着"清明时节雨纷纷"，直把一冬一春冻酥的麦田下得"麦轮沟里好养鱼、麦轮背上不透气"。

外河的水比内塘还要高，圩内圩外平了缺口平了坎，这十万八千麦根全泡在"水晶宫"里，麦苗在一天天发僵发黄。乡村干部不得不天天在广播上扯着嗓子吼，把农民全赶到田间去清沟理墒，降渍保苗。这要命的排水沟虽是年年挖，季季疏，可还是经常堵塞。田内沟、田外沟、横沟、竖沟却又是"一寸不通，万丈无用"，只要在一处地方卡住了口子，沟就不畅通，水就流不走。

明沟还好，遇到暗沟可就苦了。那些年在农村推行麦田暗沟，就像如今城市里埋在地下的自来水管，遇到问题也看不见，查都不好查。下雨天，人们穿了雨衣来到田间，满田白茫茫一片，只听见戏水的鲫鱼"拔剌剌"、"拔剌剌"地响，可又发现不了堵在何处。

农民只好用铁锹动"手术"，"开膛破肚"查毛病。待到隐患找到了，积水排除了，一个个也累成泥猴似地冻得索索发抖，一边喝姜汤，一边打喷嚏。雨天排水的日子不是人过的。

尺麦怕寸水，特别到了芦苇发青、鲤鱼上滩的麦秀季节，排水沟就显得更为重要。眼看着油菜、蚕豆挂荚，秧苗青青，麦浪翻滚，如果在丰收果实快要到手的关键时刻半夜来场大雨，排水沟挖得好、沟系配套好的，就不怕"水龙王"耍威风了。老天爷"哗哗哗"从上往下倒，排水沟哗哗哗从里往外淌，那里下个不停，这边淌个不歇。农民第二天早晨下田看：哈，雨停田干，水都淌到大河去了！

平崭崭麦穗上挂着的雨点，露水珠儿一样，好像正嘲讽龙王瞎忙乎；如果排水沟挖得不好，对不起，那田头可就惨了：麦穗连根倒伏，整个儿的全泡在水里，在毒日头蒸烤下，这汤汤水水就"一锅煮"了……可怜农人从秋种、冬管、春锄一口气忙下来四五个月，就因为在"排水"这一关上打了败仗，只能落个"一寸不通，万丈无用"的下场。

"馒头好吃沟难开，米饭好吃秧难栽。"挖排水沟，一把锹上见功夫，是很吃劲的技术活。一季排水沟挖下来，不仅手上结满老茧，连肚皮上也要顶出老茧。所以妇女劳力一般不敢问鼎，男劳力下田挖沟也显强弱、高低的真功夫。

水平高的挖沟手，一条沟挖下去，锹锹合缝，丝丝相连，一块块土挖上来就跟模子刻的差不多。锹头就像长了眼睛，一眼望下去几十米，高低深浅全在一个水平线上，不会有一丁半点的差错，比小学生在练习本上用米达尺打的线都标准；水平低的就差劲了：起的土散散落落，开的沟毛毛糙糙，一眼望下去像是一条蛇在游……

挖排水沟，并不是一条沟，而是一套沟，有田内沟、田外

168

沟、浅沟、中沟、深沟、明沟、暗沟，不仅要沟沟相通，而且要沟渠配套，形成一个排水的系统工程。

　　如今种麦已经用上了开沟机，再也不用为挖沟头痛，倒是我们的城市排水值得重视。大水之年，总见电视新闻有"城为泽国、巷成河网"的镜头。城市一些低洼地区泡在水里"浪打浪"的情况也出现过。当年农民挖排水沟的劲头和智慧，值得现在的城市管理者借鉴。

罱 湖 泥

"茫茫湖水如镜，泥船罱篙如林，扰碎水中旭日，河岸堆满乌金。"这是五十年代年我发表在报纸副刊上的一首积肥诗。

诗句很拙，诗中景象却并不夸张。

当时，十八万亩长荡湖，既是一个"鱼虾库"，又是一个"肥料库"和"饲料库"，供给沿湖岸十多个乡镇。二十多万亩农田的有机肥料、供应着几万农户的十多万头生猪的饲料。

同时，它还有蓄水滞洪、抗旱排涝的功能：以正常年景水深一米半计，可蓄水一亿三千万立方米，到洪水暴发时，能蓄洪两亿多立方米，相当于两个天目湖水库的蓄水量，可避免或减轻金坛、溧阳、丹阳三县市上百万亩农田的旱涝灾害。

每年春至，沿湖岸的农民就会摇着农船，鼓着风帆，到湖里来罱湖渣，积湖泥，扒湖草，长荡湖从黎明到傍晚，挤满了积肥的农船。湖荡里淤积着厚沓沓的肥沃的湖泥，罱上来的泥泛着气泡，黑油油的，散发出水草的清香。

罱湖泥是一项既讲技巧又拼体力的强农活，一餐不吃十几只团子和二三斤米饭，大都上不了船。

伴随着"嗬嗬咳咳"的劳动号子和"嚯嚯"的倒湖泥声响，船舱里不时跳跃着被罱上来的鲜鱼活虾和螃蟹。

下湖罱泥的农民胆子特大，水性特好，经常要将湖泥草渣装得满船满帮，使整个船头都没到水里，在船帮上加上"支埂"鼓着风帆破浪前进，不会水性的人坐在船上是有一点胆怯的。

如果突然间刮起了大风，来了暴风雨，这平时看起来温柔的长荡湖也会翻脸不认人的，几个"牯牛浪"、"磨盘浪"就能将泥船打翻，搞不好还会船毁人亡。

长荡湖沿岸的农民，丹金漕河沿岸的农民，一切种水稻的农民，都是这样一年四季在河里、塘里、荡里、湖里积肥料，一方面清理着湖底、河底的沉积物，疏浚着河床，为蓄水腾出更多的面积；另一方面又将这些肥泥草渣垩到农田里，在供给农作物养分的同时不断抬高着田的高度，使田成了"海绵地"、"刮金板"，能涵养水土保持土壤的肥力。

当然，一阵大雨过后，总又有一些表层的泥土会伴随着田间的积水流到河里、湖里、塘里去，但总体上是田越种越高，河越沉越深，如此形成了农田和湖床、河床的协调发展，造成良性循环的态势。

罱湖泥、罱河泥的农活现在是再也没人肯干了。如今施肥时撒撒化肥，如同天女散花一样，要多轻巧就多轻巧，哪像积河泥那样，又要罱，又要扅，又要挑。那么艰苦的农活，自当将它"打入另册"。

但问题还是来了，虽说有机肥可以暂时用无机肥来代替，撒化肥也省力省工，但河床淤积、湖床抬高了。田越种越低、河湖越淤越高，如此下去，长江、运河、漕河、太湖、长荡湖不是也要和黄河一样，成为"悬河"？

这恐怕不是杞人忧天。

沤草塘

"沤草塘"这种积肥法，《齐民要术》介绍说，流传江南已越千年。

六十年代初，江南农村推广水稻劳模陈永康的经验，那时有名言叫"唱戏要学梅兰芳，种田要学陈永康"。陈劳模有一招就是"沤草塘"：将浅草塘、歪草塘、不成型的草塘，统统改造成一公尺深、四公尺宽、六公尺长的标准化草塘，为种植高产水稻准备好一个沤制优质肥料的"大锅子"。

"大锅子"里配料讲究，有河泥、稻草、猪灰、羊粪、鸡粪、绿肥、青草、蚕豆秸等十多种配料，并且还需要磷肥。

从秋播结束开草塘，到第二年插秧挑草塘，这一"锅"肥料整整要沤制半年时间，这中间围绕着它展开浆稻草、装草塘、挑猪灰、翻草塘、沤绿肥、割青草、洗草塘、搭草塘、挑草塘等一系列的农活，种田人在一冬一春几乎要有一半时间围着草塘转。

冬至一过，农家就忙着干塘了：将菱塘、藕塘、茭白塘、鱼塘里的水戽干，泥猴子似地在泥塘里捉鱼、起藕、摸黄鳝，在阵阵欢笑声中将一条条大鱼甩上岸，将一节节泥藕装进筐。

塘里的乌泥肥得起了油，乌得发了亮，农民就将它用来浆稻草，黄灿灿的草浆上黑黝黝的泥，被农民们用钉钯搭上岸，堆放在塘埂合在一处。经过"三九冻神仙，四九冻老天"的严寒，这浆草就被一层浆稻草、一层猪羊灰装进草塘，过了腊八，"大锅子"里的基本原料就配齐了。

虽是朔风怒号的冰封严冬，但来年的丰收希望，早已被裹实在星罗棋布的草塘里。

那时，有经验的农民聚在一起观稻海看麦浪，有本领的总是"不看夕阳看曙光"、"不看在田的，要看隔年的"，他们从一亩亩绿肥作物的长势里和一个个优质草塘中，就能预见明年的稻囤和米缸。

沤制草塘泥的标准是黑烂臭，翻制好的草塘，从上到下没有一个泥疙瘩，到处都在冒气泡泡，只要用钉钯搭住草塘泥的一只角，整塘的泥都能在水中滑转起来。这是有机肥料中的高档货，用现在的话讲，就是"极品肥"。

沤塘泥要靠绿肥来高温发酵，那时就讲究"三亩稻田一亩绿"，春暖花开季节，田野里既有黄灿灿的油菜开花，又有红灼灼的绿肥吐艳，更有绿油油的麦浪翻滚。紫云英、荷花郎，都是沤制草塘的好东西，有了这些鲜嫩的，整个草塘泥就活了，就酥了，就整个儿地融为一体了。

这世上歌颂"化腐朽为神奇"的不少，可偏偏这沤草塘泥是"化神奇为腐朽"：那美若云锦艳同彩霞的紫云英、荷花郎，那些红绿纷争的山花野草，那灿若黄金的油菜花瓣，都一古脑儿地下了草塘，和猪粪狗屎作伴，和乌泥浊水为友，沤制成了又黑又臭的肥料，这哪有一点儿诗情画意。

但且慢，这腐朽的肥泥，在陈永康、李顺大、陈奂生的眼里，在千千万万江南水乡农民的眼里，就是金灿灿的稻谷，是千重万重的稻浪。画家看见小蝌蚪就能判断出"稻花香里蛙声一片"，那么种田人就能从这草塘泥的粪臭里嗅到新禾新谷的清香。

只有这样的肥挑到水稻田作基肥，供秧苗吸收，才能像初生的婴儿吸到最有效的营养。地也肥了，苗也壮了，根本用不着调动土壤仓库中的"老本"。老农说：一季草塘泥能保证水稻从"黄秧到黄谷"的一生，直到秋播麦熟，还能继续吃到"贮备肥"。

沤草塘委实太苦、太繁琐，改法子当在必然，但土壤肥力下降却是事实。百分之百推广双季稻的那阵，我曾写过一篇《土地爷告状》的文章，痛斥那些拼命追求"稻中之道"的为政者，不顾土地承受，拼命压榨土壤肥力，使肥田沃土不堪重负，由黑面孔一天天变为黄面孔、冷面孔、僵面孔。如今，农田的有机质也在一天天下降，我们仿佛又听到了土地爷的呻吟和哭泣。

堆 草 垛

草垛，现今只能偶而在种田大户的场头见到。

将新打的稻草一垛垛堆起来，四野顿时被覆在稻谷的清香里。

远远望去，阳光照灄下那些高大、整齐的草垛，黄澄澄，金灿灿，一溜线的醉心迷人光彩。

有经验的庄稼人，看着草垛就能估出稻苗的长势、稻子的收成和种田人侍弄庄稼的水平，能大体估摸出这家耕种着多少稻田，甚至他家的生活状况。

姑娘家派人上门相亲，大多是一看草垛，二看竹林，看准了再上门相亲。

我就曾见过老农相亲时看草垛的情形：嘴上叼着旱烟袋，来到主人家的草垛旁，眼瞅瞅，脚跨跨，然后抽出一束稻草，用手指丈量着，眯细着眼在数稻穗上的空瘪谷，摇摇头说："肥水欠功夫，临割前少上一次水。嘿嘿，虽有水稻三十亩，主家门槛不算精呐……"后来细一打听，果然一点儿不错。

看草垛能看出种田的手艺，而堆草垛就更能显示庄稼人农活本领的高低。

在农村搞生产队核算时，种二百亩稻田的生产队，除去秋季分配时分掉的稻草，留下的牛草和工副业用草，一般还要留下五六百担，这就要堆三个大草垛。

堆草垛，特别是堆二百担草以上的大草垛，可是门绝活：草垛要堆得不歪不倒，不斜不塌，不漏雨不霉烂，看上去还要清爽爽,齐崭崭,像座谷神,威严地守护在农家场头。

能上场堆草的大都是"十级"工,生产队里拔尖的劳动力。他们在堆草时,先放开地盘,码好脚子,然后像砌"宝塔"那样,一捆捆堆,一层层码,一档档填心。

这里面的诀窍,就在于堆得紧,码得齐,填得实在,靠一捆连一捆的"集体实力",更靠一层层整齐划一的"向心力量",填平、拍紧了所有的空心、缺陷,从而形成了一个整体的拉力、整体的优势。

堆草垛是门技术活,场上的指导自然不同凡响。能干指导的大多是队里种田"老把式"。随着草垛的升高,只见他手搭凉篷,一会儿站上高凳,一会儿又蹲在地下,不时吆喝:"东南方横排第四捆草往里收、收、收好!""西北角上竖排向外放、放、放,好!"……他手里好像拿了罗盘,就凭一套手眼功夫,指挥众人把几百担稻草垛好了。

天冷了,起风了,下雪了,下农村工作的同志到了夜晚"钻窝舍"就有了最好的去处,这"窝舍"搭在稻草的中间,上下左右抽掉几排稻草,头顶草,背靠草,脚踏草,比睡在棉花胎、席梦思上都舒服。

那时,我在乡下驻队,常和农民在一起搭伴"钻窝舍",和他们在一起侃庄稼话,侃山海经,侃父老乡亲最感兴趣的话题。我的许多"村头闲话"以及乡村散文,就是在农民的"窝舍"里打腹稿写出的。

稻草垛更是农村孩子们冬春的"游乐园"。夜晚到稻草垛旁来"捉迷藏",疯啊野地也会冲散躲在稻草垛旁谈情说爱的阿哥、阿姐。知趣的孩子马上会扮个鬼脸大声道:"这里没玩头,到西头场上去。"

稻草垛里也会出一些神奇的事,东家大婶一只芦花母鸡丢了,大婶疑神疑鬼,又是泼水,又是烧香,骂了大半个村,谁知几个月后,芦花鸡竟领着一窝小鸡"咯咯咯"地从稻草垛里跑出来了……西家阿叔的一只猫在叫窝后三个月不见了踪影,谁知在大伙儿拆稻草堆时,竟发现了一团毛绒绒的小猫,调皮的家伙竟把这里当产房,到稻草垛里来构筑爱巢了。

上 河 工

繁多的农活中，还有比上河工更劳累的么？

除去黄河、长江，大部分内河都是人工开挖的。从大运河、淮河到都江堰、红旗渠，都是几代中国农民呕心沥血之作。

我一生参加过大运河、秦淮河、丹金溧漕河、薛埠河、尧塘河等大型水利工程，那真是"人山人海，红旗招展，号子震天、歌声嘹亮"，都是几万、十几万人的大兵团作战，开河工地延绵十几、几十华里。

这是一支由青壮年农民组织的治水大军，实行准军事化管理，乡镇成立团，大队成立营，几个生产队在一起成立连，下面还有班、排组织。县里成立兵团，有政工、宣传、施工、机械、工程技术、后勤、医疗等若干个部门组成。

当年开河大多手工劳动，使用铁锹、铁耙、锄头、扁担、粪箕等原始劳动工具，伴以少量的抽水机、发电机、拖拉机等等。

兵马未动，粮草先行。

开工前一周，沿着公路、河道，千车万船就开始了运粮、运草、运食品，将吃的、用的、住的都浩浩荡荡地运到工地上。

施工员和后勤人员开始了工程地段的放样、钉桩和砌灶头、号房子。

沿工地的乡镇村庄都成了民工的宿营地，架有专用的广播线、电话线，在工地上还有专用的照明线。

天刚破晓，广播里就响起了"滴答滴答滴滴答"的起床号，

178

民工们吃完早餐就挑起工具，跑步进入了工地，开始了艰辛的开河劳作。

平地开河不是件容易的事，开始动土用钉耙凿，用锄头耙，将表土堆放一边，筑到板土，才开始用铁锹挖，用担子挑。

开始两三天平地挖河、平地挑担，还算不上艰巨。等到河越开越深，担子越挑越陡，就真显功夫了。

从河心将一百多斤的担子一步一步迈上三四十级、五六十级的岸上。力气大的还好，体力差的早就汗水迷糊双眼，待到挑上十多担，就双腿打颤，内心打鼓，两脚打飘，这时就不能硬撑，该休息就得原地休息，喝口水才能继续战斗，否则头一晕，脚一滑，倒下去就再也爬不起来了。

难怪在一千八百多年前的大运河工地上，河开成，惨死的人"竟白骨如山"。在大兵团开河时，累死在工地上的人并不鲜见。

遇到"拿河心"、"爬陡坡"等冲锋陷阵的重活，有经验的指挥员总是组织中壮年劳力参加突击队，轮番参战轮番休息，保持充足的体力和旺盛的士气。

好在上河工伙食好，油水足，早饭是肉包子，中午是大块的红烧肉，脂肪蛋白质多，热能很快就能转化为体能。尽管如此，领导还是规定：老弱病残不能参加，毛头小伙子不能参加，有肺病、腿疾、腰疾的不能参加。

为什么毛头小伙子不能参加呢？因为小毛孩刚刚发育，又年轻气盛，参加如此重体力劳作，会累出毛病，将遗患终身。

农民开河，不仅是体力的竞赛，也是智慧和计谋的竞赛。

有的工程已经开到河底，河心也开好，眼见第二天就可以验收归师了，谁知一夜醒来，河底又涨出十几公分、几十公分沙土，又冒出了新的土方，真是"活见鬼"，这几百方沙土是从什么地方冒出来的啊？为什么别的工地没冒出来？

水利工程师说，这是"流沙土"在作怪，沙土会跑，别的工地采用了"以水压沙"的科学方法，灌上"五分水"压住了"千吨沙"，让它们不能兴风作浪。

还有的工地铺上小铁轨，用上小滑轮，用"绞关机"将一担担装上泥土的滑轮筐，从河心沿着铁轨一直绞上堤岸。半机械化，取代了艰辛的肩挑腿爬的体力劳动。

每一次上河工，都是一次文化聚餐。每个乡镇的电影队、文艺宣传队，都到工地上放映电影，演文艺节目。兵团还办有水利战报和工地广播，总结先进经验，表扬好人好事。民工开河几乎天天有戏看，有广播听，有报纸阅读。

有人上十天半月的河工，就是为了能享受丰富的文化生活。

开河也是青年男女谈情说爱的好机会。许多来自异乡的姑娘小伙，身为异乡客，住在主人家，经人凑合，常常是一条大河开好了，十对、二十对夫妻也"开成了"。

如今大型机械已进入水利工地，机械化开河取代了千军万马的人工劳作。但昔日开河中体现的"团结互助、艰苦奋斗"精神确实值得回忆。

扳罾

如今，众多农家乐旅游为了吸引人气，增设了踩水车、推石磨、舂米、扳罾等互动项目，再现农耕时代的原始生活状态，寓教于乐，让孩子觉得十分新鲜。

扳罾，使我想起了"文革"期间的一句流行语："以阶级斗争为纲，纲举目张。"纲是渔网上的总绳，提起它，一个个网眼便张开了。景点的罾显然比过去小多了，网起网落，勾起了我童年的美好回忆。

"守株待兔"是嘲弄那些墨守成规的笨人，而"结网待鱼"却体现了劳动人民的勤劳和智慧。我家门前有条河，河边有个窝棚，窝棚里有绞关，绞关面前就是罾。这张硕大无比的罾，紧绷在八根厚实的毛竹片上，在竹片交叉的十字架上拴着粗麻绳，这总绳连着滑轮，固定在河边的大树上，网起网落，全靠窝棚里的绞关操作。扳罾是个力气活，也是一门技术活。收网时没有一定的臂力，二三百斤重的网，无论如何收不了，弄不好绞关失了手，整个人被甩出去，非死即伤。扳罾人明白"四两拨千斤"的道理，利用滑轮渔网不紧不慢地往上扳，朴素的力学原理让人佩服得五体投地。

扳罾这一古老的捕鱼方法，在水乡泽国已流传几千年，在《楚辞·九歌》里就已经有了"扳罾何为兮，木上作渔网"的记载，在故宫收藏的明、清山水画中，也有以扳罾为题材的作品。"江南三月桃花雨，夜半鲤鱼来上滩。"鱼汛季节，一张罾一天一夜能扳上千斤鱼。真正的美食家，要尝的就是这种"不缺一片鳞，不流一滴血”的“起水鱼”，用它汆汤、红烧，不用放多少佐料，哪怕“河水煮河鱼”，也能把“眉毛鲜得掉下来”。

扳罾的人都一颗平常心，“十网九网空，捞住一网就中”，贪心的人最好别扳罾。有道是：懒张罾，勤扳罾。他们年龄通常都四十岁往上，既有体力，做事又想得开。一网下去，看到鱼儿蹦跳、银光闪闪，拿起抄网远远地伸过去取鱼，不狂不喜；无鱼，不急不恼，放下网再等，每隔十分钟起一次网，悠然自得。

在茫茫大江大河中，罾对鱼类王国来讲，不啻是极其危险的埋伏圈。经验丰富的扳罾人，深谙“鱼阵”，知道什么时候有鱼来。对待鱼阵要懂得规律：头阵敬，二阵迎，尾阵下网捉残兵。头阵通常是领航的“铜头”、“黄脊杆子”，凶猛异常，稍受惊吓便会乱跳乱窜，穿烂渔网是常事，能放行就放行。大鱼阵，首尾相接上千米，全是红眼白丝鱼、鲤鱼，大的二三十斤，小的也有三四斤。此时此刻，扳罾人在绞关前，弓箭步站着、屁股后坠、两只胳膊用足力，两手交替不停地扳。随着鱼儿出水，动作放缓，一下一下稳拉稳扳，看到大鱼在眼前蹦跳，他们兴奋得脖子上青筋直跳，肌肉、青筋和古铜色的皮肤，让人想起了前苏联名画《伏尔加河上的船夫》。

叉 鱼

母亲当年逃"兵荒"，在乡下拜了个干妈，从此，逢年过节母亲都会下乡去看她，偶尔也会在那边小住几日，干婆婆的孙子四九自然成了我的好朋友。四九是他的小名，他出生那年爷爷四十九岁，所以这样叫。四九比我大十岁，逮鱼是一把好手。家里来了客人，他拿起鱼罩或飞叉出门，不消二十分钟，准能逮到五六斤活鱼回来。

鱼罩是用竹篾编成的，高约一米，喇叭口上小下大，上口二三十公分，下口直径有一米多，四九在河边屏住气息慢慢走，仔细听，看到有水草在动，迅速蹿过去，狠命一罩，鱼便罩在了里面，取出来还不止一条，两条二三斤重的大黑鱼，它们正在追逐欢乐，乐极生悲，成了客人的下酒菜。我在远处看呆了，从走、听、看、蹿到罩，整个过程静如处子，动如脱兔，实在是神勇无比。

我的家乡沟河港汊比较多，那时候，农田没有被污染，鱼虾蟹鳖出奇得多，河水清澈见底，肉眼能看到鱼游虾戏、蟹爬鳖走。在农历端午节前后，水草蹿出老高，鲤鱼、黑鱼都在这个时节咬汛，它们喜欢往小河沟里钻，一对一对咬尾巴，雌的撵雄的，雄的甩白，雌的吃，吃完了甩籽。雄黑鱼尤爱仰壳，飞叉总是对它下手。到了农历六月，涨水了，鳊、白、鲤、鲫、青鱼，喜欢到长满水草的草窝子里去，吃草根和涨水时草上掉下来的虫子。鱼一拨弄草根就出水纹，根据水纹，四九能判断水下有什么

183

鱼，然后甩出叉去，保准叉叉得鱼。

记得有一年放芒假，我跟着四九去叉鱼，总算见识了一下飞叉：它是长约二十厘米的七齿圆形叉，每根叉齿打磨得无比锋利，且带有倒刺，鱼叉尾部套在叉杆里，叉杆上钻个洞，拴一根七八米长的叉绳，叉绳套在自己手腕上。我们行走在河埠上，四九两只眼睛目不转睛地盯着水面，走了不远，他发现了鱼情，如同在战场上发现敌情一样，猫着腰，屏声静气地走到离鱼最近的地方，右手举起钢叉，几乎不瞄准，果断地用力一甩，钢叉像标枪一样，风驰电掣般飞向目标。一时间，水花四溅，河里漾起一片血红，一条圆滚滚的黑鱼戳在钢叉上，摇头摆尾拼命在水中挣扎，无奈飞叉带有倒刺，钢叉洞穿全身，是断然逃不掉的。我站在一旁，兴奋地跳起来，高喊："叉到了，叉到了!"四九俨然像一个得胜的将军，紧收叉绳，将鱼拖上岸，我上前一看，一条黑鱼竟有七八斤重。

四九说，鱼不光夏天能叉，冬天也能叉。寒冬腊月，哪怕河面结了厚厚的冰，他会扛着铁钎、提着钢叉到河里叉鱼。凭着多年的经验，他只要看到冰下有很多集中在一起的气泡，就断定这下面有鱼，于是用铁钎凿开一个洞，将钢叉伸到河底，用劲一戳，一条大黑鱼就被叉上来了。

光阴飞逝，转眼就是四十多年。少年时和四九一起叉鱼的情景，现在想起来似乎过于残忍、野蛮，但它给我也增添了许多知识和乐趣。

簖蟹

"簖"是个生僻字，它是一种将竹片编成栅栏直立水中，以截断鱼、蟹去路，进而加以捕获的渔具。

每年三月，春暖花开，长江入海口的蟹苗陆续孵化出世，溯江而上，进入内河，寻找安家之所。苏北的河湖港汊水流平缓，水质清纯，气候温和，草食丰茂，是螃蟹生长的理想场所。中秋前后，客居内河的螃蟹体肥肉壮，开始回游，返回长江入海口交配产卵。当"无肠公子"遭遇"有心渔夫"的时候，麻烦就来了，渔人在螃蟹回游的途中设了簖，螃蟹哪有腾云驾雾的本事，岸上北风劲吹，水中蟹爪奇痒，有道是"北风吹，蟹爪痒"，成群结队的螃蟹只好顺着水中的栅栏向两边高处爬去，想不到"翻山越岭"之后却成了簖蟹，成了人们餐桌上的美味。也只有那些翻过簖、体肥肉壮的螃蟹才叫簖蟹，如果没有一定实力，螃蟹根本爬不上那高高的簖，所以簖蟹中绝没有小蟹、瘦蟹、病蟹，一只只膏肥脂厚，张牙舞爪，足有半斤。

别的地方的簖蟹都直接叫"螃蟹"，或者"大闸蟹"，唯独在泰州溱潼的溱湖，这里的螃蟹叫"溱湖簖蟹"。记得三十多年前，我们在苏北水乡找石油，中央新闻电影制片厂江苏站记者专程到工地拍摄《石油工人战水乡》的纪录片，领导派我到现场帮忙。拍摄结束后，他们提出到溱湖拍一组螃蟹丰收的镜头，队上小轮船直接把我们送到了簖边。

小轮船在湖面上拐个弯，调转船头，蟹簖到了，湖面上下了许多簖。过去听人说过，在簖上放蟹笼是个很有讲究的技术活，难度就在蟹笼的深浅上。渔民识得蟹路，摸得蟹性，只见他伏在船舷上，双手在湖水里一摸，拽出了一根茶杯粗细的竹嘎子，再把竹嘎子紧紧绑在船头，拽着竹嘎子将小船向前划。此时，竹嘎子上拴着的一个个蟹笼露出水面。这些竹篾编成的蟹笼像一条扎裤腰，"裆"处开了个有笼刺的圆口，两边"脚"又安上笼刺，两只"脚"各有一个可翻动的盖，蟹笼逆水下在水下深度适宜的地方。螃蟹顺水爬行，碰到排在水底的蟹笼，就得从"裆"处的圆口爬进去，因为有倒刺，进得去出不来，性急的螃蟹想踅回，一只只又爬进另一条"腿"。渔民拽着竹嘎子，一段一段向前移动，翻开倒刺笼盖，娴熟地取出青色的螃蟹，随手放进身边的蟹篓。刚出水的蟹将军，在蟹篓里惊慌失措，兜圈乱爬。

其实，渔民通常在夜间和凌晨取蟹，白天不工作。为了抓住宣传"溱湖簖蟹"的机会，渔民不得不随机应变。摄影机架在船头，披着大红头围巾的姑娘笑逐颜开地划着双桨，剽悍的渔民娴熟地取出青蟹。不消半个小时，蟹篓里已大有斩获。螃蟹吐沫挂丝，发出"丝丝"声响，好像战败了的俘虏，再也不能横行霸道了。

中午，我们在簖边茅屋里就餐，渔民说母蟹黄多肉细味道鲜美，特地蒸了一锅红渲渲的大母蟹。揭开蟹盖，甘香浓郁的鲜味扑鼻而来，黄澄澄的蟹黄，雪白洁净的蟹肉，肉脂丰盈，丝缕分明，让我不由地想起了林妹妹吟诵的诗句："螯封嫩玉双双满，壳凸红脂块块香。"

放　蜂

当年在苏北找石油，在油菜花盛开的季节，经常与放蜂人不期而遇，他们和我们一样，也算野外工作者，在乡间土路旁、小树林里搭起帐篷安营扎寨。每当开箱放蜂的时刻，无数蜜蜂从一排排蜂箱里飞出，在万花丛中恣意飞舞，成为乡间一道美丽的风景线。

工作之余，我和一位姓黄的放蜂人闲聊，发现他们吃的苦常人难以想象。三四月，荔枝花、油菜花盛开，他赶到福建、江苏；五月下旬山花烂漫，便到了梅州；六月中下旬莲花盛开，又得马不停蹄地赶往江西；最远的要跑到黑龙江、内蒙古。这里的花谢了，便将蜂群移到那里，四季在外追赶花期，错过花期损失就大了。因此，放蜂人逐花而居，赶的不是蜂而是花期。

老黄告诉我，别看我们每年辗转全国，看似逍遥，其实是一件累人的差事，除了四处赶花期，还得时刻小心蜂王跑了。因为蜂箱里的雄蜂和工蜂都围绕蜂王活动，一旦蜂箱里有了两只蜂王，其中一只便会跑掉，同时带走一大群"死党"。他曾经见到过一大堆蜜蜂挂在树枝上，密密麻麻地围着蜂王，那就是出逃的蜜蜂和蜂王。为了保持"群体战斗力"，他每年都得从外地购买、更换两次蜂王。

在放蜂采蜜期间，老黄每日都要巡视蜂场，防止自然分蜂，并到地里观察各种花开的情况，分析采蜜量。这样的生活看似简单轻松，其实担心也不少："出门放蜂运费贵、花销大，遇上好天气，把蜂放出去干活，我们可以等着收成。如果运气差，花开的时候遇上连绵阴雨，蜜蜂采不了蜜，还要灌蜜喂养，有可能血本无归。"

放一季蜂之后，蜂箱里的蜂巢贮满了蜜汁，这些蜜汁除了酿成蜂蜜外，还可以制蜂王浆。蜂蜜自然好吃，可把那些贮满了蜜汁的蜂巢拿出来可是一危险活。我曾远远地见过老黄捅蜂窝的情形：一身深色的衣服从头套到脚，只露出两只眼睛，高筒胶鞋、长长的塑胶手套，还有一顶垂着纱幔的宽檐帽，长长的纱幔严严实实地裹在胸前，眼睛前面还得挡上一层塑料薄膜。先拿出准备好的空蜂箱，里面放着木格，随后小心翼翼地将赖在原窝不肯动的蜜蜂仔细剥下，移到新的木格里。取出蜂巢后还得摇蜜，摇蜜所使用的工具是一个很简单的木制机械，上面有一个摇柄，和着水将成块的蜂巢压碎了，流到盆儿里便是金黄色的蜜汁。

从老黄口中我也多少了解到一些养蜂知识，蜂群体中有蜂王、工蜂和雄蜂三种类型，群体中有一只蜂后。工蜂就是干活的命，负责筑巢和贮存食物，它采蜜半径是五六公里，每天要飞几十公里。等到老了，遇上急风骤雨就飞不回来了。老黄苦笑道：我们这些放蜂人也是工蜂呀！一年到头在外十个月，也有死在外边的。听着老黄的话，我有些伤感，原以为放蜂是甜蜜的事业，谁知现实生活如此残酷。

耥 蚬

扬州人叫"蚬"为"蚬蚬子",因为它随春天桃花潮水一起来,另有美名:桃花蚬。

蚬子一直是家乡人偏爱的水鲜,它呈心形,极小,最大的超不过大拇指甲盖,小的只有西瓜籽大小。春暖花开时节,渔民划着小船在河湖港汊里穿梭,手持一根竹篙,竹篙前端装着一片小眼弓网,远看像只大耙子,渔民叫它"垄网",专门用它耥蚬子。蚬子不像螺蛳,在任何地方都能耥到,蚬子喜欢群居,大多生活在河中央,如果找到蚬子窝,便能发一笔小财。耥蚬子的船在原先基础上需要适当改良,特别之处是在船舷上支出一根木桩。网靠船下篙,船逆水而行,垄网滑到木桩处不再移动,借助撑船的力量在河底向前推进,一网上来既有蚬子也有泥沙,渔民将泥沙在河水中荡尽,剩下的就是蚬子。垄网出水时估计有三四十斤重,"哗啦"一声倒进船舱,白花花的一片。

"清早船儿去耥网,晚上回来蚬满仓",次日凌晨,渔民在河边挖个灶坑,支起一口大锅,水烧开了,将蚬子倒入锅里一焯,蚬壳立即张开,献出白玉般嫩肉。清晨,小镇的鱼摊上木盆里堆满了蚬肉,一毛五分钱一斤。尽管便宜,人们也舍不得多买:"给我称半斤"、"给我抓五分钱!"鱼贩用荷叶、葵花叶包起蚬肉,从人头上接过钱。

刚起水的蚬子,原汁原味,极其鲜美,煲汤、小炒皆可,荤菜素菜都能配,蚬子烧豆腐、蚬子炒韭菜、蚬子烧小青菜是我的至爱。其实，蚬子最鲜美的并非肉，而是体内的汁水，用蚬子煲汤更能提取其精华。一次在苏北农村，当地人将蚬子洗净，直接用它吊汤，汤极白极浓，蚬肉的鲜味不仅融入汤中，而且蚬壳在汤里绽开，如同一朵朵盛开的花，那一小块雪白嫩鲜的蚬肉，嚼在嘴里十分有韧劲，将蚬子的美味烘托到了极致。

据说，蚬子在河里是成群结队游走的，它们像清道夫一样，能把水里的杂物吃得干干净净，如今河水污染严重，再多的蚬子也无能为力，喝蚬子汤几乎成了奢望。不过走在乡间的小路上，偶尔还会看到一些用蚬壳铺就的路基。那年月，堆成小山似的蚬壳派不上用场，铺路便是唯一出路。蚬壳其实很干净，下雨天赤脚踩在白花花的蚬壳路上，细碎、平稳，发出嘎吱嘎吱的声响，别有一番情趣。后来有人发现它新的利用价值，将它用在铺公路上，碾碎与石灰、沙子搅拌在一起，形成坚硬的三合土，倒是物尽其用。

吃蚬的日子里，孩子们也多了一种玩具：将蚬壳洗净，按出数多少排掷壳顺序，一把蚬壳握在手中，在离桌面十几公分的高度掷下，看有多少正有多少反，反的直接取走，正的得用食指一个一个翻过来，一旦失手，交给下家。有的小孩耍赖，常常为一枚蚬壳吵得面红耳赤，甚至大打出手，如今想想都觉得好笑。

摆 渡

"独怜幽草涧边生，上有黄鹂深树鸣；春潮带雨晚来急，野渡无人舟自横"，这是唐朝诗人韦应物任滁州刺史时作的诗，这的确是一首情景交融的好诗，涧边的幽草、树上的黄鹂、傍晚的春潮、野渡的小舟，一幅绝美的图画。"野渡无人舟自横"的意境，成为古今丹青高手和当代摄影家的艺术追求。

摆渡古已有之，分为三类：官渡、义渡和私渡。官渡，是为了官家往来而设置，由官府发给粮俸；义渡，一种是僧人募化得钱设置，另一种是当地乡绅大户为博取好的名声而设置，均不收渡资。在农村，摆渡主要为当地人免费服务，为了维持生计，每年夏收和秋收后，船主到庄上挨家挨户收取粮食。我的故乡是水陆交通重镇，摆渡成为人们重要的出行方式。据《邵伯镇志》记载：邵伯境内渡口较多，著名的渡口有：清雍正四年（1726 年），潘鸿重造的大马头潘家古渡；乾隆七年（1742 年），扬州知府高士钥建于北会馆南首的普济渡；乾隆五十八年（1793 年），两淮盐商建的六闸义渡，这是扬州通往北京古驿道重要渡口。

我家开门就是河，河上架有通运桥，木桥三四年维修一次，家门口的水码头便成了渡口。渡船每天来回穿梭，人来人往热闹非凡，我每天上学放学都摆渡。我自小喜欢《水浒》，听说书人讲到浪里白条张顺与黑旋风李逵江上斗法的情节，我对渡口格外留神，仿佛斗法就发生在眼面前这片水域。摆渡船并不大，长四五米，宽不过一米五，由于河面不宽、水流不急，艄工荡起双桨从容地将过往行人平稳地送到对岸。

而镇西通往船闸的渡口则比我家门口的大多了，这是一条与京杭大运河相通的高水河，水流湍急，来往船只不断。在宽达一百多米的河面上，一根钢缆横跨两岸，摆渡船比较大，能载二三十人，一只磨得锃亮的铁环穿在钢缆上，艄公只要用力拉动铁环船便移动。一旦有船队通过，两边的绞关迅速将钢缆沉到河底，确保航道通畅。人少的时候，艄公便将渡船停在一边，钻进放绞关的窝棚休息。如果河这边有人急着摆渡，尤其是冬天，西北风呼呼地叫，隔着大河，一声两声是听不见的，行人只好扯开嗓门高喊："过河欧！过河欧——"那声音荡气回肠，透着行人内心的十二分焦急。艄公的嗓门一点不比行人差："哦！来了——"一呼一应，又是一幅民情风俗画。

摆渡是门手艺和体力并重的活，赚的是辛苦钱，不是一般人能做得来的，风平浪静时，一个来回只需十几分钟，遇到风大浪急的日子，全船人命悬一缆，艄公常常要使出浑身解数艰难地将船拉到对岸。至于渡资，那是由交通管理部门和物价部门核定的，从每人每次三分钱，变成五分、一毛、两毛，后来水泥挂桨机船代替了木船，涨到五毛、一块，再后来河面上架起了雄伟的大桥，渡口自然消失，艄公乐得回家享清福抱孙子。

打 蒲 包

水网地区是水草的天堂，谷雨过后，蒲草嫩芽由淡黄渐渐转浅绿，新叶尖镶上乳白色的玉边，随风摇曳，犹如一幅精美的油画。春夏之交，蒲滩酷似一张嫩绿色的地毯，散发出独特的蒲香，清香馥郁。蒲草为多年生落叶、宿根性挺水型草本植物，因其穗状花序呈蜡烛状，又叫水烛。入夏后，蒲草梗头开花，一枝独出，深黄色的花穗长长圆圆形如蜡烛，昂然在蒲草丛中摇曳，极显艳丽。蒲穗晒干可做蒲绒枕头，也可以点燃替代蚊香。

蒲草的嫩茎是上好的野生蔬菜，蒲菜入宴在我国已有两千多年历史，《周礼》上即有"蒲菹"的记载。明朝顾过诗曰："一箸脆思蒲菜嫩，满盘鲜忆鲤鱼香"，"蒲菜佳肴甲天下，古今中外独一家"。如今，淮安"无蒲不成宴"，蒲菜已成为宴席中一道必不可少的主菜。

打蒲包是水网地区人家传统的家庭副业，也是主要经济来源之一。蒲包用来装鱼虾蟹鳖水鲜，具有透气、吸水、保湿功能，尤其装螃蟹最佳，蒲包扎得紧，保鲜三天不成问题。上世纪七十年代，猪肉七毛四一斤，大中小蒲包分别能卖一毛、五分、三分，手脚麻利的妇女每天打十只蒲包没问题，扣除成本能挣七八毛，在那个年代可算一笔不小的收入。

"千户万户捣衣声"，如果将李白的诗改一字，用"千户万户捣蒲声"，倒能形象地概括家家户户编蒲包时的情景。当年我们在苏北找石油，每天清晨路过村庄，耳畔便响起了隆隆的捣蒲声。

蒲草割下来还是青的，必须放在阳光下曝晒，尽可能把水分蒸发掉，否则容易腐烂。打蒲包首先要将蒲草碾"熟"，因为晒干的蒲草又硬又脆容易折断。条件许可的人家，将蒲草平摊在麦场上，用石磙子来回碾压，几十趟下来，蒲草也就碾熟了。更多的人家则是用手工捶：家门口置一块长条石，长二尺半，宽一尺，八寸厚，一半埋在土里，蒲草散开铺在条石上，用大木槌捶，边捶边洒水，以增加其韧性。一家捶，家家捶，嘭嘭声如敲战鼓，整个村庄雷声隆隆，地动山摇。

捶蒲是男人的活，捶好以后，就完全是妇女的事了。冬日阳光下，女人们聚在一起，各自带着自家的活计，手中悉悉地编，嘴里呱呱地说，张家长，李家短，笑声不断。附近小镇上有专门的收购点，供销社仓库里收来的蒲包堆积如山。

写到蒲包不由想起了家乡与之相关的美食：蒲包肉。它的形状好似一只小小的葫芦，小巧精致，惹人喜爱，且肥瘦相宜，软糯筋道，肥而不腻。汪曾祺先生在小说《异秉》中对它有这样一段描述："蒲包肉似乎是这个县里特有的。用一个三寸来长直径寸半的蒲包，里面衬上豆腐皮，塞满了加了粉子的碎肉，封了口，拦腰用一道麻绳系紧，成一个葫芦形。煮熟以后，倒出来，也是一个带有蒲包印迹的葫芦。切成片，很香。"汪先生不愧为老饕，美食美文，让人垂涎欲滴。

扎 草 窝

在城市民俗博物馆儿童实用器部分，人们经常可以看到一些木制的站筒、睡床、躺椅，不少老人见到它会勾起童年的回忆。有次，我和一位八旬老人一起参观民俗博物馆，他见到这些老物件，不由地感慨起来："过去我们在农村哪里有这么好的条件，有草窝就不错了！"

草编是传统手工技艺，出力流汗的贩夫走卒、引车卖浆之徒，几千年来就是穿草鞋、戴草帽、披蓑衣走过来的。苦命的人就像根草，周而复始，枯荣自知。据说早在北宋时期，人们发现稻草、麦草柔软还带有一种独特的清香味，因而用它制成草窝，下置火灰盆，人在其中，达到御寒取暖之目的。

草窝有站窝、睡窝、坐窝之分。站窝呈圆锥形，下口大上口小，高约一米，适用于有站立能力的小孩。在离圈底三分之一处，用木棍插进去，形成站板。冬天，站板下面放火盆，小孩站立其中，热气升腾，舒适自由，站累了可以趴在草窝上入睡。睡窝呈椭圆形如同半个巨大的花生壳，圈底插有两根月牙形木棍，婴儿睡在里面可以轻轻摇晃。坐窝俨然是个土沙发，里面垫床旧棉被或狗皮褥子，冬天往家门口一放，老人双脚放在火盆上，躺在里面晒太阳，十分惬意。

一直到上世纪七十年代，我在苏北农村还经常见到当地农民在自家门口扎草窝。扎草窝的工具其实很简单，就是一把铁扦，是铁匠锻打出的一块长形铁板，将铁板卷成圆形，成为前尖后圆的凹形锥体。扎草窝首先要定底，就像砌房子打根基一样，它决定着整个草窝的形状、大小以及质量，确保结实硬朗，摔打不变形。接着，将整理好的杆草洒点水以增强柔软性，依次捆扎。杆草一把一把顺时针进行捆扎，利用铁扦穿扎时像用砖头砌墙一样"破花"，一方面是为了结构牢固，另一方面也是为了整体美观。扎草窝的最后一道工序为收边，所谓收边就是将穿戳一圈的杆草提上来编成草辫。考究的人还在杆草中夹着苎麻或布条，这样编出的辫子更牢固、更漂亮，人的手和膀臂伏在上面更柔软。最终，在离圈底三分之一处，将木棍插进去，既是隔火板又是站板，一只站窝就扎好了。至于睡窝、坐窝，只是形状不一样，工艺流程大同小异。

还有一种草窝子是用芦苇穗子编成的草鞋，芦苇穗子带绒，穿在脚上里外都是毛绒绒的，既舒服又暖和。早年苏北农村特别流行，几乎所有的人都穿过它。有人穿这种草窝子还喜欢在鞋底下钉个木掌，为的是踏泥、踏雪不沤鞋底。穿草窝子走路看起来很笨，但它方便，穿草窝子可以不穿袜子，里面塞把稻草，穿烂了随时换，穿过的人都说挺舒服。后来我到盱眙明祖陵游览，邂逅这种草窝子，真想买一双作纪念。

如今在市面上，除了一些新新人类用草编制品标榜自己的品味外，人们已经很少与草为伍，生活质量提高了，谁还愿意"落草"呢？

杀　猪

　　清晨，天刚蒙蒙亮，离我家不远的屠宰场便传来了猪的嚎叫。嗷——嗷——嗷，长一声，短一声，听起来甚是惨烈。好在嚎的时间不长，它如同闹钟准时将人们从睡梦中叫醒，有孩子上学的人家适时打开炉门，准备烧早饭。

　　节假日前夕，猪肉供不应求，屠宰场常常下午加班，逢到不上课，我和家门口几个小孩便结伴到屠宰场看杀猪。

　　听老人说，屠夫也有祖师爷，他们信奉杀猪出身的樊哙和张飞。屠夫天天杀生，难道不怕来世遭报应？他们自有一套消灾避祸的招数！当屠夫进刀时，嘴里往往冒出四个字："来世人生。"意思是说，你这辈子命不好，阎王让你投了猪胎，只好任人宰割，今天我把你杀了，来世你可以转投人胎，不会再遭杀身之祸。这既是屠夫的报歉之意，也是对猪的祝福。杀猪讲究"一刀清"，即一刀杀死，否则不吉利。通常，屠夫上门替人家杀猪，刮毛时，总要在猪头上留巴掌大一块毛，尾巴尖上留一小撮毛，等到烧香谢过天地之后，才能刮去头尾留下的猪毛，寓意"有头有尾"。

　　我从小见过的屠夫，个个臂力过人。面对死亡，笨猪也会作垂死挣扎，眼见得同伴纷纷走向屠宰场，群猪在圈里急得团团乱转。屠夫走过去，一把捞住一条猪腿，顺势将它摔倒，然后，一人揪住双耳，一人拽住尾巴，猛一使劲按在杀猪凳上，手起刀落，尺许的尖刀便刺破气管、血管，肥猪刚嚎到一半，便一命呜呼。猪血放在盆中，可以食用，也可以作漆家具的底料。夏天，渔民将它买回去浸渔网，晒网时四周奇臭无比。

街坊有位壮汉，诨号三林子，屠夫出身，光棍一个，高喉咙大嗓门，说起话来声若洪钟，平时没有猪杀，便给人家挑水谋生。他人高马大，打起号子震天响，水桶也比人家大一圈，人家一担水三分钱，他要四分，每天挣个块儿八毛的不成问题。钱到手，食到口，他嗜酒如命，挣两个小钱当天就送进酒店和薰烧摊。

有一年腊月，我有幸一睹三林子屠夫风采，其情其景至今历历在目。大铁锅架在三块大石头上，锅膛里木柴烧得哔哔剥剥响，水不一会就开了。这边刚把开水倒进特制的大木盆，那边三林子三下五除二已将大肥猪给解决了。等到猪血放净，三林子抓过猪后蹄，掏出小刀在蹄腿间割一小口，然后用长长的捅条插进去，在皮肉之间一阵捅，抽出捅条用嘴往里吹气，一会儿猪身变得滚圆，用小麻绳将口子一扎，俨然成了皮筏子。将"皮筏子"放入大木盆里左翻右滚，随着刮刨上下翻飞，猪毛很快褪得干干净净。此时，三林子全身已大汗淋漓，头上直冒热气。

白生生的肥猪吊在挂钩上，马上就要开膛破肚了。三林子将尖刀咬在嘴边，双手在油腻腻的衣服上擦擦，一刀下去，白花花、热乎乎的板油露了出来，三林子顺手操刀割一长条约二两板油放入口中，一仰脖子便吞了下去。我见了简直目瞪口呆，过后请教了好几位老人，才知道它的专业名词：头刀肉。有口福的屠夫可尽情享用，大补！

阉 鸡

故乡是鱼米之乡，六畜兴旺，这里有家乡人引以自豪的江苏省家禽科研所，自1958年以来，科研人员致力于我国地方珍稀鸡种的收集、研究、开发，建成了我国第一个同时也是世界最大的地方禽种资源活体基因库。科研所子女就近读书，我们便有机会成为同学、朋友，经常出入家禽科研所，耳濡目染，对家禽的了解似乎比别人多一点。

听行家说，鸡的性别有四种：雄鸡、母鸡、阉鸡、中性鸡。所谓中性鸡就是阉得不彻底的半生公鸡。雄鸡是用来传宗接代的，养鸡的人一般不会养太多的雄鸡，因为雄鸡富有攻击性，活动能力很强，往往把喂它的饲料很快消耗掉，养鸡成本高居不下。阉过的鸡显得十分安分，整天和一群母鸡觅食游玩，因为做了绝育手术毫无性侵犯的举动，比公鸡长得快，几个月后就大腹便便、臀满肠肥，它是做风鸡的好食材，上市便能卖出好价钱。

旧时男人数一数二的手艺为："头阉二补三吹四打"。阉是"阉鸡"，补是"补锅"，吹是"吹吹打打"，打是"打铁"。阉之所以被排在首位，是这种手艺投入小收益大，因而成为热门行业。

从事阉行业的人专为农户阉鸡、阉猪、阉牛、阉狗、阉羊，人数极少。阉猪的费用比较高，因为猪力气大，要两个大劳力帮忙才能做手术，时间通常要半个钟头。阉鸡一个人就够了，阉的工具只有四件：刀、撑、丝、夹。刀是一把锋利的小切刀，撑是一支约五寸长两头带有弯钩的薄竹片，丝是一条约六寸长的丝线，夹是铁夹。这些工具外加一支竹笛、一包消炎药，那就是阉鸡师傅的全部家当。

上世纪七十年代，我在苏北见过阉鸡师傅走村串户为公鸡做绝育手术。阉鸡师傅出门时背着一装工具袋，沿村吹着竹笛，竹笛能奏出悠扬的乐曲，农户听到笛声便会把他请到家里来，把刚刚学啼的公鸡捉来阉。阉鸡前，农户要准备一盆清水，水中放点消炎药。然后，阉鸡师傅从阉鸡筒里掏出工具，将鸡双翅交叉、放倒，用脚踩住，在鸡的肋部拔掉一撮毛，用刀切开一个两公分长的口子，用薄竹片两头的弯钩撑住切口，使切口张大方便操作，用丝线把鸡睾丸割断，用铁夹把鸡睾丸取出，送一勺冷水入鸡嘴，伤口不用缝合，最后在伤口处抹点酒精，手术时间大约三分钟。如果连续阉，一天可以阉几十个，收入可观。

鸡睾丸亦称鸡腰子、鸡肾，其形状如卵，略小于鸽蛋，色乳白，质细嫩，外有筋膜包裹，其食用、药用价值很高，是滋阴壮阳营养佳品，可治头晕眼花、咽干、盗汗等病症。

过去，阉鸡技术都是家族内师徒口手相传，一个家族十多户人家男人会阉鸡是正常现象，这是一门谋生的手艺。如今，随着时代变迁，加上科技进步，现在雄鸡只要注射雌性激素，或者把激素掺在饲料中，就可以达到阉鸡的效果，阉鸡行当消失，哪里还能听到阉鸡师傅那悠扬的笛声！

磨豆腐

　　数九寒天，滴水成冻，菜场几乎关门，豆腐店生意却出奇得好。家家户户将积存的豆腐票拿出来，深更半夜排队买豆腐。咸菜烧豆腐，是物质匮乏年代的家常菜。冬天没菜吃，人们通常从坛子里拿几把咸菜。梗，脆生生的，切下来用辣椒酱一拌，佐以稀饭，清爽可口。叶子切碎与豆腐一起下锅，放点虾皮，汤汤水水一锅，连盐都不用放。由此衍生出这样一句歇后语："咸菜烧豆腐，有盐（言）在先。"

　　有道是：世上三大苦，撑船、打铁、磨豆腐。小时候，我经常到豆腐店买豆腐，只觉得磨豆腐好玩，未见得苦到什么地方。其实，在未使用驴推磨和电磨之前，小作坊人工推磨是相当辛苦的。黄豆在前一天用清水泡好，半夜三更起来"双推磨"。磨子上方是个木制的丁字架，男人站着推磨，女人坐在磨边扶推架，男人用力朝前推，女人将推架轻轻往怀里带，每转一圈，女人用小木推将泡得鼓鼓的豆子往磨眼里推一点，就这样一圈一圈，雪白的粗浆从磨缝边缘纷纷溢出。粗浆磨好后沥浆。用来沥浆的是一块正方形白布，四边穿上细竹竿，每个角上拉一条绳汇集到中央，吊在屋梁上，然后把粗浆倒入，轻轻摇动，豆浆便从纱布中沥出漏到大缸内，像牛奶一样洁白。

　　白布里最后剩下的是豆渣，属于豆腐的副产品。放点盐腌几天，然后拿出去晒干，用坛子贮好，想吃时拿点出来用温水泡开，放点香葱、虾皮在饭锅上蒸一下，虽然口感比较粗糙，但是在那个年代，掉了牙的老人尤其爱它，美其名曰：雪花菜。

把沥好的豆浆放进大锅里煮沸，一停火，浆锅表面便结了一层油光光的皮，用芦苇杆一挑，一张豆腐皮就生成了，它属于豆腐的精华，体弱多病的老人和坐月子的妇女都喜欢拿它当补品。挑皮子用的芦苇杆用了多次以后，上面结了厚厚的皮子，剥下来叫皮棍，也叫腐竹。我同座小伙伴的爸爸就在豆腐店上班，课堂上我们经常弄点皮棍在嘴里嚼嚼，很有劲，特香。

豆浆烧好后倒入大木桶，按比例兑入卤水，并不停地用勺来回荡，不消一会儿，豆浆成了豆腐脑，就可以压豆腐了。豆腐箱有大有小，四边的木板均可拆卸。把豆腐箱放在案板上，下面托一块大木板，用清水洗净，然后铺上白布，倒入豆腐脑，再用白布包起来，放上木板，木板上再压上木块、石块，水哗哗地往下流，在我记忆中好像要等好长时间才拿开石块，打开白布，一大块白如羊脂的嫩豆腐便出现在案板上。至于加工豆腐干、百页、素鸡，万变不离其宗，那不过是在豆腐基础上深加工罢了！

提到冻豆腐，不由想起扬州一道民间特色菜——冻豆腐烧肉。三九天，将豆腐放在露天冻一夜，第二天就成了一块块冰砣，将冰砣加水煮沸，豆腐即变成了"烤麸"模样，将它切成小块，用细绳串起来挂在屋檐口晾晒，干了以后呈金黄色，来年夏天用温水一泡，猪肉七成熟倒入冻豆腐一道烧，满屋飘香。如今

202

生活好了，家家有冰箱，每天吃冻豆腐烧肉也不成问题，但原料不敢恭维，生猪吃了过多添加剂，豆腐点卤用石膏，菜烧出来虽然还是老样子，细品起来毕竟少一等鲜。

烧 窑

过去在农村凡是有黏土的地方都有窑场，星罗棋布，窑场通常靠河边，一是方便运输，二是便于窨水。青砖比红砖贵一两分钱，原因就在于青砖窨水，窨了水的砖头外型古朴而且结实。后来改轮窑，没有办法窨水，青砖淡出视线，成了红砖的天下。

江苏最著名的窑是苏州相城御窑，最著名的砖就是该窑烧制的金砖，自1413年始，至今已六百年。明永乐年间，明成祖朱棣迁都北京，建造紫禁城，宫中派出官员到苏州监制金砖。陆慕镇的优质黏土适宜制坯成砖，所产金砖细腻坚硬，"敲之有声，断之无孔"，被永乐皇帝赐封为"御窑"。2005年，御窑金砖制作工艺被列为国家非物质文化遗产名录。

烧窑其实就是烧砖瓦，它分为脱坯、阴干、装窑、烧窑、点火、撺火、窨水、出砖。脱坯是制砖的首要步骤，人们要在田里挑选最好的黄黏土，里面不含任何杂物，运到窑场后，大家挑水往上泼，泼得七八成湿，开始用木耙不停地翻，翻到泥土既软又匀，然后由几个小伙子赤脚上去踩，一直踩到泥土黏黏的，十分有筋道，就可以脱坯了。窑场上搭有简易凉棚，砖砌的墩子光溜溜的，每人面前一副木模、一个水盆、一把细竹弓，木模在水盆里蘸一下，挖一团泥用力投入木模，然后用细弓顺着木模正反一推，去掉多余的泥，端着模子走到砖垛上，倒出来就是一块棱角分明的砖坯，整齐地码好，盖上草帘子，防止被雨淋坏，大约阴一个多月，砖坯干了，随时可以装窑。

窑是简易的土窑，用过多年，窑工认真疏通烟道、火道，把窑口砌平，一边装窑一边备柴。装窑的时候，窑师傅蹲在窑里，先把后火道上放一块砖坯做样砖，之后按火道把砖坯摆成扇形，一直垒满，才垒窑门和观火洞。

柴火备得差不多了，窑师傅选择黄道吉日开火。开火前，窑师傅要向窑神敬三炷香，插在窑门前，磕三个响头，徒弟也跟着做。师傅磕了头，点一把麦秸往窑门里一塞，闭上眼睛向窑神祈祷。火焰升起来以后，徒弟赶紧往里填碎柴，使火续着往上烧。这一点着火就没有熄灭的时候，一天一夜烧的是熬火，火不大，主要是抽砖坯湿气。过一天一夜，砖坯干透了，开始烧大火。连续烧四五天，砖坯被烧红烧软，最后一夜叫撵火，虽然砖坯烧软了，但没有烧透，芯是硬的。这一夜窑师傅最费神，每隔一小时观看一下火候，直到砖完全烧透，宣布停火。

停火后，在窑顶圈个土圈，不停地挑水往里倒，小心翼翼地窨下去，快了不行，慢了也不行，稍有不慎，一半青一半红，这一窑砖就算毁了。四五天后整窑的砖全变成了青色，等温度完全降下来，就可以出窑了。出窑的时候，青砖尚有余温，握在手里沉甸甸的，相互撞击一下，声音清脆悦耳，一听就知道是好砖，窑师傅脸上这才露出笑容，那颗悬着的心总算可以放下了。

酒　坊

　　和我年龄相仿的人，小时候差不多都留有偷酒尝的"案底"。在那懵懂的孩提时代，每当看到父亲饮酒时美滋滋的神态，心底便会涌现莫名的冲动：这到底是什么玩艺，究竟有多好喝？于是，午后当家人都外出的时候，我便悄悄地爬上桌，打开酒瓶盖，用筷子伸进去，蘸一点白酒，放到嘴里咂巴咂巴，越咂越不是个味，舌头麻了，眼泪下来了，鼻涕拖了半尺长，这闷苦是吃大了，终于知道酒并不是什么好东西。

　　中国是世界酒文化发源地之一，早在新石器时代晚期就有了初步的酒文化，中国传统酿酒工艺已有五千多年的历史。但酒到底是谁发明的，众说纷纭，有的说是夏代的仪狄，有的说是周代的杜康。可能是这两位酿酒的原料不同、方法不同，造出了同是酒类的不同品种，同为酒祖何尝不可。

　　有人感慨，酒是水的容貌和火的性格的组合体，酒能使人精神亢奋，模糊现实压力，扩大心理效应，体验瞬间成功，忘却暂时失意，加深往事追慕，憧憬虚无前景，有"一醉解千愁，三杯泯恩仇"的功效。

　　酿酒是一个有特殊技巧和工艺的行当，旧时江南一带的酿酒作坊全部采用精制的上等粮食作酿酒原料，通过高温制曲、泥池发酵、缓慢蒸馏、贮存的方式精酿而成。

　　多年前，我造访过一家乡村酿酒作坊。置身酒坊，到处雾气腾腾、空气中漂浮着浓烈的酒糟味，蒸酒锅由甑锅和釜锅两部分组成，在甑锅内撒放发酵好的酒醅，然后在釜锅内注入凉水，甑锅中的酒醅被加热后，蒸发出酒气。酒坊老板告诉我，酒的生产过程一般先制曲，然后将粮食拌入辅料进行蒸煮糊化，经冷却拌入曲，再装入窖池进行密封发酵，最后高温蒸煮，出来的热气，经冷却后液化的精华就是酒。凭着多年的酿酒经验，他只要蹲在封闭的酒窖外倾听，就能从窖内的发酵声中知道酒的酿造程度。

在窖池边，我第一次感受到了酒香扑鼻的氛围。酒坊老板坦言，存酒也是酿酒的关键步骤，选择良好的窖池将有利于酒的熟化。在酒的发酵过程中，窖池中会产生种类繁多的微生物和香味物质，它们不断驯化、富集，慢慢向泥窖渗透，变成了丰富的天然香源。窖龄越长，微生物和香味物质越多，酒香越浓，酿造的酒也就越好。

当我们看到酒从窖池内涓涓流出的时候，同行的几位仁兄精神顿时亢奋起来，酒坊老板毫不吝啬，用铝勺兜了大半勺酒端到众人面前：喝，随便喝！这是地道的原浆酒，甘甜味美，酒味醇厚，酒中含有氨基酸、低聚糖、有机酸和多种维生素，饮后不上头。几位仁兄中亦有善饮者，品尝后大呼过瘾：入口绵、落口甜、不刺喉霸嗓，饮后回味悠长。

"美酒虽好，可不要贪杯哟！"酒坊老板及时发出善意的忠告："上次有位老兄，自恃酒量过人，一口气喝大半勺酒，结果还没走出五十米便扑倒在地，你们千万可别出洋相！"

酱 园

扬州酱园鼎盛时有一百多家，"三和"、"四美"创建于清嘉庆年间，酱菜是久负盛名。"三和"寓意色、香、味俱佳；"四美"借用《滕王阁序》中"四美具，二难并"之句，含义为鲜、甜、脆、嫩。清代，扬州酱菜被列为宫廷御膳小菜。

在古镇邵伯，马大顺酱园首屈一指，那是经营了几代人的老字号，座落在中大街，紧邻官家码头"大马头"，"大马头"三字为乾隆御笔亲题。酱园大门朝东，两边白墙上有两个一人多高的黑漆大字："酱"、"菜"，人们远远看见那黑漆大字，便能闻到随风飘来的酱香。门口一对汉白玉石鼓，门厅十分敞亮，柜台后面摆放着一溜黑釉酱缸和大肚子缸坛，生抽、老抽、虾籽酱油、香醋、陈醋应有尽有。柜台上青花瓷盆里，盛着四季常备的腌制品：乳黄瓜、宝塔菜、什锦菜、萝卜干、大头菜、糖醋蒜头、腌青椒、酱生姜、豆瓣酱等等，色泽自然，酱香浓郁。

过了门厅有个偌大的天井，花坛上一年四季生机盎然，再往后走便是作坊和豪华住宅。其中一幢木楼颇具西式风格，四面回廊，临窗可以看到运河上的"大马头"古渡。马大顺酱园后院很大，没有一棵树，酱园不需要荫凉，需要的是满院阳光，好晒酱。院子里一排瓦房，住着工人、放着工具和原料，靠北是一溜厦棚，厦棚里盘着两口大锅，用于蒸酱坯、蒸曲，砖台上有几个瓦缸，是用来淋酱油、淋醋的。场院里排列着百十口大砂缸，缸旁放着圆圆的尖顶芦席斗笠，晚上或雨天把酱缸盖上，晴天把盖子摘下来。晒酱，以三伏天最好。酱园里晒的酱，一般为两样，一样是甜面酱，另一样是豆瓣酱。甜面酱是用小麦面制作的，和好的白面团子上笼蒸熟，晾透，这就是酱坯。把酱坯码在酱缸里，置于阳光下暴晒，三五天酱坯就糖化了，从里到外逐渐变成了棕色，再过三五天，糖化成一缸稠稠的酱糊。此后，每天用木棍将缸里的酱搅几遍，晒一个暑天，就成了棕红色的甜面酱。任何酱菜都离不开甜面酱。

酱园一年四季都有生意，春天制曲，夏天晒酱，秋天淋醋、淋酱油，酱菜的腌、酱、泡、晒随着时令走，难得清闲。初冬，萝卜大量上市，切萝卜干工作量非常大，得借助社会劳力。在家闲着的家庭妇女踊跃应招，乐得赚几个小钱。清晨，人们自备菜刀早早地来到酱品厂（马大顺酱园早已消失），抢座位、找箩筐、洗萝卜，忙得汗流浃背。酱品厂则为大家备好长条案和木凳，一个萝卜大致切十片，切一百斤可以获得一毛五分钱报酬，快刀手一天切六七百斤没问题。我小学毕业后遭遇"文革"，无学可上，便加入了切萝卜干的行列。小小年纪哪吃得这等苦，尽管戴了手套，半天下来，手上尽是血泡，回到家我不敢吱声，用针挑破血泡裹上胶布，第二天又若无其事去上工。一个切萝卜干季挣了五六块钱，真可谓血汗钱！

铜 匠

　　江南人家都喜欢铜器，那时候，一般家庭所使用的器皿都离不开铜器，婚嫁时必备两个铜盆，子孙满月又要送个铜盆、一双铜筷子，父母过六十大寿，子女照例会送上一个铜盆，寓意父母金盆洗手可以享清福了。上世纪二十年代至五十年代，江南一带到底有多少"打铜巷"，实在数不清。当时江南人家以拥有铜器为荣，使用铜器多的便是大户人家。但到了1958年"大跃进"大炼钢铁时，人们纷纷把铜器捐了出来，铜器从此在人们日常生活中淡出，铜器铺相继关门歇业，可铜匠担仍然活跃在街头巷尾。

　　铜匠担两头都是木柜，一头木柜抽屉里放着铆钉、铜钉、铜皮等修补原料，另一头木柜就是个工作台，台面上是一把固定的木柄长锉，架子上挂着铁钻和一些铜挂件，抽屉里有钳子、榔头等工具。有道是"卖什么吆喝什么"，可铜匠从不吆喝，只管埋头走路，左手持一件穿了七八块长方形铁片的铁串，行走时铁片往上抛来回撞击，"呱哒、呱哒"的金属声顺着门缝往人家屋里钻，人们听见这熟悉的声音便知道铜匠来了。

　　铜匠修铜器不生火，故称冷作。承接最多的生意是修锁配钥匙，铜匠有一串万能钥匙，不管是老式铜锁还是新式弹子锁都打得开。老式衣柜的铜铰链断了，皮箱的铜包角坏了，铜脚炉拎襻脱落，铜匠妙手回春，立马整旧如新。有人家搪瓷盆瓷跌掉了，担心日后生锈穿孔，也拿过来请铜匠修。铜匠随身带有烙铁和焊

210

锡，将烙铁放在人家炭炉里烧红，将瓷盆破损处用砂纸打光，用木棒在小瓶子里蘸点硝镪水涂在上面，烙铁粘上锡，"滋啦"一声，瓷盆就焊好了。这修修补补的活计，也花不了几个钱，挺受勤俭持家的家庭主妇欢迎。

还有一种卖铜勺、铲子的，似乎也应归在铜匠行当之列。他们大多数是兴化一带人，居无定所，常年生活在船上。靠岸后，找一块空地支起炉子，拉着大风箱炼铜。铜大部分是换来的什铜，什铜不够添些铜锭。铜水出炉后用长勺倒进一个个泥模，冷却后拆开模具，里面就是一组铜勺或铜铲，拿出来用锉刀锉锉，就成了铮亮的黄铜器皿。偶尔，他们也加工一些铜烫壶、铜脚炉，这种东西工艺比较复杂，买一个能用很长时间，销路不畅，没有预约难得做。

上街卖铜勺、铲子的都是大姑娘、小媳妇，一根竹竿上面绑两根横条，横条上拴了大大小小的铜勺、铲子，边走边摇，铜器经撞击发出"叮铃咣啷"的响声，轻重缓急像演奏打击乐一样，吸引了众多行人的目光。同时，她们身上背着一个大布袋，里面装着备货和秤。这类铜匠主要干的是以旧换新的营生，经营模式与银匠店大同小异，旧铜勺、铲子、脚炉拿来称分量、折旧，算出实际重量，超过部分按什铜收购，不足部分贴钱，加工费另收，虽没有几个钱，但这是他们的主要生活来源。到冬季，她们会随手拎个烫壶、脚炉，有铜拿铜来换，没有铜也可以拿钱买，那年头铜属统购统销物资，议价铜不是没有，只不过价格高一些罢了。

铁 匠

早年读过臧克家先生三十年代初写的一首短诗《当炉女》，上下两阕十二行仅一百多个字，却活脱脱地展现了铁匠铺悲欢离合两个刻骨铭心的场面：

去年，什么都是他一手担当，
喉咙里，痰呼呼地响，
应和着手里的风箱，
她坐在门槛上守着安详，
小儿在怀里，大儿在腿上，
她眼睛里笑出了感谢的灵光。

今年，她亲手拉着风箱，
白绒绳拖在散乱的头发上，
大儿捧着水瓢蹀躞着分忙，
小儿在地上打转，哭得发了狂，
她眼睛盯住他，手却不停放，
果敢地咬住牙根："什么都由我承当！"

撑船、打铁，世上最苦的行当。一位失去丈夫的妇人，拖着两个孩子独自撑着个铁匠铺，真可谓苦上加苦。

铁匠手艺大都是家传，据说祖师爷是太上老君，因为他有炼丹炉，任何金属扔到炉内都可熔化，农历二月十五为祖师爷生日，铁匠铺众师徒是一定要拜祭的，图的是炉红火旺，生意兴隆。铁匠分店铺、流动摊两种，店铺通常设城乡结合部，前店后坊，或店坊合一后面为住家，专卖铁制日用品和农具，现场锻打应用器具。流动摊一般为二三匠人结伴，肩挑工具箱、小铁墩、火炉、风箱，走乡串户，专为农民锻打和修理铁犁、铁耙、镰刀等农具，倒也颇受欢迎。

从小我结识了一位铁匠朋友，叫三龙，比我大五六岁，人长得虽单薄，但胳膊上还有点肌肉，玩石担子、石锁是一把好手，由于家里弟兄姊妹多，十五岁拜在一位姓周的铁匠师傅手下当学徒。铁匠铺临街，早晨卸门板、生炉子、拉风箱自然是徒弟的事。大火炉在屋子右侧，铁匠墩就支在屋子中间，风箱一拉，炉膛内火苗往外直蹿，铁料在炉中烧红刚拿出来，铁锤打在上面，通红的铁屑四下飞溅，如果溅在化纤织物上肯定留下一个洞，好在那年头市面上还没有流行化纤布，大家都穿纯棉织品，不怕烫。不过，铁屑近距离溅在身上还是挺烫的，所以，铁匠都系着厚厚的围裙，鞋面上盖着破布纳成的护罩。仅半年工夫，十八磅大铁锤在三龙手里已经抡得得心应手了。每次师傅掌主锤，三龙抡大锤，师傅左手握铁钳，右手握小锤，在三龙锻打过程中不断翻动铁料，使之能将方铁打成圆铁，粗铁棍打成细铁条。民间有句老话：长木匠，短铁匠。说的是木匠下料总留有充分的余地，长了可以锯，短了没法接；铁匠有大火炉，铁料可以接，要长则长，要短即短，要方则方，要圆即圆。

213

故乡邵伯过去是水码头，曾经是辉煌一时的南北物资集散地，镇上工业起源于以船民为服务对象的钉铁业，鼎盛时期，铁匠铺近百家，所产锚链名闻遐迩。这里生产的铁锚曲度相称、淬火适中，形状像猫的利爪，落地四平八稳；所产链，粗细均匀，连接处不留痕迹，即使遇上大风浪也不易断裂，故而享誉大江南北。

锡　匠

　　我小的时候，感觉天气要比现在冷得多，人们晚上睡觉都习惯在被窝里放个烫壶。烫壶有多种多样，铜的、锡的、瓷的，最不济的弄个盐水瓶也能凑合。黄灿灿的扁圆铜烫壶，样子好看散热也快，为了防止烫伤小孩，外面得裹个布袋。锡烫壶其貌不扬，散热相对慢一些，不用裹布袋，热乎乎的能持续到天亮。

　　在扬州一带走动的锡匠多为兴化人，他们一家人都住在船上，船一靠岸，徒弟便手持两件工具，"叮儿当、叮儿当"地走街串巷揽生意。等生意揽多了，他们便将沉甸甸的锡匠担子挑上岸。通常，人家请锡匠打锡器，都是自己备料，主家把残破锡器送来，锡匠一一过秤，详细记下重量，根据来人要求打造的物品换算一下重量，做到双方心中有数。然后，找一处宽敞、平坦的地面做作场，生意就算开张了。

　　小炉灶支起来，风箱一拉，火苗直窜，那小小的坩埚散发着温暖的橘红色光晕，锡的熔点很低，不大一会，破旧的锡壶、蜡烛台便慢慢熔化成水银般的液体，空气中到处弥漫着绵软的金属味道。此刻，锡匠便会把两块二尺见方、一面裱着表芯纸的方砖打开，在表芯纸上放上一条湿润的细软棉线。棉线圈起的轮廓，根据打造器具的大小和样式而定。如果是做锡吊子，那线绳会圈成一个扇型的面，线头露在石板外面，却不交叉，两个线头间留有一定的空隙。然后再合上两块方砖，锡水化到一定程度，锡匠就把坩埚端起来，吹掉锡水上的灰尘和杂质，然后对准线头间的空隙，小心翼翼地倾倒进去，方砖缝隙间冒出淡淡的青烟。约摸五分钟，打开方砖，沿着线圈的轨迹，就是一块锃亮的扇型锡板。接下来，锡匠稍作裁剪，然后在砧板上锤打，直到打出锡吊子形状。拼接上壶底、壶嘴、壶把，再用边角料做一个壶盖，最后在壶身上用木槌轻轻搥打出均匀的亮点，一个锡吊子便问世了。粗使的锡器，这样就能交活。若是细巧的锡器，还要用刮刀刮一遍，用砂纸打一下，用竹节草擦一擦，擦得银光锃亮。

刚做出来的锡器的确很亮，可是时间不长便氧化变成灰黑色，但用锡器贮存茶叶、温酒是再适宜不过的了。在那个科技相对落后的年代，因为它可塑性好、密闭性和导热性强，锡器便长久地成了老百姓居家过日子的伴侣。

记得我姨父冬天就喜欢用锡壶烫酒喝，每次他把酒倒进锡壶，注满开水，那酒不一会就热了，然后用小酒杯啜着喝，眯着眼喝得有滋有味，喝到兴头上，情不自禁地给我和表哥嘴里塞上几片喷香的牛肉。

如今在我们的生活里已找不到真正的锡匠，寻常人家也很难觅到锡做的器皿。回首往事，一切都是那么仓促，仓促得就像刚出世的锡具，银亮的色彩转瞬即逝。

216

车匠

古镇不大，倒有两家车匠铺，北边一家只有一间门面一台车床，南边一家拥有两间门面两台车床，两家相距二三百米，各自靠手艺吃饭，生意还算红火。车匠主要车一些家具、农具中需要旋圆的木料，比如红木大床架子、檀木八仙桌腿、水车辘轳、量米升子、烧饼槌子什么的，更多的是加工大木船上用的滑轮。

古镇居运河要冲，扼江淮咽喉，素为苏北客货运输集散重镇，明清时期，即为运河线上漕运枢纽，水运事业相当发达。水上人家讲话多有禁忌，盛饭不说盛，称装饭，"盛"音同"沉"，常挂在嘴上不吉利；帆船称之为篷子船，扬帆唤作扯篷，"帆"音同"翻"，万万提不得。扯篷、落篷都少不了大大小小的滑轮，加工大滑轮组是南边车匠铺老爷子的拿手绝活。老爷子年纪已六十开外，一个儿子，孙儿孙女一大帮，前面为作坊，后面是住家。由于活计多，常年雇一个伙计帮忙，因此，两台车床通常由儿子和伙计使。大概是职业病的缘故，老爷子平时右手有些抖，可是碰到高难度的大活计，老爷子往往亲自操刀，只要人一上车床，他便全神贯注，手一点也不抖。

木车床与现代车床有许多不同之处，木车床当中有个车轴，轴下有皮条，皮条连着大木轮，双脚一上一下用力踩踏板带动木轮，产生动力牵动车轴，木料便飞也似地转动起来。车匠坐在大凳上，两手紧握旋刀，执刀造料。先是用大平口刀铲去木料表皮，同时将木料定型，然后月牙刀、斜刀、旋刀轮番上阵，刀轻轻一点，木花便像瀑布一样倾泻下来，木花如弹簧、如番瓜瓢、如小瓦片，有白的、黄的、淡紫的、粉红的，十分好看。街上的孩子无论上学还是放学，路过车匠铺总要看半天。家乡有句俗语："油儿（聪明人）看一眼，呆子望到晚。"如此说来，儿时的我当属呆子一类。

小孩与车匠铺有缘，还有另一层原因是这里可以加工陀螺。我们那里称陀螺为"老牛"，玩时用厚布条或粗棉线绳缠绕，用力抽绳，使其直立旋转，然后一鞭一鞭地抽，因此谓之"抽老牛"。聪明的小孩能自制"老牛"，找一根圆木棍，用刀斧将其砍尖，下面钉根铁钉在石头上磨光，上面用锯子一锯就成了。有道是"砍的没有旋的圆"，稍有一点"经济实力"的小孩，还是喜欢到车匠铺现场定做。小的三分钱，大的五分，木料可以是枣木、梨木，也可以选黄杨，形状可以是海螺形，也可以加工成葫芦状，下面不钉铁钉，装的是轴承上的滚珠，抓在手里既细腻又玲珑。有的小孩还不满足，回去特意在上面按几颗图钉，用蜡笔画几条杠，旋转起来不仅闪闪发光，而且会荡起一道道彩虹，感觉大不一样。

如今，几十年过去了，老车匠早已驾鹤西去，木车床的脚踏功能亦被电机所代替，除了一些农村集镇，城市里车匠铺日渐稀少且后继乏人，而人们日常生活少不了它，看来这个行当还有必要像历史遗存一样继续保留下去。

篾 匠

篾匠是一门古老的手艺，过去老百姓日常用具多为用竹子加工而成，大到房屋、床铺、躺椅、桌子、凉席，小及竹篮、淘箩、蒸笼、箩筐、筛子，甚至连热水瓶壳也是竹编的。竹制品以其美观大方、经久耐用，备受家庭主妇欢迎，所以，每年赶庙会篾匠总能赚个盆盈钵满。"荒年饿不死手艺人"，过去，江南一带农村学篾匠手艺的人很多。

黄篾匠少时跟师傅走街串巷"吃百家饭"，自己挑个篾匠担在前头走，师傅跟在身后不紧不慢地吆喝："竹篮、淘箩子修——"篾匠担也是典型的"八根系"，一头是工具箱，一头是材料架。工具箱，木质结构，椭圆形状，尺把高，箱盖打开以后形成一个半圆形敞口，里面装有篾刀、小锯、小凿、小钻之类必备的工具。有一件特殊工具是篾匠独有的：度篾齿。这玩意不大，作用却有些特别，它像一把铁打的小刀，一面有一道特制的小槽，它插在任何地方，柔软的竹篾都能从小槽中穿过去。度篾齿分大中小号，工具箱里不备上十把八把是开不了张的。担子另一头俨然是个大竹筐，不过，其他竹筐是用绳系的，这里用的是竹片，两根宽竹片中间用火熏弯，十字交叉与竹筐连体形成一个竹架。竹筐里放着长长短短的竹片，竹架上挂着锯子、圈成圆圈的竹篾，下面挂一些竹篮、淘箩之类的半成品，可以说既是材料架又是展销台。

黄篾匠挑了三年篾匠担，跟师傅学得一手好技艺，砍、锯、切、剖、拉、撬、编、织、削、磨，基本功样样扎实，件件通晓。他剖的篾片，粗细均匀，青白分明；编的篮子，精巧漂亮，周正方圆。黄篾匠有他做人的信条：篾匠手艺是细致活，做得好不需要吆喝，东家还没有做完，西家就来请了，风风光光上门，踏踏实实做事，体体面面拿钱。

篾匠活计很讲究取材，春竹不如冬竹，冬竹还要选小年的竹，有韧劲，但不管春竹冬竹都必须新鲜，鲜竹砍下来最多不能放过十天，否则剖不出篾来。破竹，是篾匠的绝技，毛竹一头斜支在屋角，一头搁在黄篾匠肩上，锋利的篾刀轻轻一勾，碗口粗的毛竹便拉开了一个口子，再用力一拉，只听得"啪"一声脆响，便裂开了好几节。然后，篾刀顺势往下推，随着"噼噼啪啪"的声响，竹子节节裂开，"势如破竹"在这里得到了最准确的诠释。但很快篾刀被竹子夹住动弹不得，此刻只见黄篾匠放下篾刀，一双铁钳般的大手抓住两片大毛竹，用力一抖一掰，"啪啪啪"一串悦耳的爆响，毛竹訇然中裂，那姿势犹如舞蹈一般优美。

篾匠活的精细全在手上，篾匠掏出不同的刀能劈出不同的篾条，最外面一层带竹子表皮的叫篾青，不带表皮的叫篾黄。篾黄远不如篾青结实，尤其经常下水的用具，如篮子、淘箩、筛子通常都用篾青。成年累月编织的确苦了黄篾匠这双手，伸出来，十根指头像树根一样粗糙，到了冬天到处"沟壑纵横"，手裂到哪橡皮膏药贴到哪，一下水钻心得痛。有道是"吃得苦中苦，方为人上人"，遗憾的是，黄篾匠吃了一辈子苦，家徒四壁，老一辈薪火相传的篾匠手艺他算继承下来了，但离人上人却越来越远了。

220

皮 匠

江南风俗，每逢闰月年，出嫁的姑娘要给母亲做"闰月鞋"。孝顺的女儿还讲究当天绣花、当天绱好、当天送过去，配上新袜子亲手给老人穿上，一方面尽孝道，一方面祈求老人健康长寿。因此，逢到闰月年皮匠店生意格外红火，周年到头绱鞋、楦鞋，忙得不亦乐乎。

皮匠也分两种，一种是行脚，一种做店面。行脚挑一副皮匠担子整天东游西荡，街头、巷口、夏日的树阴下、冬天向阳的山墙头是他们摊位的常设点。担子一头是竹筐，里面放着大大小小的鞋楦、钉鞋掌的铁砧以及自己坐的马扎，上面挂着许多形状不一的皮子，黄的、黑的被风吹得直打转；另一头是圆底方盖的工具箱，圆底由三层竹片加工而成，乍一看像笼屉，里面放着榔头、切刀和头一天晚上给人家绱好的新鞋，上面方盖子其实是个扁木柜，有两个抽屉，一个抽屉放锥子、钳子、蜡线，还有一块被蜡线不知划过多少次的石蜡，另一个抽屉有两三格，分别放着各种铁掌、鞋钉，鞋钉团成一个球，中间有块吸铁石。做店面的皮匠不少人腿脚多少有点残疾，从早到晚，年复一年，系条脏兮兮的围裙，弓背低头默默地为顾客绱鞋、修鞋，他身后的墙面上挂满了大大小小的鞋，那是他心血和汗水的结晶。

我们街坊有位姓孙的皮匠，人称"孙皮匠"，手艺好，干活很"刷刮"，就是腿脚不灵便，是个瘸子，娶了个矮子老婆，一连生了四个丫头，坚持再生个儿，最后还真让他遂了愿，整天乐呵呵的。你瞧他绱鞋，鞋底、鞋帮往大腿间一夹，锥子在头上"光"两下，一锥子扎过鞋底、鞋帮，轻轻拔出，两根缝被针引着蜡线对穿过去，蜡线绕在锥柄上用力一收紧，动作流利合拍，节奏均匀紧凑，针脚疏密得当，不消半个钟头就能绱好一双鞋。紧接着上楦，将木楦塞进鞋内，叮叮咚咚敲紧，用毛刷蘸点水刷去鞋面上的毛衣，然后在鞋后跟各钉一根鞋钉，用鞋底线一拴，往身后的墙壁上一挂，楦一天一夜便可穿了。孙皮匠的楦子是定做的，不光样子好，而且穿了不容易走样。因此，有的人即使在家里做好了鞋，也要拿到孙皮匠那里楦一下，图的就是那个式样。

上世纪六十年代中期，穿布鞋的人越来越少，穿皮鞋、塑料凉鞋的人越来越多。孙皮匠除了绱鞋也学会了修皮鞋、修凉鞋。皮鞋鞋底磨薄，经他打掌后可以再穿很长一段时间。小青年喜欢显摆，即使是新皮鞋也要到孙皮匠那里前后钉上铁掌，走在石板路上呱哒呱哒直响，简直是"土地庙没顶——神气通天"。由于家庭负担重，孙皮匠修塑料凉鞋买不起电烙铁，他就请铁匠师傅打了几打土烙铁，焊头也用紫铜的，放在煤炭炉上烧红，拿出来在除铁锈的铁丝刷上"光"两下，赶紧按住塑料凉鞋断裂处，两三分钟后，塑料鞋居然焊得天衣无缝。

有道是"适者生存"，孙皮匠认这个命，也认这个理。

白铁匠

铁皮有黑、白之分，过去通称"洋铁皮"，这显然是外国人的发明专利，最先走进中国人生活的是：装"洋油"的洋铁桶、装"洋胰子"（肥皂）的铁皮箱、装饼干的饼干筒、盛罐头的罐头盒。小时候看打仗的电影，尤其佩服八路军、游击队打鬼子时的机智神勇：把鞭炮点着往洋铁桶里一扔，那动静，跟机关枪没什么两样！

上世纪五六十年代，白铁匠生意正处于兴旺期，那时江南一带不少城镇居民吃水、用水依靠水井，所以许多人家都备有吊桶，吊桶大多数是白铁皮做的，用量可观。一到冬天，单位和居民家中都用煤炉取暖，煤炉的排烟管是白铁皮制成的，一根根白铁管接起来，看似简单，其实要求很高，要做到不漏气、不滴水。这种排烟管不贵，但经过煤气腐蚀很容易损坏，一两年就得换一次，因此生意很红火。

我同学的爸爸是白铁匠，每次走过他家店铺，都能见到他父亲的作品：畚箕、漏斗、喷壶、马灯、钱箱、铁皮盆、烟囱、铅桶、吊桶、酒端子，还有杂货店、粮油店里用的油抽子。然而，留在我记忆里印象最深的竟是很不起眼的小油灯灯头。这种灯头通常用铅丝穿成一串挂在一边，每个仅二分钱，那是农村孩子的最爱。那年头，农村没有电灯，晚上点煤油灯，煤油也要计划，每户每月一斤，虽然每斤仅五毛钱，不少人家买不起，只好用柴油。柴油点灯烟大，玻璃灯罩没法用，许多农村孩子干脆找个空墨水瓶，花二分钱买个小灯头，棉线搓搓装个灯芯，晚上点起来看书做作业就亮堂多了。因为有这个市场需求，白铁店也收购空墨水瓶，一分钱一个，加工成小油灯五分钱一盏卖出去，销路还不错。

做油灯灯头那是学徒工的活计，虽然工艺简单，但诀窍不少：剪裁是重点，一剪刀下去要准确无误，裁多了浪费，剪少了咬不上口。剪裁后全靠手工折边咬合或锤打铆合，这锤打铆合重要的在于掌握好火候，敲过了既伤铁皮又不经用，还容易生锈；锤得不够不仅不牢固而且不断漏。灯头成型后，中间连接部位还得用锡焊，焊前先要擦干净，用硝镪水（硫酸）清洗，将烙铁放在炉子上烧红，蘸点松香和焊锡，只听"吱"的一声，一阵白烟过后缝就接好了。

同学偶尔也带我到白铁店里去玩，走进店铺，乒乒乓乓的敲打声不绝于耳，耳膜都震得疼。地上横七竖八地放着一些废旧油漆桶、薄铁板和半成品，杂乱无章，简直连脚都插不下去，同学示意我什么也别动，他爸爸心里有数，图的就是取用方便。再仔细打量那些工具，其实也很简单，铁尺、剪刀、圆规、木槌、冲、钳子、铁砧。同学他爸爸没有文化，全靠祖辈传艺，勤学苦练造就了他娴熟的技艺。他和这些铁皮打了一辈子交道，技术很好，口碑也不错，家门口邻居烫壶漏了、脸盆坏了，都喜欢找他帮忙，老人来者不拒，通常不收分文。如今，随着现代化生产的发展，塑料、玻璃、陶瓷与不锈钢制品迅速占领家庭日常用品空间，同学他爸早已作古，白铁匠后继乏人，白铁铺只好关门歇业。

补 锅

当钢精锅还很稀罕的时候，一般人家至少有两三口铁锅。五十年代流行"苏联锅"，那是像钢盔一样的铁锅，口不大但深，煮饭熬粥挺合适。但炒菜还是用敞口锅好，铲子划拉得开。大概是质量问题，那年头锅特别容易漏，尤其上年头的旧锅，在炉灶上炒着炒着锅底下炒出个洞，汤汁直往炉膛里灌，弄得满屋都是煤气味。有人家有多余的锅换，有人家没锅换，没锅换的人家只好将就一下，把锅歪过来把菜炒熟，或找点面粉和成面团在锅外帮一下，凑合着用。

往往就在这时巷内传出了补锅匠的吆喝声："补锅儿——"那"补锅"两个字叫得轻，"儿"字声音拖得特别长，且清脆悠扬，能从巷头传到巷尾。

"补锅的，来噢！"说不准此刻会有三五户人家同时招呼补锅匠。

经常在我们那一带转的补锅匠姓曹，五十多岁，家住南乡，两个儿子都在乡下务农，大儿子已成家并给他生了个孙子。由于隔代亲的缘故，他对孙子疼爱尤加，哪怕自己吃粗茶淡饭，每天回家总忘不了给孙子带块烧饼，带几粒糖果。老曹为人忠厚、不奸不滑，巷子里的人总喜欢和他开玩笑，称他"扒灰公"，他不急不恼，嘴里胡乱应付着，手上却忙个不停。一副补锅担挑在肩上少说也有五六十斤，一头是八个角都包了铜皮的枣木柜，上面有七八个抽屉，里面放着金刚钻、坩埚、镉、疤子以及各种工具，下面装着一个风箱；另一头是木制的提篮，里面盛着微型炼铁炉、焦炭、小凳和一些破锅。

有道是"补锅没法，石灰一塌"，那是指"旱补"。通常补锅匠拿到锅总要举过头顶迎着光看一下，查找漏洞在哪里，然后拿起尖嘴小铁锤对着铁锅剥蚀的地方凿一条细缝，有时一二寸，有时三四寸。"旱补"铁疤子是事先准备好了的，样子和图钉差不多，但比图钉大，由内向外疤，一溜边排过去排满为止，最后用石灰泥一糊便可交差，数疤子算钱，一个疤二分钱，童叟无欺。"旱补"来得快，但不光滑，有时炒菜不小心，铲子与疤子"撞个满怀"，说不定把铁锅铲个洞，因此人们还是喜欢"火补"。

"火补"是要有"规模"的，没有十几口锅，开炉不划算。每次开炉前，补锅匠都要从巷头到巷尾挨家挨户吆喝一遍，尽可能多找点锅源。其实那年头一口锅也就四五毛钱，补一次锅少则四五分，多则一二毛，补几次的钱倒可以买口新锅了，但人们节俭惯了，不到一定时候旧锅是断断舍不得扔的。他们还有一套"理论"：新锅没有旧锅光，扔了旧锅菜不香！

小孩总喜欢赶热闹，"火补"现场总少不了我。补锅匠忙着点火装坩埚，我蹲在旁边帮助拉风箱，一拉一推火苗直蹿煞是令人兴奋，其他小孩看不服，也过来抢着拉，常常闹得很不愉快，补锅匠干脆把我们全部拉开，一个人不紧不慢地拉着风箱和妇女们拉家常。不消一刻钟，坩埚里的生铁就化开了。此刻，补锅匠从柜子抽屉里找出一个用粘土烧制而成的泥勺，用铁钳夹着拂去铁水上面的杂质，小心翼翼地兜一小勺铁水，左手托一块厚布，上面垫着草木灰，放在铁锅要补的部位，将黄豆大小的铁水倒下去，赶紧用一根棉布卷轻轻一按，一个疤就上去了，接着次第排开，"天衣无缝"。"火补"比"旱补"贵一分钱，但人们并不在乎，他们认为这一分钱值！

裁　缝

都说扬州"三把刀"——厨刀、剃头刀、修脚刀独树一帜，享誉海内外，其实扬州裁缝手艺也堪称一绝，远近闻名。上海滩早期流行的本帮裁缝，绝大多数都是扬州人。他（她）们手艺精湛，不仅衣服做工讲究、有模有样，而且价格公道，会精打细算，一块裤料精心套裁常常能多出一双鞋面布。我想，如果有朝一日扬州对老行当重新排名，裁缝师傅的剪刀功不可没，应名列第四。

旧时，扬州一带裁缝分两种，一为店铺裁缝，一为上门裁缝。普通老百姓请裁缝上门，家中肯定有大事，或婚丧嫁娶，或新儿降生。姑娘出嫁，全身上下、单夹皮棉、一年四季的衣服作为嫁妆的一部分均由女方赶制，其数量丰厚不丰厚、质地考究不考究，往往影响姑娘将来在婆家的地位。老人到了五六十岁开始为自己准备后事，选个吉日为自己打一口寿材、做一套寿衣，这也是一种风俗，早早地把寿材、寿衣准备好，为的是讨个吉利：添福添寿。做寿衣必请裁缝上门，寿衣做成，不光付工钱而且给喜钱，这叫后事当着喜事办。王少堂先生在扬州评话《武松》中，说到王婆与西门庆设计勾引潘金莲，即用做寿衣作话题，请来针线好裁剪又好的潘金莲上门为王婆做寿衣，让一对狗男女勾搭成奸，留下千古骂名。出门的女儿生养之前，娘家照例是要送催生礼的，婴儿春夏秋冬的衣服均请裁缝上门精工细作。其中做内衣"毛衫子"特别有讲究：圆圆的和尚领，领后镶有三个装饰性的"狗牙边",衣襟开在内侧不用纽扣,用红布条扎系,里外都不缝衣边,因为都是毛边,故称"毛衫子"。不钉纽扣是为了穿脱方便,毛边即"无边",祈祝小儿无拘无束,长得更快;和尚领和大襟如同僧人衲衣,象征婴儿得到神佛保佑;"狗牙边"则寓意"卑微易长",期盼小孩像小狗一样欢蹦乱跳健康成长。

记得二姐出嫁前家中请过一次裁缝,那是本街一位中年妇女,丈夫姓周当过教书先生,人们故称她为周师娘。周师娘中等身材,皮肤白皙,保养得挺好,说话和和气气、慢声细语,看得出来很有教养。每天清晨吃过早饭,她挽着个小黄布包袱,客客气气地与众人打着招呼踏进家门。家里没有裁缝铺里那种像样的案板,将长凳两张一组架起来,上面铺上门板或床板,摊上草席、床单也能将就。打开黄布包袱,里面有剪刀、木尺、皮尺、针盒、线板、眼镜、烧木炭的熨斗、带鸭嘴的喷水壶、粉板、粉袋以及顶针之类的什物。做嫁衣一般要二十天到一个月,中午裁缝随家里人一道吃,随茶便饭,不过饭菜比平常要精细些,略多一点荤腥。"进门便是客,为客三升米",这是家乡人的待客之道。每天下午三点钟,母亲都会上街去买几块酥烧饼或蛋糕之类的点心,倒上一杯清茶,给裁缝师傅当"晚茶"。天一擦黑,家里人便将热腾腾的蛋炒饭端上了桌,招呼裁缝赶紧吃了早点收工,毕竟人家有儿有女,也许家里人正等着她回去做晚饭,也许吃过晚饭还要在家赶活计呢!

箍　桶

　　木匠，在人们过去日常生活中是个不可或缺的行当。木匠有大小粗细之分，砌房造屋为大木作，打造家具为小木作，专制神龛、箱笼称细木作，箍桶叫圆木作。在国人尚不知塑料为何物的年代，箍桶匠是很吃香的。人们日常生活用品中使用的水桶、米桶、澡盆、洗衣盆、洗脚盆、马桶等，都是箍桶匠用木片箍成的。

　　箍桶匠有固定的作坊，不过在扬州一带还是挑担的比较多，典型的"八根系"一族。"八根系"是扬州土话，说得比较文雅，其实就是专指在大街小巷挑担上门服务的手艺人，诸如箍桶匠、补锅匠、锡匠、铜匠、皮匠。为何叫"八根系"？因为他们挑的担子两端各有四根绳系，一边两根，分别从两侧系住工具箱和竹筐，虽行当不同工具箱形状各异，但一根扁担、八根绳系大致相同（也有六根、两根的）。箍桶匠的工具箱扁扁的呈椭圆形，另一头竹筐里放着竹篾、竹片、铁箍、铜箍和一些马桶、脚盆半成品。

　　"箍桶儿——"那吆喝声真像桶一样粗犷，能传到很远的地方。箍桶匠手艺很巧，他们箍桶总是先把桶底做好，然后将几块略带扇面形、三至五寸宽的木料梳（锯）成长短一律、厚薄一样的木片，精心刨过以后，一块块围着桶底放好。上箍是有技巧的，窍门在于桶底小、桶口大，竹篾编成的桶箍从桶底套进去，再将竹箍慢慢向桶口方向敲，这样上下两道箍越敲越紧，敲到适当部位再换铁箍或铜箍，然后翻过来锯齐桶底、做好桶边，上上下下用小刨子光一下，桶底和桶帮结合部塞上麻丝、油灰，木桶就做成了。盆桶做成后一般不马上用，将它在烈日下晒几天，上几遍桐油。使用前，用清水浸泡，让木板自然膨胀，铁箍越箍越紧便万无一失了。

箍桶中最难的是箍马桶，马桶两头小中间大，而且马桶盖要严丝合缝，是个细致活。过去，扬州人家女儿出嫁，陪嫁的嫁妆中少不了一组成套的马桶，谓之"子孙桶"。每只马桶外形都很漂亮，上等的是一种有三道黄铜箍的红漆马桶，这组马桶有两套，一套是大小马桶各一，是日常起居用的。另一套是小马桶放在大马桶内，上面有大盖，大盖上有小盖，那是女儿将来生产时用的。小马桶内放有枣子、桂圆、花生、芝麻，各有象征意义：枣子是"早生贵子"；桂圆是"贵子中状元"；花生是"花着生"有男有女；芝麻寓意"多子多福"。实际上，这组"子孙桶"将扬州人对生殖的崇拜和对人生的追求都囊括其中，理念的分量远远超过了物质的分量。

如今，现代生活节奏改变了传统的生活习俗，"子孙桶"进了民俗博物馆，洗衣盆、脚盆、米桶也都成了塑料制品、搪瓷制品、不锈钢制品，开一套模具，电钮一按一个，一天成千上万。时代在进步，箍桶业不消亡那才叫怪！

补　缸

在我国，制陶历史十分悠久，经考古发现，早在七八千年前，华北、华南等地就大规模生产和使用陶制品。秦汉以来，制陶工艺不断改进，人类在日常生活中使用陶制品越来越多，大件的有水缸、米缸、酱缸、酒缸，小件的有造型不一的坛罐、大小不一的缸盆。

在没有自来水的日子里，扬州一带人家通常有两只大缸，一只放在厨房，水挑满以后放些碎明矾用棍子搅一下，水清澈见底，作烧茶、煮饭之用；另一只放在天井里，下雨时盛天落水，洗脸、刷牙、洗衣服都用它，大人下河边淘米洗菜，顺便用小桶拎一桶水倒入缸中，小孩总喜欢把捉来的小鱼小虾放在里面养，时间长了便滋生孑孓虫。陶制品致命的弱点是易碎，使用过程中稍有不慎就会破裂，但经过修补后还能使用，"新缸没有旧缸光！"因此衍生了补缸这一老行当。

"修——缸！"补缸师傅手里拎一只帆布包，里面有一把小铁锤和几只錾子，另外备有一节小竹筒，为的是调拌盐卤和铁沙。他们走街串巷时，吆喝声像水桶一样低沉雄浑。哪家需要补缸，先将缸、坛、罐抬出来，他会根据裂缝的大小、破损程度算钱，双方经过一阵讨价还价，生意就算谈妥了。

补缸时，补缸师傅把缸先放倒，有裂缝的一面朝上，如果裂缝比较长，还要用麻绳将缸箍紧，以防敲击时把缸震裂。錾缝是个巧活，补缸师傅用三个指头捏着錾子，另一只手握住小铁锤，对准裂缝"笃、笃、笃"一阵敲击，敲得轻重不一，不紧不慢，不一会便沿着裂缝敲出一条约半公分宽的浅槽，长度往往超过裂缝，然后有间隔地在浅槽两侧敲出对称的小坑，钉入"蚂蟥攀"。"蚂蟥攀"是用熟铁打成的扁平两脚钉，形状像放大了的订书针，它的着力点在裂缝的两侧，必要时可以把"蚂蟥攀"按缸体的弧度适当弯曲，让它更服帖。待这些工序全部完成后，用水将裂缝冲洗一遍，把里面的残渣清除干净，才能进行最后的填补。

填补用的材料叫"盐生"。所谓盐生，其主要成分是生铁，将其研成极细的粉末，颜色为青灰色，使用时用盐水拌和。配置盐生，要准确把握盐与水的比例，盐放少了，铁粉不能充分凝固；盐水过浓，容易起鼓、脱落。补缸师傅凭他的经验，把握得非常精准，一般不会失手。当盐生填满所有的裂缝后，将整条缝口捺平，破缸就补好了。最后补缸师傅特别关照，把缸放在没有人去的地方阴干，十天半个月以后等"盐生"板结了，与新缸一样。

我从小喜欢看人家补缸，也喜欢问一些刁钻古怪的问题。一次，我莫名其妙地问补缸师傅："粪缸你补不补？"对方像触了电似地连连摆手："那玩艺臭烘烘的，还不把人薰死过去，再给多少钱都不补！"

其实，当粪缸的都是那些补了不能再补的旧水缸或沙缸，漏就让它漏，谁会找补缸师傅花这冤枉钱？！

拾 屋

"瓦匠有轻功！"这是我小时候听人对瓦匠高超技艺的赞叹。你看他在屋顶爬上爬下、行走自如，竟踩不坏一片瓦，功夫的确了得。

老式瓦匠会砌墙、铺瓦、粉墙、打灶、拾屋（拾漏），这是那个年代他们混饭吃的全部手艺。瓦匠的手艺与老百姓的生活息息相关，特别在钢筋混凝土未被广泛运用的年代，瓦匠是很吃香的，人们要想住得安逸，自然与瓦匠有了千丝万缕的联系。

中国传统的建筑以木结构居多，不论是简易的民居，还是巍峨的宫殿，乃至摩天大厦，全是用一块块砖、一片片瓦砌铺而成。砖和瓦从两千多年前的秦汉时代沿用至今，被称为"秦砖汉瓦"。过去，我们居住的都是四合院式的青砖黛瓦平房，五架梁、七架梁，人字形的屋顶由片片小瓦覆盖着。这类瓦屋往往有了几十年乃至上百年历史，年久失修，极易漏雨，尤其夏天狂风暴雨过后，手艺精湛的瓦匠，家里的门槛就差被人踏破。

我同学的父亲就是一位手艺精湛的瓦匠，拾屋是他的拿手好戏。瓦匠吃饭的家伙很简单，瓦刀、木泥皮、铁泥皮，还有一个泥桶和一杆自制的有刻度的长木尺。那时少有水泥，泥桶是装熟石灰用的。瓦匠成年累月穿一双千层底的软布鞋，一是轻便，二为防滑。开工的时间约好了，他会扛着长长的木梯主动上门，先向户主了解漏雨情况，然后用水将生石灰煮开，挖一部分熟石灰放在一块大青石上，倒少许水，将纸筋、草木灰掺进去，用锹搅拌均匀，装上一泥桶，瓦刀往里一插，拎着就上屋了。

上了屋面，他总是一脚踩两路瓦，基本是半蹲着，站不直，坐不下，先用旧扫帚将瓦沟里的枯枝、树叶、杂草等垃圾清扫干净，在漏雨点及雨水流淌方向准确找出开裂的底瓦，用完好的瓦片替代，再将瓦片码齐，最后用那把长木尺拍几下，用石灰修补破损的屋脊和瓦头。经过他这么一拾掇，三五年可以高枕无忧。

由于对瓦匠的"轻功"太迷恋，十三四岁时，我整天上蹿下跳，梦想练就一身飞檐走壁的轻功。对门邻居董老太爷是位空巢老人，一人独居一个四合院，房屋虽不漏雨，但瓦沟里却长了许多杂草、积了不少枯枝烂叶，老先生舍不得花钱雇瓦匠，看我欢蹦乱跳、聪颖过人，暗地里和我商量，请我上屋去帮他拾屋，我年少气盛，居然一口答应了。上屋之前，他特别安慰我："你放心地上去，万一滑下来，我一把能把你接住。"我倒没有什么顾虑，权当学雷锋做好事嘛！爬上屋顶我一点也不怕，还敢和下面的小朋友打招呼、开玩笑。事后，老先生也没亏待我，犒赏了我几块桃酥。但此事很快被我母亲知道了，她狠狠地将我一阵臭骂："万一掉下来，脑浆珠子跌得洒下来！"

这就是我此生唯一一次拾屋。

货 郎 担

  郭颂唱的《新货郎》突出一个新字:"打起鼓来敲起锣,推着小车来送货。"而旧时活跃在苏北农村的货郎担,一不用敲锣,二不推小车,而是靠双肩挑担送货,摇动长柄扁鼓招揽顾客。有诗曰:"鼗鼓街头摇丁东,无须竭力叫卖声;莫道双肩难负重,乾坤尽在一担中。"描绘的就是活生生的货郎担图。有人在北宋画家张择端绘制的《清明上河图》中发现有两副货郎担;金代、明代也有《乾坤一担图》、《货郎担图》留存于世。过去,农村不通公路,上一趟集镇十分艰难,尤其农村妇女农事繁忙、家务缠身,扯鞋面布、买针头线脑都要托人帮忙。深谙商道的小商贩,摸透了乡下女人的消费心理,货郎担恰到好处地满足了乡下人简单的购物需求。

  清脆悦耳的拨浪鼓声,由远至近,耳尖的小孩便迎着货郎奔了过去,不一会货郎身边围了一大群小孩,鼓声在村头的大树下戛然而止。货郎担一进村,就像一把盐散进滚烫的油锅,全村沸腾。年轻英俊的货郎和那琳琅满目的小商品像一块巨大的磁铁,将大姑娘、小媳妇以及爱凑热闹的孩子吸引了过来,人们像围观天外来客一样,将货郎围在中间问长道短。货郎担一头挑一个竹筐,前面竹筐架一只带玻璃匣的木托盘,里面摆满了棉线、丝线、扎头绳、绣花针、缝衣针、松紧带、牛皮筋、纽扣、镜子、木梳、发夹、剪刀、毛巾、手帕、水瓶塞、胭脂、花粉、梳头油、雪花膏、百雀灵、歪子油;以及玩具、糖果、铅笔、橡皮、书签、毛笔、写字本等文具用品。另一头则是沉甸甸的备货筐。麻雀虽小，五脏俱全。

货郎所卖的东西不值几个大钱，利润不会太多，所以买卖间价格波动不会大大。而农村妇女乐于讨价还价，选好东西后，便耍起各自的砍价绝招，不约而同地指责东西质量差、不值钱，有时说得面红耳赤。走南闯北的货郎早已谙熟这些伎俩，在争争吵吵之中让它一点半点，货郎求的是不回头客，买主则图个方便，正是这种互有所求、互惠互利的关系，让货郎担年复一年在农村有了广阔的活跃空间。

货郎有固定的经营范围，每天轻车熟路，见的都是老主顾。主顾对他有什么要求，他尽量满足。有的农村妇女囊中羞涩，双眼盯着花花绿绿的小商品心里发痒，货郎善解人意，回家拿几个鸡蛋或一升芝麻，也能换一支花线或一瓶雪花膏。行动不便的老人有什么特殊要求，货郎乐于帮助，即使不是他经营的商品，也会代买代送。孩子们拿着鸡毛、鸭毛、牙膏壳、破布烂棉花之类的东西来换糖果吃，沉醉在无言的快乐之中。善良的乡亲知道货郎整天东奔西跑、日晒雨淋，挣一分钱都不容易，当货郎汗流满面的时候，热心的妇女便叫孩子回家去端碗水来，有的甚至拉货郎去家里喝一碗糁子粥，来一块酥头令，完全没有先前讨价还价时的那小气劲。

造　纸

仿佛是"文革"贴大字报，一夜之间，学校的山墙上铺天盖地贴满了草纸。这是附近生产队贫下中农的"杰作"，他们运用古老的草纸生产技艺，以稻草作原料，变废为宝，学校为他们提供晾晒场地，乐得做个顺水人情。不过他们的手工纸质地太粗糙，冠以"马粪纸"倒恰如其分。

为了对课本上蔡伦造纸的过程加深理解，我和同学结伴来到附近的草纸生产作坊。这里生产草纸全部是手工，原料就是稻草。一位师傅看出我们的好奇，饶有兴趣地介绍了生产全部工艺：首先将稻草碾碎，然后倒进水池，撒上石灰进行发酵，二十多天后捞出，再用碾子将稻草完全碾碎，最后将碎稻草放进水池内搅拌均匀，便成了造纸的纸浆。抄纸的纸槽长宽约一米，把抄纸帘放进纸槽，荡料入帘，提起，滤去水留下一层薄薄的纸浆，把纸浆翻转倒扣在木板上，揭起帘子，就分离出一张湿纸。湿纸在木板上一层层叠起，达到一定数量就送进土榨纸机，利用杠杆原理榨去水分。榨干水分的湿纸要找场地晾晒，农村都是土坯房表面凹凸不平，学校的山墙光滑平整，正好充分利用。不过榨干水分的湿纸粘结在一起，一张张分开贴上墙可不容易，揭纸时用力要均匀，贴上墙迅速用长松针刷刷平，经过两天风吹日晒，揭下来用刀裁齐便可以打捆出售。

手工纸，如今说起来好雅，以前如厕用的都是这种纸，一毛钱一刀，裁成长方形搁在马桶旁边纸盒里。手工纸也有高级用法，一是用来练毛笔字，多少书法家就是从废草纸堆里爬出来的；二是在上面打几个眼作为祭拜用的纸钱，在求神拜佛、拜祖宗、做丧事、扫墓时一把火烧给阴间。

中国造纸术的发明已有两千年历史，东汉的蔡伦是不是造纸的最先发明者，好像还没有定论，但纸的原始者"麻纸"的确是经过蔡伦的改造之后，才变粗糙不堪为细密，进而成为书写材料，这无疑是一场革命。蔡伦在改善麻纸时，用树皮加旧渔网造纸，如此便宜的原材料的开发，促使纸张产量大增，从而逐步渗透到社会生活的各个领域。在中国古代，纸张用途十分广泛，在纸上写字绘画、印刷书籍、印制钞票。在玻璃没有发明之前，人们用纸贴在门窗上，以避风、透光。两千年过去了，今天的造纸术比蔡伦的皇家作坊的工艺和技术不知要先进多少倍。在重视和保护非物质文化遗产的今天，许多古镇古村落返璞归真，用古老的土法来造纸来吸引旅游者的眼球，其原料、工具、操作技术、工艺流程，几乎与两千年前大致相同。在安徽宣城泾县、广西遇龙河畔，我惊喜地发现偏僻的山村不仅成了旅游热点，而且成了历史常识课的课堂，孩子们排着队来看古代科学名著《天工开物》所记载的造纸过程，这样的保护和传承真可谓功德无量。

剃 头

小时候在上海最怕剃头，电轧刨一响，就像直升飞机螺旋桨在头上轰鸣，让人头皮发麻浑身不自在，况且电轧刨那么快，风驰电掣，我真担心耳朵被它刨掉，因此一坐到椅子上脑袋就左躲右闪，剃头师傅没法，只好一边哄我一边用手硬按着我的头，看准机会就推几下，常常累得满头是汗。

其时，扬州一带仍然流行手推，轧刨由剃头师傅平端着，一天推到晚，胳膊不抖不颤，节奏纹丝不乱，那才叫功夫。所以，剃头师傅就敢在店铺门口的对联上吹那个牛："虽毫末技艺，乃顶上功夫"、"去垢涤污新面目，整容洁发识英雄"、"进店来乌头宰相，出门去白面书生"。

上世纪五十年代末，上海理发店夏天都用上电扇了，而扬州一些剃头店还保留着"土风扇"那老古董：顶棚上一溜边安装四至六个用马粪纸或白布制成的大扇面，每个约二尺宽三尺长，横排在剃头椅上方，用滑轮牵引，由一个小徒弟坐在门口一下一下地拉绳子，清风徐来，让人倍觉凉爽。当上海流行吹风、烫发的时候，小地方的剃头师傅也不甘落后。电吹风不值几个钱，买得起，烫发机价格昂贵，就不敢问津了。好在家乡的剃头师傅聪明，请铁匠按特殊要求打几把火钳，剃头店里有现成的开水炉，烫发前将客人头发清洗一遍，略涂些凡士林、梳头油，待火钳在炉内烧热，剃头师傅拿过火钳小试一下温度，随着一阵阵白烟腾起，女宾秀发上便涌起了一层层"波浪"。

被人请上门去为胎儿剃胎毛是剃头师傅的荣幸。旧时剃胎毛仪式十分隆重，家中要点红烛、摆供品。剃头师傅以白酒代水为小儿润发，然后再剃。有的人家为小儿剃光头，认为胎毛剃光后，后来的头发长得更密更黑。而有的人家则把后脑勺或头顶心的一撮胎毛留下，剃成"桃形"，叫做"百岁毛"。剃头后小儿通常戴一顶红布做成的"和尚帽"，以期神佛护佑。至于剃头师傅的犒赏，不仅工钱加倍，而且家中供奉的果品也由剃头师傅带走。胎毛剃好后，母亲抱着小儿外出走一圈，名曰"出窝"，又叫"见世面"。

剃头师傅另外还有一手绝活：向阳取耳（掏耳朵）、捶背拿筋。虽然如今大家都知道，掏耳朵、剪鼻毛不科学、不卫生，是不良习惯，但耳朵痒起来也十分难受，只有掏几下才舒服。据说自明清以来，掏耳朵就是剃头师傅在剃头中的一个专项服务。通常剃好头、修好面，就是掏耳朵。剃头师傅工具很全，除了耳扒还有竹镊、小刮刀、鸭绒球等。有的客人耳屎粘在耳底，这不能轻易掏，万一伤了耳膜将害人家一辈子。此刻，剃头师傅会用长长的刮刀在耳底沿边刮一圈，轻轻地用竹镊子将大块耳屎夹出来。然后，用鸭绒球进去清扫一遍，那绒毛柔柔的、软软的，在耳洞内来回滚动，真是舒服极了。

接着便是捶背拿筋，随着各种节奏和清浊阴阳的脆响，剃头师傅两只拳头在客人肩背上哗哗剥剥地直捶，随后找准肩胛上的两根"懒筋"一阵拿捏。有的客人不适应，往往被整得呲牙咧嘴，但挨"整"以后，只觉得格外轻松。此外，剃头师傅还有个本事——治落枕。不管谁睡觉落了枕，歪着脖子进去，剃头师傅把你脑袋搁在他躬起的大腿上，两手扶着下腭，轻轻两下，"咔叭"就扳正了。要不是这么神，剃头师傅哪敢斗胆宣称自己是半个跌打医生！

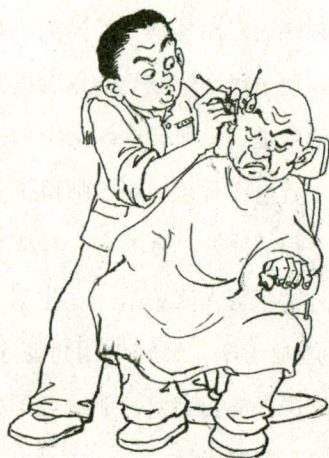

炮仗店

小时候特巴望过年，因为过年有压岁钱。压岁钱主要有两个去处，一是"修五脏庙"，二是买炮仗（鞭炮）。花三五分钱买一挂小鞭，拆开引信，将一个个小炮仗放进铁盒，往口袋里一装，然后从香炉里取一支线香点燃，一帮小伙头结伴而行，家里人只听见远处炮仗响，三四个钟头也别想见我们人影。一盒炮仗在手，足以让鸡犬不宁。大狗小狗从眼前过，随手点个炮仗扔过去，吓得狗儿没命地逃窜、汪汪乱叫；小炮仗丢进鸡群，母鸡受到惊吓竟能飞几丈远。"小炮子哉，作孽呵！"在人们的骂声中，我们狂笑不止。

燃放爆竹的习俗在我国已有两千多年历史，到了唐朝，鞭炮被人们称为"爆竿"，就是将一支较长的竹竿逐节燃烧，连续发出爆裂之声。唐代诗人来鹄《早春》诗句："新历才将半纸开，小亭犹聚爆竿灰。"写的就是当时燃烧竹竿的情景。后来，炼丹家经过不断试验，发现硝石、硫磺和木炭合在一起能引起燃烧和爆炸，发明了火药。于是有人将火药装在竹筒里燃放，发现声音更响，从而使火烧竹子这一古老习俗发生了根本变化。北宋时，民间已经出现了用卷纸裹着火药的燃放物，还有单响和双响之分，后改名为"炮仗"。

古镇上有两家炮仗店，前店后坊，一年到头生产炮仗。我有个同学家里开炮仗店，父亲特严厉，每天一放学他就要回家帮助做炮仗。我则是"无事佬"，经常到炮仗店门口望呆，对炮仗传统制作工艺略知一二。

做炮仗分三个步骤：卷炮身、配火药和制引信。

炮身在炮仗店称作"筒"，将裁好的纸卷成空筒，扯筒的主要工具是用杂木做成的扯凳，一扯一根。纸筒阴干后，用细绳扎成六角形的饼状，用阔刀从饼腰间切断，一筒便成了两筒。

配火药通常秘不示人，据说，造硝要用厨房里的泥土最好，因为经常做饭做菜，硝也沉淀得多。把泥土放进铁锅不断加水熬，一两天后，铁锅边上就会结一层白色的硝。刚熬出来的硝颗粒很大，需要放在碾槽中碾碎，俗称冲硝。碾碎后的硝依然不能直接用，还需要磨成细粉。将制作好的硝配上硫磺、泥土，便是火药。

制引信用的是木浆纸，把整张纸割成一根根长纸条，将纸条的一端固定、展开，用一根铁棍沾上硝粉，手一抖，铁棍上的硝粉就会落在纸上形成一长条，手一搓，一根引信就出来了。不过这时的引信还是散的，需要用手沾上米浆在引线上一捋，引信沾上米浆就不会散了。

我那可怜的同学，在家做得最多的便是钻孔、插引信、编炮仗。用铁钎将装上火药的每个筒子捣紧，再给筒子钻孔，以便插引信。引信插入引孔后，再用一把留有圆齿的铡刀将一个个小炮仗铡紧。单个的小炮仗制成后，将引信整齐地编成一挂，因为形状像鞭，则成了名副其实的"鞭炮"。

我和那同学关系挺好，也想沾点小便宜，由于他父亲看管甚严，平时想都别想。不过，炮仗店经常试放"大头灯"，我有"内线"，倒可以时常跟在一大群人后面过过炮仗瘾。

棺 材 店

母亲跷起二郎腿,小孩一屁股坐在母亲脚面上,母子俩手拉手有节奏地前仰后合,嘴里不停地唱着:"拉锯拉锯,你来我去!拉锯拉锯,你来我去!"小孩被颠得咯咯大笑,笑着笑着便倒在了母亲脚底下。这等其乐融融的情景,上了年纪的人印在脑海里,大概永远不会忘记。这拉大锯的动作是从哪儿学来的?不客气地说,主要受棺材店寿木师傅的影响。

棺材店都是临街的铺面,前半部陈设棺木,后半部作工场,拉大锯,刨木料,叮咚叮咚整天响个不停。棺材是特殊商品,只能备货等客上门,不能推销,陈设在店堂里的都是一般性棺木,要中高档的,后面备有半成品"散板",价格面议,按质论价。高档的称为"建板",即阴沉木、金丝楠木,木质坚硬,经久不变。中档为"杉元",乃杉木,特点是耐潮湿、木质细密。低档的则是松柏料,木质松易变形且吸水。还有更低档的为"薄皮",用薄木板钉口棺材,大都是穷苦贫民和慈善机构用来收殓遗体,入土了事。

"万一有个三长两短",这是常挂在人们嘴边的一句话。"三长两短"作何解?它泛指灾祸、事故,实指死亡、棺材。棺材在未加盖前其形状是不是三长两短?!在《周公解梦》中,认为梦到棺材是吉兆,寓意"升官发财"。据了解,广西柳州人深谙其道,用上好的楠木、樟木、杉木制成精致小巧的棺材,小的拇指大小,2元一具,大的10厘米左右,一具10多元。外地游客来到这里，一买就是一大堆，带回去作为礼品送人，既经济又吉利，柳州人由此开辟了一项可观的财源。

棺材是人一生奔忙竞进、争名夺利的总归宿，所以过去人们十分重视此物。俗话说："要强一辈子，只要有个好房子便知足。"农村人多半在人死之后方伐树开板做棺材，木料通常是老人生前指定好的："这几棵树日后给我作寿材。"儿女轻易不敢违背。因为乡间做棺材必须在一天内完成，所以有"紧七慢八，六个人急划拉"的说法，即七个人做手紧一些，八个人从容一些，六个人就要手忙脚乱了。大树伐下来首先要锯成木板，要一寸厚还是两寸厚，须在圆木上弹好墨线，然后搭一个交叉形木架，将木料一头朝地一头朝天斜竖在木架上，两个寿木师傅，一人两腿一前一后站在木架上，一人盘腿坐在地上，两人各持大锯的圆木拉手，"拉锯拉锯，你来我去"的场面就这样形成了。拉大锯没多大技术，只要肯卖力气，锯一段粗圆木至少要拉几千下，甚至上万，是个苦力活。寿木师傅个个很清瘦，但胳膊上全是肌肉。

棺材做好后要髹漆，一般用黑漆，少数用荸荠漆。漆的质量视棺木档次而定，高中档用上等瓷漆，工艺精细，低档就用一般性黑漆。高档棺材漆起来极费劲，打好后抬上架打底漆，用桐油、石灰、糯米汁浇嵌缝，然后再上外漆、抹桐油，有些棺材棺头棺尾还要雕花嵌寿字，仿佛不雕花不嵌寿字，死人睡进去不肯安心做鬼似的。孝子贤孙们深信，棺材档次越高越孝顺；棺材店老板则认为，做得越精致越来钱。而在寿木师傅眼里，所有的棺材都是一个样：到头来都是"荒冢一堆草没了"。

染　坊

　　多年前，在北京参加一个活动，主办方送我们每人一条南通蓝印花布制作的围裙和一块蓝印花台布。接过这古色古香、质朴无华，既散发着乡土气息、又显示出淡雅不俗的礼品，我仿佛捧起了典籍，思绪中老家染坊的尘封记忆也被轻轻打开。

　　古镇上的染坊由来已久，记忆中的染坊设备很简单，纯粹是家庭手工业，前店后坊。染坊笃信行神，行神即"梅葛二圣染布缸神"，一般染坊都挂行神图，图中画有梅葛二圣，一站一坐，站者正把染好的布搭在高高的架子上，坐者好像刚记完账，旁边还有两位工人正在染缸里搅动布匹，实际上这是对古代染坊劳动情景的写照。

　　上世纪六十年代前，染坊大多染土布、夏布以及小白布，用的是国产土靛，只能染青、蓝、黑、红四色。母亲一生节俭，一家大小衣服穿得泛了白，她不是请裁缝打反，就是送到染坊染色。因此，我也就有了进染坊的机会。站在店堂朝里一看，作坊里到处热气腾腾，有一口大锅，我踮着脚也看不到底。再朝后院看，纵横交错的绳子上挂满了各色的布，红的、黑的、蓝的、绿的，在微风中轻轻飘荡，煞是好看。

　　染坊老板的女儿和我是同学，但她从不把同学往家里领，主要怕我们被煮沸的染料烫着。由于从小耳濡目染，她对洗染工艺也烂熟于心：染布前必须将土靛在大缸内用热水泡上三四天，然后将土布投入，用木棍不停地搅拌，使布坯均匀受色，出缸后用

247

清水漂洗两次，放到一块马鞍状的元宝石上，用脚踩掉余色余水，再拿到院子里晾晒。后来，进口染料风行，色彩逐渐多起来。她家的一位年轻师傅，居然可以在一个缸内不换水，通过配料、调色，染出四五种不同色彩的布料，而且染出的料子和衣服仍然色泽牢固、颜色鲜艳。

六十年代中后期，随着化纤织物的大量面世，染坊渐渐"门庭冷落车马稀"，店主（这时已不能叫老板了）随机应变，增设了洗染、烫织、拆洗、翻新、印花、印字等业务。"文革"初期，"红卫兵"、"造反派"你争我斗，"造反兵团"、"司令部"此起彼伏，成立一个，印一批袖章、大旗，染坊业务应接不暇，员工夜以继日加班加点，倒也发过一笔小财。·

化纤织物的面世，也给小染坊带来了巨大的技术难题，着色不牢成了染工们的心病。六十年代，日本尿素全面打开中国市场，农民用完尿素，包装袋成了稀罕物，它系纯涤纶制品，加工成衣裤倒是不错的面料。由于数量有限，内部定价每只四毛，只有生产队、大队干部才能享受这种"特权"。两条尿素袋缝制一条长裤，料子正好，但白色的包装袋拆洗以后，必须送到染坊里染一下，通常都染咖啡色、黑色。可是，穿不了几水就掉色，包装袋上面的字也逐渐显露出来。憨厚的农民看了发笑，为此编出了一段顺口溜："干部干部，讨巧无数，八毛钱做条裤，前有日本，后有尿素！"

修 伞

在我小的时候，拥有一把雨伞几乎是奢望。雨天上学，我通常戴斗篷，那种用竹篾编成的大大的、圆顶的箬帽。下雨时，头顶着它游走在大街小巷，就像一朵蘑菇在风雨中游荡；雨停了，斗篷抓在手里就像一面盾牌，但不知道到底在对抗着什么。后来条件好了，家里有了油布伞和纸伞，它的特点是轻便、美观，收拢方便，因而很受欢迎。

中国是伞的故乡，《孔子家语》中说："孔子之郯，遭程子于途，倾盖而语。"这里的"盖"就是指"伞"。伞的起源有两种版本：一个是"鲁班造伞"的传说，另一个是"鲁班妻子造伞"的传说。鲁班妻子云氏，见丈夫常年在外奔波，遇雨很不方便，便想做一种能遮雨的工具。她将竹子劈开剖成细条，然后蒙上兽皮，形似"八角亭"，张开若盖，收拢像棍。后人见其方便实用，便开始模仿，并陆续传开。传说虽然不很可靠，但能研究出攻城云梯的鲁班家里，再研究出一把小小的雨伞，也不是什么离谱的事。

而将."伞崇拜"演绎到极致的当数"文革"高潮中的 1967 年，当年 8 月，刘春华等创作的油画《毛主席去安源》首度在中国革命博物馆展出，被誉为"无产阶级文化大革命开出的灿烂艺术之花"。为了表现毛泽东不畏艰险、不畏强暴、敢于斗争、敢于胜利的大无畏精神，画面上毛泽东紧握左手，右手挟一把雨伞，展现了毛泽东风里来、雨里去，为革命不辞辛苦的工作作风。该画后来在全国公开发表并大量印制发行，全国雨伞陡然告罄。

伞虽然轻捷灵活，但伞面很容易戳通。大人用伞比较当心，小孩用伞毛手毛脚，一不当心就会在伞上留几个洞，于是衍生了修伞这一行当。雨季到来之前，大街小巷便时不时飘过一阵拖长了声调的"修洋伞——洋伞修吧"的吆喝声，待到熟悉的声音一传过来，要修伞的人家早已把坏伞找好，修伞师傅到门口谈好价钱，随手将马扎打开，朝墙角边一坐，立马开工。

修伞这活技术含量不高，油布伞和纸伞的修理，区别在伞面上，一是布，一是纸。油布伞从前都是木柄的，伞面换好几次伞骨还很牢固，当然时间一长竹制的伞骨就会断，断一根伞面就支离破碎不成型了。修油布伞首先要把折断的伞骨换掉，然后将骨眼和布面连接处用针线重新缝牢。有破洞的地方用布缝一下，缝的时候可不能粗针大马线的，关键是针脚要好。修油纸伞则要将洞周围弄平，随后取出一种乳白色丝绵纸，按尺寸要求剪好，在洞口周围涂一种从桐油里炼出来的白油，将丝绵纸小心地覆盖在洞口上，用小毛刷轻轻在纸面上刷几下，使其平服。油纸伞伞面一般都有颜色，或棕色，或栗壳色，修伞师傅会取出相应的颜料涂于纸上，使其和整个伞面的颜色尽量接近，再涂一层白油，最后吩咐人家，必须将伞撑开，半天或一夜之后才可使用，如此这般，一把破伞便获得了新生。

渔 船

　　几乎每个父母都和懵懵懂懂的子女开过这样不着边际的玩笑："你不是爸妈生的，是从渔船上抱来的。"我家就住在运河边，经常有衣衫褴褛的打鱼人背着鱼虾从门前路过，没等我看清对方的面孔，母亲就指着人家背影说："那就是你亲生妈妈，你要是不听话，我就把你还给人家。"我惊恐地看着母亲的脸，吓得头直往她怀里钻。由于幼小，我一时还不能分辨这种玩笑的真实性，但我记住了自己的另外一种来历，也许我真是渔船上的孩子。

　　河边每天停泊着好多渔船，一条渔船就是一个家，一对夫妻带着一大帮孩子。大的孩子已经能帮助划桨、上街买盐打酱油，船头上趴着一个背葫芦的小孩，船舱里还爬着一个小孩，母亲怀里奶着一个，身后还背着一个。除了大孩子，其余的小孩几乎个个都是光屁股，即使冬天也是如此。我常常一个人在河边徘徊，悄悄注视着一张张渔民的脸，心想，我会不会是这家的？我如果不听话，难道真要回到渔船上来生活？有一天，我从河边回来，突然扑在母亲怀里痛哭流涕，央求千万不要把我送回渔船上去。全家人听了笑得前仰后合，母亲把我紧紧地搂在怀里，告诉我这仅仅是骗人的谎言，我这才破涕为笑。

　　内河的渔船与大江大海的渔船没法相比，它长不过五米，宽约四尺，但"麻雀虽小，五脏俱全"，船头美其名曰"台"，船舱叫"轩"，船艄称"亭"。船艄比船舱约高一尺，划船的人眼光可以越过舱顶看清前面的水路。舱顶上通常用破盆烂罐栽点葱蒜，

251

有情致的人家养几盆栀子花、仙人掌。狗，几乎每条船上都养，黑狗占多数，一只只精瘦，大概是吃多了鱼虾河蚌的缘故，毛色特别亮，叫起来声音洪亮，蹿起来像风一样，夜间生人别想靠近渔船半步。船尾贴近水面处有一个用竹片钉成的鸭笼，行船时，几只麻鸭悠悠地跟在船后，行进、觅食两不误。有时鸭子恋食，离渔船渐远，爱管闲事的黑狗会适时地朝远方汪汪叫几声，得到狗的警告，鸭子便展开翅膀踩着水追了上来，水面顿时翻起一道白色的浪花。

船头不足一平方米，渔民成年累月的汗水都抛洒在这里。三四十年前，家乡的河湖港汊水草肥美，渔民随便撒几网都会有收获。我最陶醉的是渔民撒网的姿势，如果用照相机定格下来，那是灵动的美！后来我留意过运动员掷铅球的腰部动作，慢慢、慢慢扭过去，瞬间用力抛出去。运动员抛出去的是铅疙瘩，渔民撒出去的是遮天蔽日的网，那美是一样的永恒。渔民拉网神情十分专注，鱼儿一旦在网里乱窜，他们脸上会掠过一丝不易察觉的得意神情。渔网拉上船头，女人便在旁边忙碌起来，鱼归鱼，虾归虾，分别放入船头下隐蔽的小舱，小舱有几个对称的小洞与河水相通，有了活水鱼虾便养得住，鲜鱼活虾能卖个好价钱。

到了冬天，几条乃至十几条渔船常常联合作业。在宽阔的水面上，十几条船围成一个大圆圈，十几张网一起撒开落下，场面十分壮观，水域里大鱼小鱼在劫难逃。有一次，我亲眼看到人家捕到一条大青鱼，送到水产站一称，五十二斤！记得我那年刚十一岁，体重也是五十二斤。

放　鸦

水老鸦有个很好听的学名：鸬鹚，家乡人叫它鱼鹰、鸦，而且将"鸦"字读成"蛙"。

我们小学校河对岸有户放鸦人家，养了几十只鸦，不捕鱼的时候，就散养在门口的河岸上，小河干涸时，我经常和同学结伴到河对岸看鸦。老鸦在水鸟中可以称得上重量级运动员，它体长约七八十公分，全身黝黑，泛着蓝绿色光泽；眼珠金黄，眼神特敏锐；嘴长成锥状，前端带钩，鱼被啄到根本别想逃脱；它脖子长，具有大大的喉囊；脚上有全蹼，堪称游泳、潜水冠军。老鸦如果不下水，整天伸着脖子，喉囊一颤一颤地像哮喘病人在喘气，嘴巴里散发着一股令人作呕的腥臭味。放鸦人看中的正是这大大的喉囊，下水前在它领脖扎上一根小绳，捕获的猎物可以贮藏在喉囊里。

放鸦用的小船两三米长，弯弯的像月牙，正是古诗中常提的"一叶扁舟"。小船不下水就搁在岸上，用桐油抹得油光闪亮，上面盖着油布或芦席。放鸦了，主人将它倒扣过来顶在头上，到水边轻轻放下，也就七八十斤重，力大的人可以一人夹两条小船。

"放鸦的来了！"听到喊声，大人、小孩会不约而同地涌到桥上或小河两岸。那年月，河水清澈见底、碧波荡漾，人站在岸上能看到水中的老鸦如何追鱼，然后叼着鱼浮出水面。月牙似的小船在河面上灵巧打弯、滑行，放鸦人不断用长竹篙拍打水面，竹篙犹如指挥棒，老鸦一个猛子接一个猛子不断下水搜索，不一会

253

儿，就有老鸦叼着鱼扑腾着翅膀向船边游来。老鸦脚脖子上拴着根打了结的小麻绳，放鸦人用竹篙在水里轻轻一勾，老鸦就被提上了船。看到老鸦鼓鼓的喉囊，那可是白花花的银子呀！主人一把抓住它的脖子，把吞进喉囊的鱼挤出来，又把它甩进水里。鼓了挤，挤了再鼓，放鸦人几乎忙不过来了，岸上看热闹的人仍在不停地指挥："这边这边！那边那边！"老鸦仿佛受到人们热情的鼓舞，刚从主人手中挣扎出来，就扑着翅膀又钻进水里，水面上荡起一圈一圈波纹。老鸦捕鱼多，主人也适当给予奖赏，事先备好的小鱼一条一条扔出去，老鸦头一伸稳稳地接住，一口吞下去。

碰上大鱼，一只老鸦是无法对付的。老鸦也有整体意识，三四把乃至五六把尖锐的长钩啄鱼眼睛、鱼身子、鱼尾巴，二三斤的大鱼不是众老鸦的对手。当几只老鸦一齐叼着大鱼钻出水面时，桥上、岸上看热闹的人们不约而同地发出了阵阵欢呼声。

吃鱼没有取鱼乐！我从小喜欢看人家取鱼，更喜欢吃鱼，大鱼小鱼、鲜鱼咸鱼来者不拒，但对鸦鱼不感兴趣，我厌恶那令人作呕的腥臭味，烧鱼时放再多的佐料都盖不住那味。可是如今，河水污染严重，哪里还能捕到"干净鱼"？并非杞人忧天。我真怀念那看老鸦捕鱼的日子！

放 排

著名摄影家吴寅伯，1960年在《人民画报》上曾发表过一幅作品：《瓯江放排》。瓯江，总落差1080米，瓯江放排是瓯江水系一大景观。画面上，青山隐隐，江水如练，长长的木排首尾相接，顺着山势而下，放排人手持长篙，奋力挥舞，木排像一条鲜活的游龙，安全冲过激流险滩，意境很美。

坐在古运河的石驳岸上，看着一个个木排从眼前掠过，童年的我曾心生许多幻想和羡慕：深山老林到底是什么样？怎么有这么多木头？放排的人真快活，想到哪儿就到哪儿！

离我家不远有个物资站，那时节，木材凭计划供应，部队干部转业才能分配到一点木材计划，木材由物资站统一供应，物资站码头上停泊着不少木排，我喜欢到木排上淘米洗菜，顺便窥视一下排上的小窝棚，看放排人如何生活。我见到的排工是位四十岁左右身强力壮的汉子，脸黝黑，胡子拉碴，额头上爬满了抬头纹，坐在窝棚里巴嗒巴嗒抽旱烟。

我有位亲戚在物资站工作，他和排工混得很熟，从他的描述中，我才明白放排是一项十分艰险的营生，排工的胆大心细让我肃然起敬。

这些木排主要来自江西、安徽，那边盛产杉木和松木，这是建筑房屋、打造家具的理想木料，但又长又重的木材不好运出山，聪明的山里人则自有妙招，放排不仅可以降低运输成本，而且能保证木材完整性。放排不是玩漂流，如今许多旅游景点都开辟了惊险刺激的漂流项目，人们坐在竹筏或皮筏上，悠然地唱着"小小竹排江中游，巍巍青山两岸走"，而真正的放排是在玩命，除了艰险还得掌握绝技，不下几年的苦功夫绝对不行。

所谓"排"，顾名思义，就是齐整排列，这和"捆"完全是两码事。放排得先会扎排，将新鲜毛竹劈成篾丝，绞成粗粗的篾缆，这篾缆坚韧无比，想弄断它，得用利斧猛砍才成。排要扎得牢固，必须挑大小、长短相近的木头七八根，大头朝前小头朝后，用篾缆紧紧地绞缠成横排，扎单层或多层根据河宽及水深而异，然后将它们一组组横排首尾相接成一条长龙。放排途中，掌握排头的人至关重要，他不仅要谙熟沿途的水路，还要能掌握沿途的岸情，急流、深潭、险滩、暗礁了如指掌，并且能随机应变、力挽狂澜。其他排工手拿撑篙分别站在排头，密切注意排与排之间的流畅，一不小心，排头碰到石崖，或排腰卡在弯道，会形成挤压、拉扯和顶撞，一旦篾缆松弛，就可能导致一个排组松散，一组松散，殃及整条排龙，飘流的木头满江乱窜，那惨烈状态是可想而知的。

放排的日子，吃喝拉撒睡全在排上，寂寞与危险时时困扰着每个排工。排上生活多有禁忌，每日早餐不分筷子，碗上不搁筷子，不多言，尽量不提与搁浅、翻排、撞散、折断等与险情有关的词语。晚间，排头指点次日放运途中可能遭遇的险情和对付办法，力避言险。有时晚上在集镇码头宿营，除一人守排外，其余人便上街闲逛，酒瘾实在难熬，便钻进小饭馆，花几个小钱，不醉不归。

256

纤 夫

年轻时我曾当过"纤夫",其实,那仅仅是一次客串。

1971 年初夏,我所在石油勘探队来到苏北里下河地区,眼看施工即将结束,却遇上了突如其来的狂风暴雨,仅仅一夜,河水暴涨,我们船队如果不迅速撤离,将坐以待毙。"撤!"队长一声令下,我们穿上长筒靴、裹着雨衣纷纷冲出船舱。当时,我们租用的是民用木船,每条船载重在十三吨左右,上面搭了木架,铺上芦席、油毛毡,就成了流动的帐篷。尽管野外风狂雨猛,八九个小伙子拉一条木船真不在话下。纤绳、纤板现成的,船老大领航,老板娘掌舵,我们每人背一块纤板,纤板上的短绳头上拴个木疙瘩,在纤绳上打个活扣,便可以用力拉纤了。十几条船,百十号人,"嗨哟,嗨哟,嗬哟嗨……"有声无字的纤夫号子,在苏北小河港汊上空回荡,倒是别有一番情趣。

有了那次经历,我对纤夫生活的艰辛有了切身体验,对纤夫的生存状态格外关注。在电脑里,我保存了《神农溪裸体纤夫》一组图片。画面上,川鄂长江激流险滩上的纤夫赤身裸体,肩头仅有一块搭肩,烈日下,那古铜色身躯泛着油光。逆水中,纤夫腰成满弓,纤缆如弦,在陡峭山岸上手抠岩缝,赤脚穿草鞋,寻找着水石里的抗争支点,汗珠摔成十八瓣,胸腔里挤出"嗨哟,嗨哟"的号子,一步步艰难前行,阵势十分悲怆。

纤夫为什么要赤身裸体?原因在于,拉纤时频繁下水,在时间上容不得宽衣解带,更重要的还是为了防病,试想纤夫一会儿岸上跑，一会儿水里趟，衣服在身上干了湿、湿了干，不得病才怪呢！所以纤夫一般穿"刷把裤"，那裤子像刷把，丝丝缕缕悬于腰间，很难看见一块完整的布料；烈日下、风雨中，他们干脆什么都不穿，赤条条来去反而无牵无挂。

我出生在京杭大运河边，岸边的古纤道如今还断断续续地保留着。记得小时候，我们一帮小公鸡头，总喜欢齐刷刷地站在石驳岸上，对着大运河撒尿，比谁尿得远。不过，真正保护得好的还是绍兴的古纤道。该纤道始建于唐代，它以绍兴城为起点，西起萧山西兴，东达余姚姚江，沿萧甬古运河修筑，绵延长达一百五十华里。古纤道贴水而筑，由一座座石桥连接，形成水上通道。因纤道多为官府出资修建，亦有官道、官塘之称。如今修复的古纤道长约七公里半，共有二百八十一孔。从远处眺望纤道，犹如一条漂浮在水面的白色练带，更像一幅水乡风景画。纤道沿着运河不断向前伸展，时而两面临水，时而一面临岸。纤道的路基是由条石砌成的一个个石墩，高出水面半米左右，墩与墩之间石板一块连着一块。古纤道沿岸芳草碧绿，河道上的平桥、拱桥和梁式桥千姿百态，如长虹卧波，似玉带横陈，昔时"桥上行人，桥下背纤；舟行画里，人在镜中"的水乡美景，奇迹般地重现在世人面前。

帮 船

帮船，类似鲁迅先生笔下的乌篷船，不过它比如今人们在绍兴见到的乌篷船要大得多，我家乡人给它起了个雅听的名字：荷花瓣子。它船型小，两头翘，行驶速度快，故而被称之为快船。

有道是，陆上行车，水上行船。从古到今，陆地代步工具层出不穷，而水上运输只有船。帮船作为苏北水网地区特定历史时期的水上交通工具，大约出现在清朝末年，当时由于苏北一带官道年久失修，驿马跑不起来，水乡自古"无舟楫不行"，帮船成为水乡传递公文、迎送官员的重要交通工具。到了民国初期，驿站全部裁撤，帮船改作民用，成了水乡人和外界沟通"流动的水上桥梁"。

古镇有三个帮船码头，东河头码头就设在我们小学校门口，这里虽然船很多，却是些只能坐一二十人的小帮船，从早到晚码头上热闹非凡。每年逢集，坐帮船的人特别多，连船头上都站满了人，乡下人将自产的瓜果蔬菜、鸡鹅鸭以及自编的竹木制品带到镇上出售，再换回一些农具和生活必需品。我们耳熟能详的地名有乔墅、丁伙。船老大常常在那里大声吆喝招呼乘客："乔墅、乔墅！丁伙、丁伙！"我们则在一旁鹦鹉学舌瞎起哄："桃酥、桃酥！京果、京果！"弄得人家哭笑不得。南塘码头有六艘帮船，开往汤庄、老阁、兴化。这一线的帮船比较大，载重达五六吨，可搭载四五十人。因为是载人工具，帮船在陈设上注重了人性化：一是船舱要平，便于安放桌凳，供人安坐玩耍；二是舱顶要有篷，好遮风避雨。篷是半圆形的，用竹篾编成，中间夹有竹箬，上涂桐油，太阳一晒油光锃亮，但时间一长则变得黑呼呼的，成了乌篷船。邵伯"荷花瓣子"的特点是船头往上翘，船头铺有横板，便于上下客和搬运货物，撑篙、搭跳板、竖桅杆都在船头进行。横板下有一个暗舱，可以堆放货物。中舱是客舱，两边安置着固定的条凳。小舱仅可沿船帮放两排条凳，大舱可在舱中再分一路，背对背地再安置两排椅凳。排凳中间放上一两张桌子，供客人喝茶。

帮船在河中航行，主要靠船工划桨和借助风力，遇到顺风顺水，扯起布篷，船呼呼地往前行，若遇顶风，往往是两个人一起划桨，甚至要人上岸背纤。寒冬腊月，滴水成冰，大河小河封冻，而此时正是乡下人进城办年货、游走四方的汉子回家探亲的客运旺季。砸冰行船，那可是玩命的活计！船头上两名伙计人手一根竹篙，篙头装上了大木槌，手起锤落，河面上冰块迸裂，发出"瞿瞿"的响声。船工桨是没法划了，只能用篙子撑，篙起篙落，刺骨的冰水直往身上飘，冷风一吹，衣服冻得像盔甲。至于背纤，更是水深火热，不管刮风下雨、严冬酷暑，总是卷着裤腿赤脚蹬草鞋，遇沟跨沟，逢水涉水，"世上三大苦：行船、打铁、磨豆腐"在这里得到充分印证。

由于乡下没有什么亲戚，我小时候并没有坐过帮船，但在我想象之中，坐帮船是很惬意的，船在碧波荡漾的水面上滑行，客人在舱里吃茶嗑瓜子，欣赏两岸旖旎风光，一定很浪漫。其实经常坐帮船的人却感受不到这样的乐趣，尤其碰上恶劣天气，人们心头的那份焦躁是难以形容的。我有位亲戚回忆当年的情景，概括得很精辟："天坐晚了，屁股坐板了，肚子坐喊了！"行路难的艰辛由此可见一斑。

算 命

"当当当",这是算命瞎子行路的背景音乐。算命瞎子有坐堂的,有行脚的,大多是男人,且是自幼失明。外出通常由一个小孩带路,小孩用一根竹竿牵着瞎子,瞎子一手抓住竹竿,一手提着一个碗口大特制的铜片和小锤,边走边"当当当"地敲击,声音异常清脆,极具穿透力,特别是住在深宅大院里的老人,只要听到这声音,就知道算命瞎子来了。

有不少找瞎子算过命的人,都觉得算得很准。为什么在民间从事算命的人都是瞎子?瞎子心静,少了眼前形形色色事物的干扰,记忆能力非凡;瞎子学算命一般都要拜师,瞎子授徒不用书本,而是带徒弟背歌诀,每晚半夜起来背一遍,一百天后带徒弟出门在实际中训练,指点一下就行了。人类在任何时候都对命运充满神秘感,摆脱不了对命运之神的恐惧,渴望能把握自己的未来。下自草民百姓,上至真龙天子,无不如此。在以往的社会中,瞎子的基本生活得不到保障,算命业则给他们提供了一个极好的谋生手段。

瞎子算命并不是闭着眼睛瞎吹,有自己的推理步骤和方法,瞎子算命的过程也是逻辑推理的过程,理论就是批八字的理论,不管哪路瞎子,他们所运用的都是批八字的理论,该理论来源于天干、地支、阴阳和五行学说,运用了大量的天文学、地理学知识。对于批八字来说,所依据的判断准则是固定不变的,只要记住就可以,会变的只是查万年历的方法,而这也是有规律可循的，只要背下一些相关的口诀就行了。这些工作对瞎子来说都不难完成，因此，算命业就成了瞎子世代相传的职业。

瞎子算命没有纸笔，算命时只是口中不停地念着各种口诀，大拇指在手上不停地移动，这是不是故弄玄虚？原来在推算年、月、日和时的干支表示时内容太多，于是他们发明了用手代纸和笔的掐指推算方法。一个瞎子只要悟性好一点，稍微懂得一点心理学，就可以到街上给人算命，立马就是所谓的"神算子"。他先问你一句，你小时候多病，你肯定点头说是，其实这是常识，小时候一般的人都体弱多病；瞎子算命接着又会问你二十岁左右参加工作，这又是常识，谁都知道一般的中国人是在二十岁左右参加工作；你在二十五岁左右时结婚，这又是常识，绝大多数人都在这个时候结婚，如此这般。瞎子算命顺着你的口气说话，你若是否定，他也会想办法自圆其说。

瞎子最拿手的是能从一个人出生日五行生克中，算出人一生的大运、小运、流年吉凶、利弊顺逆。同时，他会教你如何摆脱凶难、逢凶化吉，所以算命瞎子懂得问命人的心理状态，推算一般不会说得太死，往往留有余地，可以随机应变，以取得问命人的欢心与信任。其实，算命瞎子说对说错，没有人真的当一回事，要是真的把瞎子算命当成一回事，其人肯定会急火攻心、走火入魔，那就是大大的不理智了。

媒　婆

　　"天上无云不下雨，地上无媒不成婚"，这是评剧《花为媒》中两个媒婆唱的戏词，也是句民间广泛流传的俗谚。生活在封建社会的男男女女，要成婚就离不开媒人。

　　媒婆，指旧时以说合婚姻为职业的妇女，存在历史悠久，有官媒和私媒之分，是古时男女婚配的重要中间人，有伐柯、红娘、冰人等别称，也是古代民间的重要职业。

　　媒人在中国的婚姻制度中占有重要的地位，孟子把"父母之命，媒妁之言"放在同等重要的地位。封建社会的自然经济形态让人局限在家庭里，相互之间很隔膜，即使自己家儿女已长大成人，却不知哪家需要嫁女娶媳。委托他人曲道求之是封建时代求偶之法的重要表现形式，有一个媒人从中斡旋是最好不过的了。

　　中国古代许多封建王朝都设有官媒，由他们来管理黎民百姓的婚姻，因此，媒人有时也被称作官媒。《红楼梦》中就多次有官媒记载，第七十七回有"官媒来说探春"，由此官媒制度可见一斑。官媒制度早在周代就已出现，当时的媒官被称为"媒氏"，从国家领取一定的俸禄，执行公务。"说好一门亲，好穿一身新"，反映了媒人的收入状况。

　　过去的媒婆以说媒为生，走东家串西家，方圆十几里有多少未婚男女尽在掌握之中。为了凑成一对婚姻，有的不惜采用坑蒙拐骗的手段，加上过去没有像今天一样丰富的社交方式，男女双方的情况全凭媒人的一张嘴。"媒婆媒婆，说话啰嗦，一头说少，一头说多"，就是对媒婆的生动写照。看过《水浒传》的人，都不会忘了里面那个为西门庆和潘金莲拉皮条的王婆。王婆就是媒婆，为了从西门庆那里弄点银子花花，最后生生断送了武大郎的性命，也将自己性命搭了进去。

中国人的婚姻自古讲究"三媒六证"，如果无媒无证那叫私合，既得不到社会的承认，也得不到家庭的呵护。这种习俗一直延续到今天，一对恋人走进结婚殿堂，为了面子，会找一个现成媒人证明自己的婚姻符合社会规范。在许多婚礼上，通常请德高望重的老人或单位领导做证婚人，表示自己的婚姻合法有效。

如今，许多"白（领）骨（干）精（英）"才貌双全，由于缺少人与人之间的信任，更缺少相互沟通，一不小心成了剩男剩女。不少热心人为他们牵线搭桥，实乃大善之举。

这些年，各地电视台为了提高收视率，纷纷创办充满娱乐性的"速配"节目。江苏卫视《非诚勿扰》、东方卫视《百里挑一》、湖南卫视《我们约会吧》、浙江卫视《相亲才会赢》，电视台提供相亲地点，女嘉宾里美女如云，个个时尚新潮，其身份也覆盖各个方面，甚至不乏模特和艺人；男嘉宾像黑奴一样一个个上台让人挑选，还得忍受一些无理的话，简直让人无地自容。虽然里面有娱乐成分，半真半假，成功率也不会太高，但主持人口若悬河、嬉笑怒骂，活脱脱一个现代媒婆。

接　生

按西方人的观念，接生婆是新生命的施洗者，是第一个目睹奇迹降临的幸运之人。在接生过程中，她伴随着产妇的痛苦挣扎、哭泣，家人的焦急等待、担心，成了主宰众人命运的关键人物。

初中读古文，从《郑庄公克段于鄢》中，知晓郑庄公乃寤生。所谓寤生，也就是婴儿逆产，脚先出来，头后出来。在没有剖腹产手术的年代，民间有句俗话：妇女生孩子就是在鬼门关前走一遭，一手倚床边，一手扶棺边，孩子的生日就是娘的难日。寤生十之七八会要产妇的命。

听母亲说，我就是寤生。母亲一辈子生了八胎，四男三女都是顺产，唯独四十六岁生我这"老巴子"，让她在鬼门关前走一遭，年过半百的父亲急得团团转，在神龛前烧香、磕头、作揖，所幸接生的孙姥姥手脚麻利，保得我母子平安。

扬州人对接生婆历来很尊重，姥姥是对接生婆的尊称。按例，接生技术只传给女儿或媳妇，不传给外人。孙姥姥其实不老，四十多岁一中年妇女，头上发髻梳得油光锃亮，阴丹士林大襟上常插着一对白兰花，蓝布裤，穿一双软底绣花鞋，走路脚底生风。她接生的孩子洗三、满月、百日、生日，甚至结婚，都请她去喝酒，所以孙姥姥总是有吃不完的酒席。她手艺好，被人们奉为送子观音、救命菩萨，一些死里逃生的小孩拜她为干妈。孙姥姥有多少干儿干女，恐怕连她自己也说不清。小时候，我对孙姥姥十分敬仰，经常看她打扮得风风光光去吃酒席，总是坐首席。

母亲常常感叹，接生姥姥不好当，相当辛苦。她通常拎个蓝布包袱，里面工具很简单，一把剪刀、一块毛巾、一个脸盆。做这一行，经验往往比技术更重要，过去没有什么检查仪器，对孕妇腹内的情况只能凭经验估摸，孙姥姥的经验是多年积累的。不管什么时辰、什么天气，只要哪家产妇要生了，她必须立马赶过去，经常是深更半夜被叫醒，甚至冒着大雨、大雪往人家赶。

产妇家人对姥姥充满期待，一进门主人便双手捧上一碗糖水鸡蛋。姥姥吃完蛋、洗过手，走进内房，仔细询问、观察，马上吩咐家里人该干些什么，主人俯首站立唯命是从。旧式分娩有立式、半跪式、仰卧式和坐盆式。经验丰富的姥姥，一边柔声细语安慰着痛苦万状的产妇，一边面授机宜："屏气、用劲、再屏气、再用劲。"当婴儿呱呱坠地，接生姥姥马上向房外报喜："生了，生个大胖儿子！""生了，得了个千金！"听得出，因为是女孩，报喜的嗓门低八度。接生姥姥把剪刀放在灯上消毒后剪下脐带，用干净的布条捆好婴儿肚脐眼，穿上柔软干净的衣服，站在一旁的婆婆迫不急待地接过来，抱着尚未睁眼的婴儿左看右看，脸上绽开一朵花。

如今大城市都有妇产医院，从上世纪八十年代开始，接生姥姥就淡出人们视线，她们的使命已经终结，但她们毕竟为孕妇送去希望，为新生命送去平安，仍然值得尊敬。

牙 医

　　小孩长到六七岁开始换牙，啃骨头的时候，突然发现门牙活动了，闲下来小手不时去摸，一天牙齿终于脱落，大呼小叫地拿着牙齿向家人报喜。家人关照牙齿不能随便扔，要双脚并拢将牙齿扔到屋顶上，新牙长出来不能用舌头舔，否则会长成大暴牙。一对门牙相继脱落，烦恼随之而来，啃东西不方便倒也罢了，小伙伴取笑没完没了："缺牙巴"、"欠人家钱，大门被卸掉了！"弄得心里很不爽。

　　喜欢吃糖的小孩容易牙疼，尤其麦芽糖沾在牙齿上不好清理，久而久之把牙齿蛀了一个洞。"牙疼不是病，疼起来要人命"，每当这时家人便将小孩领到牙医那里，牙医用棉花蘸一些药粉让小孩咬住，不消两分钟，刚才哭泣乌拉捂着腮帮子进来的小孩，立马笑逐颜开。牙科诊所最引人注目的是瓷盘里一堆白森森的牙齿，长长的牙根让人毛骨悚然。店招旁有一只白色的柜子，里面有各种石膏牙模、假牙，也有金牙、银牙牙套。家乡的年轻妇女过去喜欢装金牙、银牙，一颦一笑之间，露出两颗黄澄澄的金牙，煞是好看。由此故里流行一句俚语："穿皮鞋要跳，装金牙要笑。"逢年过节，牙医镶牙生意特别好。诊所中央有一张当时颇为先进的白色牙椅，上面有聚光灯，拔牙、补牙用的机头还不是电动的，使用时用脚踩，特制的砂轮、小钻碰在牙齿上发出刺耳的尖叫。牙科诊所很正规，但价格不菲，从而给街头江湖牙医留下了活动空间。

小时候我经常在马路边看江湖牙医摆摊卖艺，一块脏兮兮的白布铺在地上，上写："祖传秘方，无痛拔牙"，中间摆放一包药水棉花、一小瓶药粉、十几颗风干的牙齿。江湖牙医大多年轻气盛，说话底气十足，拔牙时大喝一声："咳嗽！使劲咳嗽！"话音未落，一颗牙齿已夹在了镊子上。牙医气定神闲地往患者嘴里塞一坨药水棉花，患者脸上也没有痛苦的表情。我看得目瞪口呆，不用麻药，咳嗽一声牙齿应声而落，要不是亲眼所见真不敢相信。

一个偶然的机会，一位医生向我道出了江湖牙医的"神技"：拔牙前，首先得给患者牙齿上涂点"离骨散"，这药能将牙齿和牙龈分离。李时珍《本草纲目》密传其制法：取十两重鲫鱼一尾，去净内脏，将砒霜一钱密封于鱼腹内，将鲫鱼挂于无鼠无猫无风之高处，待鱼皮上长出一片白茸茸的霜毛，刮取霜毛，用瓷瓶装之备用。当"离骨散"药力慢慢沿牙根渗下去，所到之处，牙龈、牙周膜、牙槽骨均被腐蚀，不出五分钟，牙齿已松动，江湖牙医故弄玄虚，让患者闭嘴用力大咳一声，同时用掌在其头顶温柔一击，大叫一声"下来！"仅用镊子便可将口内牙齿取出，旁观者及患者无不叹其神奇。为了让患者感觉不到疼痛，江湖牙医在塞药水棉花时会蘸点盐酸丁卡因，"无痛拔牙"，先把钱弄到手再说。不过这种方法仅限于拔除松动的牙，好牙这样搞法，不疼死你才怪！

卖老鼠药

每逢农村集镇赶大集，最热闹的去处有两个，一个是打拳献艺卖狗皮膏药的，另一个则是卖老鼠药的。

有谁听说过卖老鼠药的也有祖师爷？据考证，的确有，他们的祖师爷居然是头戴红风帽、身披大红斗篷的大老鼠。既然灭鼠又何必供鼠呢？其实他们供的是仓鼠大王，是老鼠的祖宗，仓鼠是益鼠。民谚曰：仓无鼠，地无谷。仓鼠是保护农民年年丰收的喜神。因为它能使亿万生灵无饥无馁，所以在十二生肖中位尊第一，比牛的功劳都大。但它的晚辈不争气，养成了偷吃扒拿的坏毛病，既馋又懒还糟塌东西。灶王爷上天时，汇报了它们在人世间的种种劣迹，上帝大怒，责问仓鼠，仓鼠自责不已，声称：自作孽，孽自赎。决定大义灭亲，依律惩处不肖子孙，并赐予老鼠药，尽除孽种。

卖老鼠药的大多来自北方，地上放一块斑驳陆离的白布，上面躺着十几只肚里塞了干稻草的死老鼠和几十包老鼠药，意思告诉大家，这些死老鼠全是死于他自配的老鼠药。为了招徕行人，这些老江湖手拿竹板，一边打竹板一边说顺口溜，现编现演，随口就唱，且合辙押韵，通俗易懂，诙谐幽默，轻松搞笑。控诉老鼠罪行是他们的特长：

快来瞧呀快来看，老鼠是个大坏蛋。

它东间跑西间蹿，偷吃麻油又偷饭。

溜墙根来满屋转，又吃花生又吃面。

东梁跳到西梁上，啥个坏事它都干。

啃书本来啃箱子，皮鞋帽子都咬烂。

老鼠急了啥都啃，小孩耳朵啃半边。

　　赶集的人一批批围拢过来看稀奇，见时机成熟，他便从地上纸盒里掏出一包包老鼠药，随之又唱：

叫大嫂，你来看，买我鼠药真划算，

本来一包一毛钱，今天卖你我减半，

三包只给二毛钱，送个人情不图赚，

一毛钱不算钱，省吃一根小冰棍，

一包二毛不算贵，闹死老鼠没有罪，

二毛钱不算贵，不用开个家长会，

大嫂莫要心疼钱，惜了小钱丢大钱。

一块钱管你三大间，管你三月一百天。

　　在农村，老鼠猖獗，人们对它恨之入骨，买老鼠药不惜代价，只是担心老鼠药不灵。有个段子称：有一对夫妻吵架，妻子一气之下吃了老鼠药，丈夫急得六神无主，哪知老鼠药不灵，妻子吃了安然无事，丈夫破涕为笑，专程给卖老鼠药的送去了感谢信。

　　"你的老鼠药到底灵不灵？上次买了你的药怎么没看见死老

鼠?"卖老鼠药的面对顾客的质疑,往往顿足捶胸:"老鼠不死我死!你家老鼠吃了我的药,全部死在洞里啦,你看不见死老鼠不能说我老鼠药不灵,天地良心啊!"这药到底灵不灵只有天知道。

　　为了提高老鼠药的药性,后来人们发明了剧毒鼠药"毒鼠强",自从某地发生用"毒鼠强"投毒致人死亡的恶性事件后,各地加强对卖老鼠药的管理,卖老鼠药得办理《危险化学品经营许可证》,卖老鼠药这一老行当每况愈下,即使在农村集市上也很难看到他们的踪影。

乡土乡风

母亲是位心灵手巧的做鞋行家里手，小时候，我就是穿着母亲手工做的单鞋、棉鞋走过了一个个春夏秋冬，度过了欢乐的童年。直到如今，我仍然记得母亲手戴针箍、纳鞋底针在头上光几下那专注的神情，也就是从那时起，我才明白"慈母手中线，游子身上衣。临行密密缝，意恐迟迟归"的深刻含义。

舞　龙

　　龙是华夏民族的图腾，炎黄子孙是龙的传人，几千年来，华夏有一个共同的舞蹈，这就是舞龙。龙在历史文籍的记载中出现的时间极早，舞龙包含祈求龙王普降甘霖，祈愿风调雨顺、五谷丰登、国泰民安的意思。据说禹本身就是一条龙，他治水成功则得到龙的协助。夏朝的文化是我国真正文化本位，历朝的皇帝都自认是龙的化身，穿的衣服称"龙袍"，睡的床称"龙床"，皇后怀的是"龙胎"，因此龙早就成了中国一种神圣而尊贵的"生物"。古人认为，龙是海洋的主宰，威力无穷，而海洋主水，龙也就很自然地做了农作物的司雨神。民以食为天，谷物是维持生命的根本，间接也就操纵了人类的生命。按这层意义铺陈发挥，龙的重要性竟超越了祖先帝舜、契和后稷。如此，龙被奉为吉物，出现在庆典祭祀中自然就不足为奇了。舞龙最初是祭祀而非娱乐，成为助庆娱乐应是汉唐以后的事。

　　古镇上多少年来一直保留着舞龙的习俗。我记得舞龙的"龙"常年安置在龙王庙，舞龙之日，以旌旗、锣鼓、号角为前导，将龙身从庙中请出来，接上龙头龙尾，举行点睛仪式。龙身用竹扎成圆龙状，节节相连，外面覆罩画有龙鳞的巨幅红布，每隔五六尺有一撑竿，首尾相距约十来丈长。

　　舞龙人着装统一，额扎头巾，腰扎色带，脚穿麻鞋，身着鹅黄或纯白、艳蓝、绛红的紧身衣，显得英姿飒爽，与龙身形成鲜明对比。敲锣、号角充当指挥，时而平缓，时而激越，把现场气氛调度得如火如荼。舞龙时，由一人执掌彩球在前引导，彩球前后左右四周摇摆，巨龙翻滚腾跃作抢球状，动作舒展灵巧犹如行云流水，举龙、端龙、左右抢珠、倒把、游龙、龙翻浪、龙钻尾、龙戏水、龙翻身、跳龙、盘龙十分壮观，时直、时曲、时折、时圆，让人感受到龙飞翔于天、潜游于渊的流动美感。传统套路有龙宫借宝、乌龙摆尾、天圆地方、龙拜四方、三环套月、蜘蛛结网、老龙朝阳、龙飞九天、翻江倒海、龙盘玉柱等二十多个阵式，此外还有龙翻身、龙打盘、龙吸水、龙摆尾等绝技，但万变不离其宗，"圆"、"曲"、平衡是基本要领。

中华民族是一个富有创造力的民族，经过几千年的流传和发展，全国的舞龙有上百种，表现形式多种多样，新年之际，迎神赛会皆少不了以金龙、银龙助阵。不少地方舞龙时，有数条巨龙在云灯里上下穿行，时而腾起，时而俯冲，千变万化，伴以烟花爆竹，大有腾云驾雾之势。鼓乐齐鸣，人声鼎沸，成千上万的人在一起狂欢，这种气势足以刺激人们的情绪，振奋和鼓舞人心。如今，在我国这个多民族的大家庭里，"龙"已成为整个中华民族的象征，舞龙的创造和流传是全中华民族光辉历史的一部分，已成为了维系中华民族传统文化不可缺少的乐章，也凸显了中国人战天斗地、无往不胜的豪迈情怀。

舞　狮

在离家不远的公园内，常年活跃着一支老年民间舞蹈队。清晨，一帮六七十岁的老人涂脂抹粉，打扮得花枝招展，敲锣打鼓在公园小广场上拉开阵势，舞狮、荡湖船、挑花担、打莲湘、跑驴、河蚌舞、打腰鼓，轮番竞演。晨练的人被喧闹的锣鼓声所吸引，从四面八方汇聚过来，把小广场围得水泄不通。

挑花担，由两名老太扮成小姑娘挑着花担，在乐器伴奏下扭动腰肢，有节奏地前进后退走四方步，舞姿婀娜动人，她们边走边唱，唱的是民间小调，歌词押七字韵，极富真情实感。跑驴，是由男女二人组合的小舞蹈，表演者把驴形道具系在腰间，上身作骑驴状，以腰为中心，左右小晃身，下身用颤抖的小步蹭动，模拟驴跑、颠、跳、踢、惊、犟等动作，神形兼备，惟妙惟肖。

不过最引人注目的还是舞狮，狮子在中国人心目中为瑞兽，象征着吉祥如意，舞狮寄托着民众消灾除害、求吉纳福的美好意愿。舞狮为三人或五人表演，狮子两至数只不等，小狮子由一人扮演，大狮子由二人扮演，关键在于配合默契、动作协调，一人执绣球逗引狮子起舞，或跑或跳，或滚或蹲，腾挪扑斗，憨态活泼，博得观众阵阵掌声。

我国舞狮历史久远，南北朝时期开始流行，至今已有一千五百多年的历史。相传汉章帝时，西域大月氏国向汉朝进贡了一头金毛雄狮子，使者扬言朝野，若有人能驯服此狮，便继续向汉朝进贡，否则断绝邦交。在大月氏使者走后，汉章帝先后选了三人驯狮，均未成功。后来金毛雄狮狂性发作，被宫人乱棒打死，宫人为逃避章帝降罪，于是将狮皮剥下，由宫人兄弟俩装扮成金毛狮子，一人逗引起舞，此举不但骗过了大月氏使臣，连章帝也信以为真，此事后来传出汉宫，老百姓认为舞狮子是为国争光、吉祥的象征，于是仿造狮子、表演狮子舞从此风靡流行。

舞狮分文狮、武狮和南狮、北狮。文狮突出戏耍性，擅长表演风趣喜人的动作：挠痒痒、舔毛、抓耳挠腮、打滚、跳跃、戏球等等。武狮则重在耍弄技巧：踩球、过跷跷板，甚至更难的武功表演"双狮戏球"、"狮子上山"、"刀尖狮技"、"游梅花桩"。北狮重写实，南狮重写意。北狮造型酷似真狮，狮头较为简单，全身披金黄色毛。动作表演灵活，以扑、跌、翻、滚、跳跃、擦痒为主。南狮表演侧重体现狮子时而威武勇猛、雄壮威风，时而嬉戏欢乐、幽默诙谐，将喜、怒、醉、乐、猛、惊、疑、动、静、醒等神态表演得出神入化。

成功的舞狮往往让观众看到的不但是精湛的技艺和高超的难度，更重要的是让观众从中看出或悟到狮子在表演中的各种思维、各种动作的目的，把舞狮表演拟人化，赋予人的思想。让人们在观赏舞狮表演中时而紧张、时而惊奇、欢乐、陶醉，从而得到人生感悟和启迪，升华思想，得到美好的艺术享受。

唱 麒 麟

唱麒麟是江南一带农村春节期间的一项文化娱乐活动，相传清代后期已有此类表演。过去，人们视麒麟为吉祥神兽，主太平，能给人们带来丰年、福禄、长寿与美好。麒麟由五彩金纸、竹子扎成，高一米、长一米半，从外形上看像鹿，头上独角，全身有鳞甲，集龙头、鹿角、狮眼、虎背、熊腰、蛇鳞、麋身为一体。麒麟的影响力虽不及龙、凤，不过名气也不小，民间有麒麟送子之说，麒麟到哪家，哪家就能多子多福。因此，长期以来唱麒麟班子在农村很活跃，从大年初一开始，一直到正月初五才能停止。

唱麒麟的到了人家门口，将麒麟放在门前，敲锣打鼓大造声势，逢到富裕人家，主人会搬出板凳让他们坐下来慢慢唱，并放鞭炮表示欢迎，乡邻们里三层外三层地围观，场面十分热闹。唱麒麟的则载歌载舞大唱恭维词，祝贺人家新春大吉大利："锣鼓一打格才才，这家今年发大财，五子登科挂金榜，鸡窝飞出凤凰来!"主人一高兴，喜钱绝不会少给。

唱麒麟是一门民间艺术，一般要六个人，四个人分别手拿大锣、堂锣、钹、鼓，分站在麒麟两旁，一人肩扛麒麟，随着演唱不断晃动或高举，另外一人是挑箩筐讨食品、喜钱。就像唱戏一样，抬麒麟、敲锣打鼓是跑龙套的，唱麒麟的才是主角。唱麒麟不是每个人都能胜任，除了嗓音，还要有"捷才"，思维敏捷，要能看到什么唱什么。每段麒麟调共四句，每句七个字，开头用

"锣鼓一打"引入，第二句是唱见到主家的东西，如房子、大树、家具、门对、欢乐（贴在门头上的剪纸）、猪圈、鸡窝等，第三、四句是吉祥语。这就要求唱麒麟人认真观察主家状况，选择合适的词来赞美人家。如恭维主人家的孩子："锣鼓一打格才才，主人家里两小孩，一个小孩做高官，一个小孩发大财！"看到孕妇，就会唱："锣鼓一打各排排，大红欢乐贴起来，朝里刮刮生贵子，朝外刮刮要发财！"总之，麒麟词不仅喜气、顺口，而且风趣幽默。看到哪家贴黄门对，说明人家去年有人去世，这些人就会自动绕过去，这也是对人家的尊重。

唱麒麟人在一个庄上唱的往往不相同，所以在这之前要认真编排，准备上百段麒麟词才能上场，因为唱麒麟的来了，一个庄的人都会跟着听到底，唱相同的段子会被人家笑话。偶尔也会出现两班麒麟同时来到一户人家的情形，你一段，我一段，别有情趣："锣鼓一打格喳喳，两班麒麟到你家，一班麒麟来送子，一班麒麟来送财！"如果连唱了几段，主人家还不给馒头或喜钱，唱麒麟的就会拿主人开涮，对着门口的猪圈唱："锣鼓一打格喳喳，你家吃的豆腐渣，大人小孩吃下肚，一拍肚子饱嘎嘎！"边唱边用手敲打肚子，样子滑稽可笑，受到戏弄的主人不会发怒，而是赶快拿馒头："别唱了，别唱了！"众人捧腹大笑。

踩 高 跷

踩高跷俗称"缚柴脚",又叫"踏高跷"、"扎高脚"、"走高腿",属我国古代百戏之一,早在春秋时就已出现。我国最早介绍高跷的是《列子·说符》篇:"宋有兰子者,以技干宋元。宋元召而使见其技。以双枝长倍其身,属其胫,并趋并驰,弄七剑迭而跃之,五剑常在空中,元君大惊,立赐金帛。"由此可知,踩高跷流行于公元前五百年。

关于高跷的起源,学者多认为与原始氏族的图腾崇拜、沿海渔民的捕鱼生活有关。据历史学家的考证,尧舜时代以鹤为图腾的丹朱氏族,他们在祭礼中要踩着高跷拟鹤跳舞。考古学家认为,甲古文中已有近似踩跷起舞形象的字,两者可以互相印证。

民间有一种传说,春秋战国时期重要的政治家、思想家、外交家晏婴,一次出使邻国,邻国国君笑他身材矮小,他就装一双木腿,顿时高大起来,弄得邻国君臣啼笑皆非。还有一种传说,是把高跷发明与智斗贪官污吏联系在一起。从前,有座县城叫两金城,城里和城外的民众非常友好,每年春节都联合办社火,互祝生意兴隆、五谷丰登。不料来个贪官,把这看作是一个发财的机会,贴出告示,凡是进出城办社火,每人要交三钱银。倘若不交,就关城门、挂吊桥。聪明的民众就发明了高跷,跨过护城河,翻越城墙,继续狂欢。

汉魏六朝百红中高跷称为"跷技",宋代叫"踏桥"。清代以来称为"高跷",用一至三尺长的条木制成,上有木托。表演的人将双脚分别绑在木棍上，化妆成各种人物，一人或多人来往逗舞，由唢呐伴奏，表演有趣的动作或故事。如今人们所用高跷，多为木质，表演有双跷、单跷之分。双跷多绑扎在小腿上，以便展示技艺；单跷则以双手持木跷的顶端，便于上下，动态风趣。高跷亦有文跷、武跷之分：文跷主要表演走唱，有简单的舞蹈动作；武跷则表演倒立、跳高桌、叠罗汉、劈叉等动作。

　　春节是孩子的节日，我小时候跟着高跷队后面欢呼雀跃的情景至今历历在目。高跷会一般由群众自发组织，正月十一开始踩街，正月十五正式上街，正月十八结束。每年正月十五，数十人组成的高跷队伴随着腰鼓、锣鼓、大小镲等打击乐穿街而过，一个个步伐铿锵，如履平地。踩高跷的人身着戏装，浓妆艳抹，边走边演，不时亮一些小旋风、花膀子、鹞子翻身、大劈叉等高难度动作。到了广场上，则表演折子戏：《闹天宫》、《唐僧取经》、《八仙过海》、《水漫金山》等。由于踩高跷的角色、身份不同，所以造型各异，高低不一。《水漫金山》中的法海木脚高达四尺，小沙弥二尺半，鱼兵虾将因为要翻滚扑打，所以木脚只有一尺半。由于表演诙谐有趣、粗犷喜人、声情并茂，深得广大市民喜爱，附近商家则派人专门送来茶水、点心，并燃放鞭炮表示慰劳。

打 莲 湘

莲湘, 现在的年轻人也许根本没见过, 它是一根约长三尺、比拇指粗的竹竿, 两端镂成三个圆孔, 每一孔中各串数个铜钱, 涂以彩漆, 两端饰花穗彩绸, 又叫"霸王鞭"、"莲花落"。一根莲湘在手中翻动, 时左时右、时上时下, 有节奏地敲击肩、臂、胸、背、脚等部位, 发出清脆的"喊喊、嚓嚓"声。舞蹈可由数人、数十人乃至上百人参加, 行进时, 可打出前进、停留、蹲下等多种步法, 并组成十字、井字等队形, 随着男女交错对击, 一起一落, 节奏鲜明, 形成舞、打、跳、跃的连续动作, 简直美轮美奂。

有一种说法, 打莲湘发源于"莲湘花鼓", 传说朱元璋未当皇帝之前被敌人追赶, 逃到苏北, 当地百姓为了掩护他, 把他扮成"三花脸", 打起莲湘送他出境, 后来流传下来打莲湘唱花鼓的艺术形式。其实, 打莲湘最早是乞丐发明的。明末清初, 因连年战乱和灾荒, 人们流离失所, 被迫外出逃难, 一根竹棒一只竹篮, 沿途乞讨求生, 为博得别人同情, 难民们就用民间小调编排动作, 用竹棒边打、边说、边唱。由于单用竹竿击打太单调了, 有人就在竹竿两端刻上槽, 装上铜钱, 击打时就发出悦耳动听的响声, 这时也就有了一个好听的名字"莲湘"。后来又从两槽发展到四槽, 莲湘也更由单莲湘发展到双莲湘。老百姓把打莲湘作为节庆或在庙会中的一种娱乐形式, 祝愿"国泰民安、风调雨顺"。

莲湘作为一种民间舞蹈, 动作优美、轻松活泼, 具有浓厚的民族文化气息，被称为民间舞的瑰宝，与秧歌、腰鼓是姐妹艺术。其节奏明快的艺术特点来源于带有二十四个铜钱（现在亦用金属片代替）的道具作伴奏，富有音色美，爽脆悦耳，给人一种跳跃的感觉，能激起一种欢快情绪。表演时，人们头扎花巾，脚穿布鞋，身着花花绿绿的对襟衣衫，挥舞着精致美观的莲湘棍，击打身体各个部位和穴道，迈着四方步，边打边跳边走，舒筋活血，既锻炼身体，又愉悦身心。

"学打莲湘不难，要精可不易。"一位民间艺人坦言。一套莲湘有五十多个动作，光腿部动作就有蹲步、马步和弓步等，还要配合手部动作。最难的动作，是让莲湘在五个手指间转动。打莲湘的每个动作都有规定的名称，单打动作（用一根莲湘）有杂打、跳打、蹲打、滚打；双打动作（用两根莲湘）有"梅开二度"、"双龙嬉水"、"龙凤呈祥"、"飞步流星"等。在编排上，从自打到对打、多人互打、群组轮打。在表演上，从易到难，从慢到快，加上优美的舞蹈动作和明快的民间小调《杨柳青》、《拔根芦柴花》，表演到高潮，莲湘两端的花穗彩绸，击打时像彩蝶在青竹丛中飞舞，让人眼花缭乱。

遗憾的是，如今打莲湘这种民间舞蹈已基本失传，将其列入我国非物质文化遗产名录，进一步抢救和保护是当务之急。

打 腰 鼓

上小学四年级的时候，我们班上成立腰鼓队，总共选二十一个人，十男十一女，其中一女生打镲兼当指挥。我也算班上的活跃分子，信心满满地想加入腰鼓队，由于上课不守纪律，老师一生气，未将我选入腰鼓队，同学们排练，我只有在一旁看的份。时至今日，我一听到"咚叭咚叭——咚咚咚——咚叭"的腰鼓声，心里便痒痒的。

由于刻苦训练，我们班的腰鼓队在全校脱颖而出，经常参加镇上的重要活动，迎来送往，出足了风头。每次表演，同学们都化妆，女生红绸衣绿绸裤，扎着翘格格的羊角辫；男生蓝裤子白衬衫，头上扎着羊肚毛巾。表演时，大家情绪十分饱满，小鼓斜挂腰间，双手持鼓槌，随着铜镲的节奏，正击、顺击、倒击、胯下击，时而腾挪跳跃，时而轻敲慢打，时为长龙，时为方阵，龙翔虎跃，充满阳刚之气。

据说腰鼓源自战鼓，两千多年前，守卫边疆的士兵，手持刀枪，身背战鼓，在与敌人短兵相接时，便擂起战鼓，借助急促的鼓声，鼓舞士兵杀敌的勇气。此后，从擂鼓杀敌逐渐演变成模拟征战时各种厮杀动作的即兴表演。

十多年前我在延安采风，有幸一睹陕西腰鼓风采。演出阵容庞大是安塞腰鼓的最大特色，几个腰鼓队连在一起，上千人参加表演，阵势能拉开一公里。舞者装束以模仿古代将士的素色便服为主，或黄或红的包头，无论在舞步还是在擂鼓时所造成的气氛，都有昔日征战时的影子。安塞腰鼓主要是掌握胳膊能否配合自如，然后随心所欲地发挥起鼓点的节奏，一场腰鼓下来，壮如牛的小伙子几乎累倒。安塞腰鼓表演分两种，即路鼓和场地鼓，场地鼓变化较少，主要是"十字大缠身"、"单腿盖耳"、"连身转"、"马步缠"等打法，光听这些名堂，便可猜想安塞腰鼓难度之高，动作之狂放。洛川腰鼓风格迥然不同，它被誉为中国最原始的扭扎式战士舞蹈。洛川腰鼓称为蹩鼓，鼓的大小与洗面盆相当，鼓槌细长，敲打有力，鼓声分外宏亮。舞者一律束胸，穿纯白纯黄底色的衣服，用白、黄方巾裹头，背插四面小旗，战袍呈三角形，全身衣物均用商周青铜器图案装饰；有的演员腰间束一宽板皮带，上悬数颗拳头大铜铃，打扮威武，猛然看去，酷似京剧中的武将。在表演时候，"蹩鼓"被绑在舞者腰间，由于鼓大、槌长，表演者动作幅度很大，必须有良好的弹跳能力。"蹩鼓"的场地表演主要是布方阵，布成各种古代作战阵形，而场上锣鼓咚咚，铙钹锵锵，充满着战斗的气氛，让人看得瞠目结舌。

如今，随着民俗文化的回归，打腰鼓已成为城市中老年人娱乐、锻炼身体的一种方式，在重要的广场集会上，一些祖母级的队员，每人挎一只腰鼓，双手执系彩绸的鼓槌，边行进，边击鼓，动作齐整，花样翻新，彩绸飞舞，鼓声震天，倒也十分壮观。

荡 湖 船

在兴化观摹千岛油菜花，花丛中锣鼓喧天、礼乐齐鸣，突然走出一支载歌载舞的民间艺术表演队。荡湖船、挑花担、扭秧歌，吸引了游客纷纷驻足观看。

你瞧那领头的渔翁，头戴卷边草帽，身穿对襟湖蓝色上衣，下着蓝裤，束一条红腰带，嘴上装着八字胡，脚蹬花布鞋，做出各种划船动作在前头引路，妙趣横生。船上的渔姑身穿红色大襟上衣，系红头巾、围短裙、着彩裤，足蹬绣花鞋，手握船舷，走着碎步左右摇摆，尽情表现船在旋涡和波浪中起伏，以示与风浪搏斗，形象生动，惟妙惟肖。

荡湖船又叫跑旱船，是最具地方风情的民间艺术形式之一。船以竹子为骨架，白布围船帮，装饰红绸、纸花、彩灯、明镜等饰物，船顶用红绿绸打成花结，绸带下系船首船尾，船形小巧玲珑，如花似锦。荡湖船一般是扮成一对渔家父女，渔姑称"旦"，渔翁为"丑"，渔姑在船中，渔翁在船外撑篙或划桨，展示水中行船或捕鱼的生动画面。因船制作不同，表演人数也可一船三人或四人。表演不受场地限制，模拟水上驾舟技巧动作，可以尽情发挥。主要身段动作有"荡摆步"、"迎浪步"、"十字荡步"、"波浪荡步"、"鲤鱼翻身"、"金鲤甩尾"及"矮步划桨"等。"荡"与"逗"是主要特点，表演者的一举一动始终呈现船的晃动感，渔翁通过"逗"，一颠一跛地挑逗，一问一答，一唱一和，诙谐幽默，充分体现驾彩舟、庆丰收的喜悦。

荡湖船时使用的伴奏乐器是锣、鼓、钹等打击乐器，也有的加上一至两支唢呐伴奏，气氛热烈，情绪活跃，具有浓郁的地方色彩。在乐器声中，渔翁和渔姑边唱边舞，偶尔插科打诨做一些夸张滑稽的动作，博观众一笑。

荡湖船起源很早，与祭祀有关。据说两千多年前，爱国诗人屈原投汨罗江而死，每到端午节，人们在江中赛龙船以示纪念。据《湖广志》记载，云梦县因河浅不能竞舟，便用竹和纸扎成龙船，鸣锣击鼓，游行于市。这种活动流传下来，形成了跑旱船。据《明皇杂录》，唐代已有山车旱船。宋代《武林旧事》等书，则记载了宋时跑旱船的盛大场面。荡湖船传统古老，流派众多，技艺高超，是民间舞蹈中不可或缺的独特品种。

不论南方北方，船内的主人都是女性，只有撑船的渔翁才由男子扮演。他们的关系也因地而异，有些地方是"父女关系"，有些地方是"夫妻关系"，也有"兄妹关系"的，其服饰、化妆均按人物关系的差异而有所不同。而船的制作需要一定的专业性知识和技巧，绝非一般人所能为，造型、裱糊、剪纸和绘画都要精心设计，这是纸扎店师傅的拿手好戏。就表演来看，这项民间舞蹈生活性极强，一系列水上动作，使人有身临其境的真实感，如果搬上现代化舞台，婉转悠扬的音乐，衬以天幕水景，画面一定会更加优美。

河 蚌 舞

苏北水乡河网交错，水产资源丰富，捕鱼捉蚌者甚多，河蚌舞在苏北一带有着深厚的群众基础。

相传民国初时，苏北河水暴满，有人夜行，看到水中有女子嬉笑于水，或蓝衣、红衣，皆为青年女子，调笑无度。此人深以为奇，回村向村人说起，人们不知其由，认为是怪。村上有一渔翁暗自思忖，常听人说河蚌结队成形，渔翁决定去捕捉河蚌。渔翁来到河边，只见河面漩窝丛生，心生疑窦，但老渔翁打鱼多年，对河上水理知若手掌，静坐船头等待。不久，水波涌起，涛浪翻天，似要把小船掀翻，老渔翁抖起有力的双手，把一张网撒向起浪的地方，只见渔网撒到水里，打一个漩直往下沉，险些把老渔翁和他的小船拉下水。老渔翁抓牢渔网，回到岸边，用尽全身力气拼命把网往上拉，拉上网来，只见网中一个河蚌巨大如斗，老汉欣喜若狂，正待再下网捕捉，只听河蚌发出人言，哀求老汉饶命。老渔翁善念涌存，告诫蚌精今后不得为人患，当即放生。从此，路人皆安，再也没有看到过女子嬉闹于水。村人为感谢渔翁除妖有功，编河蚌舞演练于村。

早期河蚌舞有三个版本：鹬蚌相争、蚌精戏仙、骚搭子逗蚌。表演形式通常比较简单，动作全凭即兴发挥。后来加了一小渔童，便增加了表演的戏剧性。蚌精灵活秀丽，渔翁沉稳老练，小渔童迫切求成，动作夸张，情节精彩，风趣幽默中透着智慧与情趣。农村集镇每逢传统节日或有重大活动，为增强气势，往往由多名女子身背蚌壳，一张一合地伴随乐队行走，边舞边唱，动作妖媚娇柔，煞是迷人。

河蚌舞道具有鱼篓、网圈、蚌壳。蚌壳骨架用竹篾扎成，以绸缎锦面彩笔加绘，沿弧口折叠，绸缎镶边，蚌壳内挂上许多铜片或彩纸，表演时闪灼发光，增加了煽动的神韵。

由于苏北里下河水乡捕鱼捉蚌者多，人们创作和表演的渔夫和河蚌的动作有生活依据，神态逼真，情节较完整，人物有性格，表演有特技。蚌精形象优美、活泼可爱，渔翁和渔童表演风趣、幽默，角色的思索、希望、无奈、喜悦表演得淋漓尽致。"蚌壳不平张，时时要拧腰"是蚌精动作最明显的特点。出场时缓缓张开蚌壳，激越时翻腾飞舞，疲倦时躺在地上，蚌壳仍然张合煽动，蚌精形象优美，活泼可爱。表演中蚌精不停地拧腰，时蹲时站，时仰时俯，站立时"小踏步"身体上下颤动，走动时用"圆场步"时张时合，不仅有戏剧里的身段，而且运用跌、打、滚、翻的技巧。格斗中突出幽默的"四夹"：即蚌精夹老渔翁的头、背、手、腿，颇见功夫。老渔翁向小渔童求救，小渔童动作机灵活泼。此舞无固定程式，全凭表演者即兴发挥。表演时配上民间打击乐"慢走马"，或者用京剧锣鼓点子"快七字锣"、"七字锣"伴奏，更添舞蹈魅力，充分展示回归自然、天人合一美好的水乡生活画卷。

剪 鞋 样

母亲几乎不识字，抽屉里却珍藏着几本旧书，翻开已经发黄的旧书，里面夹的全是一张张纸剪的鞋样。鞋样有三四十张，有报纸剪的，也有用旧年画剪的，花花绿绿，异彩纷呈。

从前女孩子家讲究女红，手工做鞋是女红基本功之一，故女孩子练习女红多从剪鞋样开始。一张纸在手上绕来绕去，除了剪鞋底还要剪鞋面的模型，甚至要剪带有各种美丽图案的花样。人缘好的女孩子经常向小姐妹借鞋样，因年龄差不多，尺码相差不大，参考小姐妹的鞋样也是常有的事。

鞋样剪好了，下一步是剪骨子。每年夏天，母亲总要把家里的破衣烂衫一件件找出来，撕成一块块布片，洗净晒干。中午烈日炎炎，她端个小板凳顶着烈日往门板上糊骨子。破布形态各异，刷一层浆糊贴一层布，就像拼图一样。骨子晒干后卷起来放在大橱顶上，或铺平压在箱子底下，日后备用。

母亲是位心灵手巧的做鞋行家里手，小时候，我就是穿着母亲手工做的单鞋、棉鞋走过了一个个春夏秋冬，度过了欢乐的童年。直到如今，我仍然记得母亲手戴针箍、纳鞋底针在头上光几下那专注的神情，也就是从那时起，我才明白"慈母手中线，游子身上衣。临行密密缝，意恐迟迟归"的深刻含义。

在童年记忆里，有一双鞋我是永远不会忘记的。那是 1964年春节，母亲给我和二姐、三姐每人做了一双红灯芯绒的棉鞋，当时我虽不满十岁，总觉得只有女孩子才穿红戴绿，男孩穿红棉鞋会被人家笑话的，因此死活不肯穿。母亲含泪告诉我，你爹爹去世三年了，穿红棉鞋是为了"脱孝"。我从母亲的泪花中看到了她的哀思，顺从地穿上了那双红棉鞋。

参加工作后，成天穿皮鞋，几乎和布鞋绝缘。有一年回家探亲，临行时母亲塞给我一双黑平绒做的棉鞋，样子的确不错，雪白的鞋底，两片瓦的鞋帮，尤其那饱满的"兔鼻梁"，叫人看了都觉得喜气。"这年头谁还穿棉鞋？"我无奈地望着母亲。母亲用手抚摸着鞋里鞋面："这鞋里用的是驼绒，里面铺的是丝绵，冬天晚上你写东西脚容易冷，你穿上它试试！"为了不拂母亲的美意，我终于带走了棉鞋，却一直把它压在箱底。

母亲过世后，我翻出了那双棉鞋。一连几个冬天，我都穿着它伏案夜读。有道是"凉从脚下起"，穿上这充满母爱的棉鞋，自然"暖从脚下来"。直到有一天后跟磨烂了，妻用布帮我缝了缝，我又坚持穿了两三年这才作罢。

"真想再穿上像我母亲做的那种布棉鞋！"这一夙愿在我心头萦绕了多年。二姐得知后，认为这有何难，找了个鞋样给我和妻每人做了一双棉鞋。一试穿，样子倒是很好，就是太轻。如今谁会纳鞋底？只好用泡沫塑料底代替。我对二姐充满感激，内心却清楚，此棉鞋和彼棉鞋完全不是一码事。

年 蒸

感谢扬州商家做了件大好事，让扬州包子走上了工业化、市场化道路。如今，"扬州速冻包子"名闻遐迩，不仅走进了全国各大超市，而且打入了国际市场。包子，这单纯的节日食品成为寻常百姓餐桌上的日常食品，不能不说是扬州人的幸运。

过年蒸包子，是扬州特有的传统饮食习俗，也是扬州人家腊月里最隆重的一件事，通称"年蒸"。届时，家家剁菜馅、户户刨萝卜丝，处处洋溢着欢乐祥和的气氛。包子馅心大致相同：咸菜、萝卜丝、豆沙，条件好的人家也做一部分纯猪肉馅的，用以春节期间招待尊贵的客人。吃长斋的人平时就有心，将家前屋后的马齿苋收集起来，用开水一烫晒干，年蒸时温水一泡用来做包子馅，吃到嘴里别有风味。

我从小既盼年蒸也恨年蒸，之所以恨，是那么一大盆咸菜要由我一个人剁，那么一大筐萝卜要一个一个刨成萝卜丝。尤其是那刚从地窖里拿出来的红萝卜，脏兮兮的，上面结满了冰霜，抓在手里冰冻刺骨，一双小手冻得和萝卜一样红，一不小心手上擦破皮，钻心得疼。每年要蒸三四十斤包子，这馅心真把我害苦了。

不过，看母亲做馅心是一种享受，既能解眼馋又能解嘴馋。从小我最爱吃萝卜丝包，对做萝卜丝馅格外关心，几道工序我至今烂熟于心：猪肉要有肥有瘦，最好肥六瘦四，吃到嘴里才有油性。萝卜丝下开水锅氽一下，捞出装入布袋挤去水分待用。猪肉

293

切丁用葱姜爆炒，投入虾米起鲜，然后将萝卜丝倒进锅，加盐、糖、酱油、味精一起拌匀，出锅时撒一把青蒜花，色、香、味俱全。"来，先尝一口，看看是咸还是淡！"正当我垂涎欲滴的时候，母亲适时给我送上一口美味馅心，那味道的确好极了。

由于家里没有蒸笼，我们家的包子都是在外面蒸。过了腊月二十四，街上大大小小饭店都承接包子加工业务。面粉、馅心由各家自带，饭店出手工、炉灶，店堂内外整日整夜灯火通明，一派红红火火、热气腾腾的景象。

蒸包子讲究面发得好，碱拿得准，火烧得旺。好包子蒸出来又白又暄，头一笼，邻居之间总要互相送，请对方品尝一下味道。每到这时，我们小孩口福就来了，吃了这家吃那家。有比较才有鉴别，最终我发现小饭店的面点师傅技术让人实在不敢恭维，常常不是碱大就是碱小。碱大，蒸出的包子一片金黄色；碱小，包子吃到嘴里发酸，酸得人直皱眉头。为了讨好口彩，家里人不让我们乱说话，包子在篮子里尽管吃，吃饱以后"卖麻团的跌跟头——有多远滚多远！"

等我长到十来岁，年蒸时家里人也给我派了"美差"：将筷子头劈成四丫，蘸上小碟子里的胭脂红给包子点喜气、作记号。我对萝卜丝包有好感，就将记号点在正中；咸菜包，不得已才吃之，记号点偏一点；豆沙包被捏成歪嘴状，爱怎么点就怎么点。最后一笼约定俗成，蒸一块松松软软的大块蜂糖糕，上面洒满红丝、绿丝，显得喜气洋洋，寓意"合家团圆"、"步步登高"。

压 岁 钱

　　大年初一醒来，枕边准有两个红包，一包是压岁钱，一包是红枣、云片糕。红枣、云片糕，寓意早早发财、步步高升；压岁钱，用以压住邪祟。小时候哪懂得这些，一见枕边有好吃的，"猴子身上摆不住虱子"，牙也不刷，脸也不洗，眼屎巴巴的就把红枣、云片糕往嘴里塞。吃完之后，想起了今天是新年，马上从被窝里伸出头，向母亲道一声"恭喜妈妈身体健康，长命百岁！"母亲少不了一番祝福。此生，我和母亲共同度过了三十二个春节，即使婚后压岁钱也从来没少过。

　　压岁钱用以压住邪祟，那么"祟"到底是什么东西？过去扬州有一个流传很广的传说：很久以前，有一种身黑手白的小妖，名字叫"祟"，每年除夕夜出来害人，它用手在熟睡的孩子头上摸三下，孩子吓得哭起来，然后就发烧，讲呓语而从此得病，几天后烧退病除，但聪明的孩子却变成了痴呆的傻子。人们怕"祟"来害孩子，就点亮灯火团坐不睡，称为"守祟"。有户人家，夫妻俩老年得子，视为掌上明珠。到了三十晚上，他们怕祟来害人，就逼着孩子玩，同时用红纸给孩子包了八枚铜钱，让他拆开包上，包上又拆开，孩子玩累就睡着了，包着的铜钱就放在枕头边。夫妻俩哪敢合眼，挨着孩子长夜守祟。半夜里，一阵狂风吹开房门，吹灭了灯火，黑矮的小人用它的白手摸孩子的头时，孩子枕边迸裂出一道红光，祟急忙缩回手尖叫着逃跑了。老夫妇把用红纸包八枚铜钱吓退祟的事告诉大家，大家也学着在除夕夜用红纸包上八枚铜钱放在孩子枕边，果然以后祟就再也不敢来害孩子了。原来，这八枚铜钱是由八仙变的，在暗中帮助孩子把祟吓退，因此人们把这钱叫"压祟钱"，因"祟"与"岁"谐音，后来就演变成"压岁钱"。清代，压岁钱带上了去邪、祈福的寓意。有人曾写诗描绘儿童得到压岁钱时的喜悦心情："百十钱穿彩线长，分来角枕自收藏，商量爆竹锡萧价，添得娇儿一夜忙。"由此看来，压岁钱的风俗源远流长，它代表着长辈对晚辈的美好祝福，它是长辈送给孩子的护身符。

为了迎合家长心理，银行每年春节前都要发行新钞票。家长也喜欢用联号的新钞票给孩子当压岁钱，因为"联"与"连"谐音，预示着后代"连年发财"、"连连高升"。我家的压岁钱历来基数不高，两毛钱！我至少在这个基数上拿了十五年。亲戚朋友往来，一般都是这个数。老长辈、哥哥、姐姐给的，可以收下，亲戚朋友给的要如数上交，因为礼尚往来，这钱是要还回去的。

有一年，我把平时的积蓄和压岁钱加在一起，换了六十张二角的联号新钞票，抓在手上扇面似地展开，绿莹莹的，簌刮蜡新，煽起来哗哗直响，心里美得像吃蜜一样甜。春节过后，母亲又贴了几块钱，领着我到布店里扯了一丈多布，给我做了一套蓝卡叽中山装，穿起来像个新姑爷。

中　秋

　　扬州中秋节最主要的民俗是吃月饼，此外，老百姓还时兴中秋节家家炕烧饼，以庆祝秋熟丰收、合家团圆。城里人烧煤炉到哪儿找烧柴的大灶，办法有的是，在天井或家门口支个大锅炝，架上大铁锅、大平锅便热火朝天地炕了起来。可以想见，中秋前夕，扬州四乡八镇大街小巷"家家支锅炝、户户飘饼香"，那场面是何等的壮观！

　　烧饼，美其名曰"团圆饼"，通常为芝麻糖馅和萝卜丝馅。在北方人眼里，不就是用麦面做饼嘛，干什么搞得那么隆重！其实，扬州人以米食为主，平常很少吃饼，尤其很少在家做饼，想吃烧饼到烧饼店里买两个。清晨，泡一壶酽茶，来一份烧饼包油条，这样的生活方式至今仍为不少老扬州津津乐道。家里炕烧饼，唯有中秋节。这种烧饼为发面饼，分食饼和供饼两种，食饼大小、数量不限，一般人家要炕二三十斤；供饼则有相应约定，大小不同的五只圆饼外加一只"元宝"，敬月时垒成宝塔形，以示虔诚。我家平时难得吃饼，但中秋节后半个月内，几乎每天早上吃烧饼。干硬的烧饼上笼一蒸，吃到嘴里软乎乎的，还是挺香的，可天天吃也叫人乏味。由于天气偏热，家里总担心烧饼馊掉。萝卜丝馅的容易馊，那就先吃萝卜丝饼，一连七八天吃下来，我每天早晨看到烧饼直翻眼，勉勉强强吃两个掉头就走，母亲见了一脸的不高兴："作孽，没得吃的日子在后头呢！"

　　扬州人中秋赏月、供月、拜月历史悠长，民间有"男不拜月，女不祭灶"之说，我家每年拜月自然由母亲主持。中秋节晚餐是非常丰盛的，家里不少亲人在外地，为了表示怀念之情，母亲总为他们在桌上留出位置，每个位置放一副碗筷。晚饭后，母亲在天井里设下供案，供上菱、藕、莲蓬、石榴、柿子、茨实、毛豆、芋苗、茶水，加上宝塔供饼，敬"亮月公公"（家乡人通常这样称呼）。过去，大户人家摆供品特别讲究讨口彩，藕是必不可少的，名曰"子孙藕"，要取一头微翘，且有一枝芽嘴带荷叶卷的，象征一帆风顺、节节高升；四只苏式月饼，取舒心适意、事事如意、团团圆圆；菱，寓意壮志凌云；石榴，祈求子孙满堂……月亮一出，母亲点燃斗香，全家人一一向圆月叩拜。即使阴天下雨，也要朝月出的方向拜上三拜。叩拜结束，即分享美食，母亲亲手切开"月宫饼"，在家和在外地的亲人都要算在内，有多少人就切多少角。"月宫饼"当然好吃，就是量太小，叫人吃了到嘴不到肚，因此，老菱、盐水毛豆、芋苗更受欢迎。老菱吃多了胀肚子，盐水毛豆咸咸酥酥的，嚼起来特别香，芋苗剥了皮蘸糖吃，糯糯的仿佛吃圆子。

至于敬"亮月公公"的茶水，那可是宝贝。其金贵之处有两种说法：一是用它来搽眼睛，可以明目清心，这倒有科学根据；另一个作用是小孩喝下去不来尿（尿床），我从小不来尿，即使喝了也没有亲身感受，但我家对门的小三子年年抢着喝敬月茶，可他家里还是三天两头晒被窝，小三子因此落得"来尿精"的坏名声。你如果问小三子，他敢断言：绝对没有科学根据！

裹　粽

如今，超市里粽子一年卖到头，想吃粽子方便得很。可是，每年端午节前岳母总要裹些粽子送给我们，咸肉的、香肠的、赤豆的，更多的是白粽子。岳母也是扬州人，她裹的粽子和我母亲裹的一样，都是小脚粽子，裹得紧，样子也俏争，吃起来特别有劲。裹粽子成为情感的一种寄托，吃在嘴里，心里滋味是不一样的。

多年前，有民俗专家提议将端午节、中秋节列入国家法定假日。如今这一议案获得通过，国人欢欣鼓舞。扬州人重视传统节日，此风绵延了数千年，尤其端午节，除了春节之外，它在老百姓心目中可是一个大节！

端午节重在尝午。是日晌午，家家设宴，户户摆酒。根据旧俗，须喝雄黄酒，吃桃、桑椹、樱桃、粽子。午宴的菜肴号称"十二红"，一是取本品"红色"，二是取"红烧"之色。通常为"四碗八碟"。所谓"四碗"，即红烧黄鱼、红烧趴蹄、红烧肉、红烧鸡；"八碟"分"四冷"、"四热"。"四冷"为咸蛋、香肠、洋花萝卜、熏鱼；"四热"为炒苋菜、炒猪肝、炒虾子、炒长鱼。

此外，除"五毒"也是端午节重要活动之一。"五毒"是指蛇、蝎、蜈蚣、壁虎和蟾蜍。为了消除"五毒"，家家户户用大红纸剪成"五毒"和老虎，贴在墙上表示镇压。小孩头戴虎头帽、背老虎袋、穿老虎鞋，手上脚上系五色丝线做的"百索"，胸前挂个"鸭蛋绦绦"，装一只咸鸭蛋。记得小时候我挂"鸭蛋绦绦"爬高上梯，一不小心鸭蛋就压破了。破了就吃，一上午能破三回。到了中午，家人喝雄黄酒，在我头上画个"王"字，一方面祈盼健壮如虎，另一方面以示神圣不可侵犯。喝雄黄酒、菖蒲艾叶插门、薰艾叶，实际上这是一种象征性的辟毒习俗，藉以驱赶蚊虫、防病治病，确实益处多多。

当然，端午节重要的前戏还是裹粽子。母亲是裹粽子高手，每年不光家里十几斤米的粽子由她裹，隔壁邻居也要请她帮忙。我非常乐意给她打下手：裹粽子前，粽箬必须在开水锅里烫一下，捞出来放在冷水里浸泡，颜色碧绿。我的任务就是将粽箬"斩头去尾"，三四片一叠，顺势排开。母亲用中指和食指夹住一叠粽箬，手腕一旋便形成漏斗状，窝在左手虎丫处，右手拿个小茶杯，灌一杯糯米加两三片咸肉，再加半杯米，大拇指顺势一捺，糯米就被压实了，再取一片粽箬裹成小脚形状，随手抽一根麻丝，用牙齿咬住一头，右手很快在粽子上绕过，牙齿和右手同时用力，打个死结，一个粽子就裹好了。三四个粽子串在一起，棱角分明，有神有韵，那才叫"波俏"！

烀一锅粽子大约两三个小时，当粽子锅烧开后，满屋三间糯米的糯香、咸肉的腊香以及粽箬的清香。我一年就打这么一次牙祭，闻到吃不到，那滋味就像猫抓心，用"垂涎欲滴"四个字来形容似乎很不到位，扬州人有句经典的口头语，我至今记忆犹新："口水淌下来能把脚面子打肿"，用在这里倒也形象！

算　盘

　　走进乌镇修真观，一进为山门，发现正门上方悬挂着一把特大的木质算盘。观内道士解释，算盘乃道家的一种法器。其实悬挂算盘的不止修真观一家，不少地方城隍庙也挂算盘。城隍老爷专司人间善恶之记录、通报、死者亡灵审判和移送之职，人间的冤屈只要他用算盘一算，立见分晓。有道是："人有千算，天则一算"。

　　算盘是中国传统的计算工具，它最早可以追溯到公元前六百年。当时有一种"算板"，把十个算珠串成一组，一组组排列好，放入框内，然后拨动算珠进行计算。此外，人们还用小木棍"算筹"进行计算，随着生产的发展，逐步发明了算盘。到明代，算盘已能进行加减乘除的运算。因此，人们往往把算盘的发明与中国古代四大发明相提并论。在北宋名画《清明上河图》中，赵太丞家药铺柜就有一把算盘，可见早在北宋或北宋以前我国已普遍使用算盘。

　　过去小学四年级开珠算课，每到上课学生都要从家里背一把算盘到学校。算盘曾经在人们生活中十分普及，不仅商家必备，家庭理财也离不开算盘，何况古镇商家众多，好算盘比比皆是。算盘通常呈长方形，四周木条为框，内有轴心，俗称"档"，分九档、十一档或十三档。档的上端中间用一根横梁隔开，上端两个珠子，每珠当五，下端五个珠子，每珠当一。当一个班级三四十把算盘汇聚在一起，仅从算盘上看，家道殷实可见一斑。我见

301

识过同学带来的海南黄花梨算盘，花纹漂亮、色泽柔和，香味扑鼻，第二档与第十一档均为铜轴，珠子拨起来又沉又响，四角用黄铜包裹，显得富丽堂皇。

老师在课堂上使用的则是特制的毛算盘，高七八十公分、宽约一米，有二十五档，每个轴心裹着猪鬃，算珠拨上去不会滑落。学珠算首先得背口诀："一上一，一下五去四，一去九进一；二上二，二下五去三，二去八进一；三上三，三下五去二，三去七进一……"一个个背得滚瓜烂熟。

母亲大字不识几个，但算盘打得很溜。她曾教我打过"小九九"，从"一一得一"开始，到"九九八十一"止，然后她用减法倒过来打，从"九九八十一"一直打到"二二得四"。周而复始，反复演练，让我受益匪浅。人们把有心计、会算计、善谋划的人说成"心里装着小九九"，典故就是从这里来的。

如今，虽然已经进入了电子计算机时代，但人们对算盘的那份眷恋却挥之不去。"中国第一算盘收藏家"陈宝定，从1937年开始，陆续收藏了一千多件算盘珍品：水烟筒算盘、戒指算盘、腰带算盘、时钟算盘、领带夹算盘、金项链算盘、日历板算盘、钥匙串算盘、手镯算盘、笔筒算盘、宫灯算盘、盲人算盘……其数量之多、品种之全、算具之奇堪称世界之最。同时人们发现，算盘除了运算方便以外，还能锻炼人的思维能力，打算盘需要脑、眼、手密切配合，长此以往，也许能防止老年痴呆症哟！

窑货店

窑货店，顾名思义，凡窑里烧出来的东西，除了秦砖汉瓦什么都卖。老街上有家窑货店，卖的都是正儿八经陶都、瓷都的窑货：缸、坛、瓮、罐、钵、碗、碟、壶、杯、盘，进货渠道为景德镇、宜兴、醴陵、淄博。小时候对"景德镇"印象特别深，几乎每只碗碟上都有"景德镇"款，虽不甚了了，但对景德镇充满了神秘感。

放学时路过窑货店，我们时常对尿壶指指戳戳，一个个前仰后合笑到肚子疼。尿壶是男子夜晚接尿的用具，因器形似虎，古代称之为"虎子"。大伙为什么会笑，因为我们当中有人利用尿壶干过"缺德事"。街上有个老光棍叫孙大瓜，高喉咙大嗓子，专门喜欢欺负小孩，看到小孩从身边过便嚷着："喊我，喊我一声孙大大（大伯）!"小孩子都不情愿，四下逃窜，他跟在后面追，谁被他捞住肯定要脱裤子摸鸡巴。大伙怕他，恨得咬牙切齿，寻思着也让他吃吃苦头。孙大瓜有个习惯，每天早晨上完茅房，总要把尿壶放在墙脚根晒，入夜拿回家。有天夜里，他对着尿壶撒尿，尿壶里突然有了动静，把他吓得半死，居然从里面跳出个癞蛤蟆。还有一次，不知是哪个小孩想出来的主意，把半个鸭蛋壳放在尿壶入口处，孙大瓜也没在意，夜晚把尿壶拿到被窝里接尿，弄得满床骚臭。

窑货店年前生意最红火，成套的焖钵（砂锅）也不过七八毛钱，用最大的焖钵做一锅风鸡焖肉，是我家每年除夕宴上的保留节目。至于煨汤，母亲喜欢用煨罐。煨罐又叫"砂包"，两侧有耳，移动方便，大号的煨罐可容纳一只蹄膀，用文火慢慢煨，与用高压锅炖制品味迥然不同，它能保持食材的原汁原味。使用煨罐之前，通常要用它煨一锅粥，以稳定瓦罐的内部结构。有一年母亲买了个新煨罐，让我看住粥锅，我在外面玩上了瘾哪还管家里炉子上的煨罐，结果把煨罐烧裂，挨了一顿"木柴烧肉"。

"光润如珠玉，调和若鼎铛"，这是当年窑货店喜爱的对联。窑货店是老式门面，上下门板是每天的必修课，门板是由十多块两寸厚一尺宽的木板拼成，反面标着左一左二、右一右二的顺序，早晨一块一块地下，晚上一块一块地上。这上下门板既是体力活，又是技术活。上门板时先在槽口处将板的上头送入木槽，再从槽口处将板的下头送入木槽。下门板时先将门板匀力托移至槽口，再拉上头，一移一拉，顺势而下，用力稍微不均匀便会卡住，大冬天经常把窑货店员工急得一头汗。

眼下，建筑业中用粘土烧结的砖瓦已经淘汰出局，比秦砖汉瓦资格老得多的缸、坛、瓮、罐、钵退出社会舞台，也是人类文明史的必然。随着人们的生活方式趋向城市化，家庭中根本不需要储存大量的食物，精巧耐用的塑料制品、不锈钢盆罐取代了窑货。过去人们常说"丢下这坛坛罐罐"，如今此话被不幸言中，成了谶语。

草 焐

自从电饭煲走入寻常百姓家，草焐子从此销声匿迹，但上世纪六七十年代，家家户户冬天焐饭的情景，却印在老一辈人的脑海里，永远挥之不去。

过去，城镇居民家中都烧煤炭炉，一日三餐，早晚都很马虎，稀饭、烫饭，只要把肚子填饱就行。中午这顿，比较当回事，条件好的人家，每天尽可能保证一荤一素一汤，有时这荤菜尽管只是一盘韭菜炒肉丝，刚刚从困难时期走过来的人，每天能见到荤腥也就心满意足了。

先煮饭后烧菜，这程序好像是约定俗成。冬天，饭煮好了，家人赶紧用不能穿的旧棉袄，将钢精锅裹得严严实实，虽然不雅观，保温效果还不错，等到菜全烧好后，打开旧棉袄，里面饭热腾腾的。

后来，乡下农民从中看到了商机，采用过去扎小孩草窝子的方法，将稻草扎成钢精锅大小的草焐子，尺寸有大有小，价格十分公道。不少人家买回来，为了防止稻草散乱，将草焐子用粗布里里外外裹起来，草焐子显得清爽多了，盖子一盖，严丝合缝，保温效果更胜一筹。

我家的草焐子，从来不到市场上去买，都是房东王奶奶亲手扎的。王奶奶年届七旬，年轻时心灵手巧、能说会道，膝下三儿一女，家里开一爿小客栈，日子过得蛮滋润。可是，一场意外给了王奶奶致命打击，解放前夕，她和同伴到湖滩上划草，不幸踩

305

上地雷，从此失去右腿，一双木拐与她形影不离。老人伤心至极，整日整夜痛哭不止，竟哭瞎了双眼。

就这样一位又瘸又瞎的老人，她的心灵手巧却令人难以置信：烧烧煮煮、洗洗浆浆、缝缝补补这都不在话下，靠双手摸索竟然将一条大腰裤改成上衣，针脚一点不乱，穿在身上大小肥瘦合适，被街坊四邻传为佳话。老人家人缘挺好，喜欢给小孩子讲故事，自己有什么需要跑腿的事，就指使我们帮她干，事成之后，总要塞点糕点、糖果给我们尝尝。小时候，我比较淘气，用硬纸板做一顶美军的船形帽歪戴在头上，脑袋裹上白纱布，染些红墨水，装扮成美军伤兵，拄着王奶奶的拐杖，一瘸一拐地招摇过市，笑得大家前仰后合。王奶奶跟着众人笑，当她弄清是怎么回事，便嗔怪："好人不学！"逢年过节，大家都乐意给王奶奶送些小点心，她非常过意不去，觉得自己无以为报，干脆每年给邻居送草焐。

初冬，她外孙女照例从乡下给她送来一担稻草，一头是给外婆铺床用的穰草，一头是齐刷刷用来扎草焐子的杆草。从那天起，老人就没日没夜地搓草绳，草绳搓好了便开始扎草焐子。工具很简单，一把锥子、一把剪刀，先扎个圆形的底，再扎成空心筒，每把草的数量、草绳与草绳的间距，仿佛精确计算过一样，十分匀称；收口、绞边一气呵成，不毛不糙，盖上圆圆的草盖，整个草焐堪称一件工艺品。

捶石子

　　现在的孩子简直无法想象,上世纪五六十年代,竟有那么一帮人靠捶石子维持生计。如今,筑路架桥混凝土中所用的石子,全部用机械加工,过去则完全由人力加工,将山上开采下来的中等石块,用小铁锤将其捶成二寸见方的小石块,这就是捶石子。

　　捶石子是一项极其艰苦的劳动,那时经济困难,捶石子的人特别多。我一位朋友从小在山区长大,十岁刚出头就加入了捶石子的队伍,回首往事,他连称"苦不堪言"。当农民从山里用人力车把石块拉到露天石场以后,大家在石场附近用石块围个小圈,抡起小铁锤便捶石子,捶一立方可以获得一块钱加工费。有的石块太大,小铁锤捶不动,得用十二磅大锤砸成小块,一不小心,石块崩到腿上立刻皮开肉绽。刚开始握锤,一锤下去虎口发麻,不到半天,虎口就被震裂,鲜血淋漓,痛得要死。后来,他掌握了技巧:石头带筋纹的不好捶,要挑不带筋纹的石头;捶击时要选准角度,要直击石头的光洁面,锤到石开。捶好的石子有明确的标准,俗称"瓜子片",场地上有监工来回巡查,不满意立马返工。尽管如此,朋友仍然感谢那段苦不堪言的生活,捶石子培养了他吃苦耐劳的心性,让他终身受益。

　　我家乡没有山,自然没有山石,公路段保养路面通常用砖渣。到了公路大修的时候,公路段事先贴出通知,告知某天某日至某天某日收石子。人们顿时活跃起来,河边、旷野、古巷的角落,到处是捡砖头的人群。地面的破砖烂瓦淘得差不多了,人们便打起了地下的主意，挖地三尺，在老房子遗址上寻找厚实的根基，一旦发现，少说能得到三五立方青砖，况且不少青砖是整砖，一块能卖三分钱。古镇上过去大户人家房基很深，挖下去两米还不见底，偶尔也会挖到铜钱、陶瓷、金银软细一类的东西，大家感到稀奇，涌到现场看热闹，往往乐极生悲，两边泥土垮塌，把人埋在了里面。不过，垮塌的都是浮土，倒没听说过发生重大伤亡事故。

砖头找齐了，全家人围着砖堆起早带晚捶石子。每人面前一块大青石，厚达十几公分，用它垫在下面捶石子，敲上去有劲，铁锤直接砸上去能溅出火星。为了防止虎口震裂，防护手套是不能少的，最好是帆布手套，经得起磨。铁锤并不是每家都有，没有铁锤可用斧头代替，关键木柄要上得紧，要不然斧头凭空飞出去，是会出人命的。

我参与捶石子倒不是经济所迫，而是觉得好玩。小伙伴全家上阵捶石子，我百无聊赖，也和小伙伴抬只箩筐到处捡破砖烂瓦，有时也拿起铁锤捶一阵。石子敲好，用板车拉到公路边，一车三四百斤，人拉肩扛，出的是牛马力，赚的是血汗钱。在公路边按要求将石子堆成长方形，公路段的人仔细丈量，开个纸条盖上章，就可以去拿钱了。往往这时，小伙伴家长会塞给我一两毛钱，算是对我辛勤付出的认可。

捻 线

在上海县港口镇北喜泰路西，有一所三间两进的黄母祠，第二进屋供着一尊手拿棉花、头扎布巾的农村妇女塑像。塑像额前皱纹累累，脸上一派慈祥沉毅，既显出被供奉者的苍老之年，又标示着她心地善良、性格坚强。她就是被尊为布业始祖的黄道婆。黄道婆，又叫黄婆、黄母，松江府乌泥泾镇（今上海市华泾镇）人。出身贫苦，少年受封建家庭压迫流落崖州（今海南岛），以道观为家，劳动、生活在黎族姐妹中，师从黎族人学会运用制棉工具和织崖州被的方法。元代元贞年间（1295 年—1296 年）重返故乡，在松江府以东的乌泥泾镇，教人制棉，传授和推广"捍（搅车，即轧棉机）、弹（弹棉弓）、纺（纺车）、织（织机）之具"和"错纱配色，综线挈花"等织造技术。黄道婆去世以后，松江府曾成为全国最大的棉纺织中心，松江布有"衣被天下"的美称，人们感念她的恩德，在顺帝至元二年（1336 年），为她立祠，岁时享祀。

在没有先进纺织工具的年代，我们的祖祖辈辈靠人工剥棉籽、手工捻线，用它来缝衣服、纳鞋底，其艰苦程度可想而知。习惯成自然，直到上世纪七十年代，苏北农村妇女仍保留着这样的习惯：纳鞋底、打毛衣、捻线。

捻线，基本上是用大拇指和食指两根指头互相搓揉，使线轴快速地旋转起来的动作。捻线的工具极为简陋：用一根竹筷子，也可以用竹子或其他木料制作成筷子一样的长棒，做成线轴；在筷子最下端安装一个坠子，用以增加旋转力度。捻线时，先拿一团棉花两手相互揉搓，在这团棉花里揉出一根细细的长线，长度至少要有筷子的两倍左右。一头拴在坠子上端，然后把线顺时针缠绕在距离筷子顶端两厘米处，系上活结。左手拿棉花团，右手捻动筷子，顺时针转动，一点一点地放下棉花，那棉花随着线坠的转动逐渐收紧成线。左手举过人头，随着线渐渐拉长，线坠快碰到地面时停止捻线，把已捻好的线缠在线轴上，然后开始新一轮捻线。等到线轴上的线团缠到有拳头大，把线从线坠上卸下来，接着再捻新线团。捻线心态要平和，棉花一点一点地放，线轴搓揉适度。初捻者往往掌握不住这个度，捻得粗一段、细一段，好像蛇吃了蛋似的。

当然，这样捻出来的线韧度是远远不够的，要想用它纳鞋底，还必须经过第二道工序：上麻拨子。做麻拨子是就地取材，取干净的猪脚二骨（又叫麻骨）一截，在麻骨中间钻一个眼，用一根约20厘米长的铁条勾住麻骨底部，上部弯成一个小钩，麻拨子就做成了。

麻拨子，顾名思义关键在拨上，使用时用力拨动麻骨，麻骨飞旋。人们根据实际需要决定线的粗细，细的两股线并一起，粗的可以三股四股拧在一起，每股的线头在麻拨子上缠绕一圈拴紧，然后在最上端的钩子上打个活结，顺时针拨动麻骨，使之快速转动，几股线越缠越紧，最终形成非常结实的棉线，可以用来缝衣服、纳鞋底。

小小捻线团，古老的工具，演绎了人类几千年的超常智慧。

拾 麦 穗

我在响水扶贫期间，曾组织对口扶贫单位的子女到农村体验生活。在城市长大的孩子哪见过田里的水稻和麦子，一位上初中的女孩子自作聪明，指着水边的芦苇招呼同伴："快来看水稻!"当众出了个大洋相。面对地上晒的麦子，我告诉他们这就是做馒头、面包的原料，孩子们抓起一把麦粒，直楞楞地看了半天，实在想象不出它与麦当劳汉堡有什么内在联系。

记得小时候读书时，老师教导我们：实践出真知，劳动最光荣，千万不能做一个五谷不分、四体不勤的社会蛀虫。大忙季节，学校里放半个月忙假，让农村的学生回家帮助抢收抢种。城里学生则在老师的带领下，下乡支农。拾麦穗，对于我们这些孩子来说，是力所能及的劳动。清晨，我们背着空书包，戴着草帽，闻着空气中诱人的麦香，唱着歌儿在麦浪中穿行，不一会便来到了附近农村的地头。生产队长对义务劳动当然欢迎，他强调了颗粒归仓的意义，又讲了一些感谢的话。全班同学在刚刚收割完的麦地里一字型排开，老师一声令下，每人负责一垄，进行地毯式的搜索，捡拾散落在地上的麦穗。同学们个个都像小老虎，你追我赶，争先恐后，不停地将拾到的麦穗放进书包里，书包很快被金黄的麦穗塞满，大家一路小跑将麦穗倒在地头的席片上，又一路小跑回地里继续拾。

等到太阳上来，拾麦穗的黄金时段过去了，湛蓝的天空中有几朵白云，几乎一动不动地悬着。艳阳高照，阳光洒在空旷的田野里，热气从脚下往上蹿，头上的汗顺着脸颊、脖子往下流，用嘴舔舔是咸的，流到眼睛里，眼睛都睁不开。那些齐小腿高的麦茬很扎人，一不小心腿上就被划出一道血痕，拾麦穗的手，被麦芒刺得又痒又疼，腰酸得都直不起来，但同学们没有一个喊苦叫累。"谁知盘中餐，粒粒皆辛苦"，古诗虽然被大家背得滚瓜烂熟，烈日下我们才真正理解它的深刻涵义。

休息时，我们一起在场头喝大麦茶，在麦秸垛上翻跟头、捉迷藏。班上一位捣蛋鬼不知从哪儿学来一个损招，将一支麦穗塞进别人袖筒，同学慌忙用力往外甩，甩得越快往上蹿越快，一会就蹿到胳肢窝，奇痒难忍。捣蛋鬼抚掌大笑，显然他对自己导演的恶作剧十分得意，但他最终逃脱不了大家的惩罚，几个同学将他按倒，抬手抬脚，把他四仰八叉扔到麦秸堆里，弄得他灰头土脸。我在一旁看热闹，很快从村里小孩那儿学会了一种游戏：取一截约十公分长的麦秸，将前端稍微分开，形成一个小托盘，在地里找一粒野生的干荞荞豆，把它放在小托盘上，在麦秸另一端用嘴轻轻地吹，荞荞豆在空中上下滚动，俨然成了磁悬浮。

多年后，我见到米勒的油画《拾麦穗》，感慨不已。夕阳镀亮了广袤的原野，夏风中，三位穿着粗布衫裙和沉重木鞋的农妇弯腰拾麦穗，这幅画触动我的神经，又拾回了我童年的那段记忆。

安豆饼

豌豆在我家乡叫安豆，大年三十吃团圆饭，满桌的美酒佳肴，有两样菜绝对不能少，一个是炒水芹菜，一个是炒安豆头，水芹寓意来年求学、做生意"路路通"，安豆祈求全家老少一年到头"平平安安"。

安豆饼，顾名思义，即用安豆头和糯米粉加工出来的饼。开春时节，安豆在地里刚抽出嫩芽，勤快的菜农已早早地掐了安豆头上市了。做安豆饼其实不难，将安豆头拣好洗净，切碎放进盆内，加入糯米粉、盐、水搅拌成糊状，下油锅一个一个煎。煎出来色泽碧绿，吃在嘴里有一股独特的清香。

多年来，做安豆饼在我家一直是保留节目，有朋自远方来，我技痒难忍，便亲自下厨操刀。好在如今有煤气灶、不粘锅，火候随意控制，色彩自然不差。不过，工艺上我进行了适当改良，和面时放几个鸡蛋，煎出来色泽微黄、口感松软，与安豆头的碧绿相得益彰，因此，朋友给它起了个煞是好听的名字——中国比萨。

炒小圆子

有道是"正月里过过年，二月里赌赌钱"。赌钱，人们普遍不赞同，但对过年却情有独钟。正月里闲得没事，老饕们变着花样寻思吃，炒小圆子大概就是他们的研究成果之一。

小圆子，扬州人俗称"天竹果"，粮店里有卖，那只能用开水下了吃。炒小圆子的圆子比"天竹果"大不少，和白果差不多。搓小圆子没有多少技术含量，讲究的人将湿糯米粉切成指头大小，两三个一趟上手搓，搓得滚圆；不少人"偷工减料"，将湿粉切成丁倒进淘米箩，撒些干糯米粉来回筛，倒也能筛出个圆子模样，不过没有手搓的圆罢了。炒小圆子三分在搓七分在炒，火不能大也不能小，油不能多也不能少，动作不紧不慢，铲子要挥洒自如。技术要领是铲子不能停，一旦停下，热乎乎的小圆子便会自动粘黏。初试牛刀者见圆子粘黏，赶紧停铲用手去分开，结果顾此失彼，越来越多的圆子粘在一起成了一块大饼，炒圆子变成了煎油糍，这对初出道者来说不足为奇。

据说，过去扬州街头正月里就有炒小圆子的营生，小圆子现炒现卖，一分钱三个。可以想见，那油晃晃的小圆子炒熟以后，用糖水一烹，香气四溢，不令人垂涎欲滴才怪呢！

314

子 孙 饼

大年三十吃过团圆饭，夜阑人静，母亲照例一面守岁，一面搓圆子、炕子孙饼。子孙饼，圆圆的芝麻糖糯米饼，寓意多子多孙、多福多寿。

糯米粉通常用温水调，芝麻糖当然是事先拌好的。面和好后，母亲将铁锅放在煤炉上，炉门调小，不紧不慢地一边包一边炕。有次，我一觉醒来见母亲还在炕子孙饼，实在挡不住那香味的诱惑，迫不及待拿起一个就往嘴里送。哇！香喷喷、粘滋滋、甜丝丝的，一不小心，糖水顺着我嘴角流了下来，烫得我呲牙咧嘴、哇哇直叫。

子孙饼冷却后变得很硬，吃时要放在锅里蒸一下。过年期间晕腥比较多，早晚总想吃得清淡些，烫饭锅里放几只子孙饼，吃起来又甜又香又粘，别有风味。

由于子孙饼寓意吉祥，受过城里人周济的乡下穷人（有的是叫花子），春节期间会特意炕一批子孙饼挨家挨户送，数量不多，每户两个。即使是叫花子过年也要穿得稍微光鲜些，往人家门前一站，递上子孙饼，发一通"吉兆"，乐善好施的主人从米缸里挖一小碗米，倒入对方早已备好的米袋，也算礼尚往来。

荠菜汤圆

"麻油拌荠菜，各有心中爱"，这是常挂在扬州人嘴边的口头禅。著名作家、美食家汪曾祺曾宣称，自己最拿手的就是荠菜拌香干。其实对扬州人来说这有何难？将荠菜用开水烫一下，冷却后挤干切碎，加入香干丁，用盐、麻油一拌，清香爽口，倒是佐酒好小菜。

"上灯圆子落灯面"是沿袭了千百年的习俗，可如今有几个年轻人会包汤圆？当然，超市里芝麻汤圆、豆沙汤圆、鲜肉汤圆应有尽有，但绝没有荠菜汤圆。有人将它称之为汤圆中的极品，我认为不过分。不佞得老母之真传，继而又创造性地发展，荠菜汤圆与汪曾老的荠菜拌茶干有得一拼。

过去，荠菜都是自己挑。春天，人们成群结队到郊外去挑荠菜，现在城里人哪有那份闲工夫，好在菜场有卖，家的野的都有，野的自然比家的香。做荠菜汤圆馅讲究选料和刀功，香菇、金针、木耳、冬笋、开洋、火腿、香干，一样都不能少，将它们切成米粒大的细丁，下锅用油、葱姜末煸炒片刻，然后倒入烫好切碎的荠菜，用适量盐、糖一拌，用以提鲜，至于味精、鸡精一概可免。

糯米粉当然是水磨粉最佳，用温水调和，包得比网球略小，搓得滴溜滚圆，煮好后每只小碗最好装一个，一口咬下去，碧绿的荠菜馅散发出诱人的清香，奇鲜、奇香、奇糯，妙不可言！

油　糍

在西藏第一座宫殿雍布拉康所在的扎西次日山山脚下，我曾饶有兴趣地踏进一户藏民的宅第。走进厨房，藏族老大娘正盘坐在地上，用米粉包芝麻糖饼。由于语言不通，我不知道藏民如何称呼这种饼，但凡扬州人一看都明白：油糍。

煎油糍，从腊月里"粉面"（糯米粉）磨出来以后，一直到来年清明，扬州人总喜欢用这种传统小吃款待走亲访友或前来拜年的客人。况且油糍做起来很方便，主人与客人在堂屋里吃茶，主妇下厨房，用冷水调一大碗粉面，煎好一碟赶紧端上桌，大家一边聊天一边喝茶，一边蘸着小碟里的白糖趁热吃，那滋味黏黏、糯糯、香香、甜甜的。作为垫饥的小吃，它虽算不得上档次的糕点，但足以让宾客感受到主人那春风扑面的热情。

不过，在这里友情提醒一下，胃功能不好和装假牙的人，最好浅尝辄止。此外，我透露一个小秘诀：在调糯米粉时，里面放两只鸡蛋，这样煎出来的油糍，黄灿灿的，既软又暄，要想不好吃都难。

草炉烧饼

外祖父曾开过米行、蛋行、烧饼店，母亲一提起外祖父烧饼店的草炉烧饼，便有一种莫名的兴奋。扬州自古以来有这样的风俗：女人生养，至亲者要"送汤"。"送汤"一般送老母鸡、肚肺、茶馓、烧饼。按母亲的说法，送烧饼最好是草炉烧饼，老母鸡汤煮草炉烧饼非常补人。然而，等到我记事，扬州一带到处用炭炉烤烧饼，草炉早已消失得无影无踪。

上世纪七十年代初，我从事石油勘探工作来到泰县溱潼，有幸一睹草炉烧饼"芳容"，并亲口尝一尝，深感母亲所言极是。溱潼是位于里下河之首的千年古镇，方圆不足一平方公里，四面环水，盛产鱼虾蟛蟹。小镇古色古香，虽然只有半公里长的条石路，但打扫得干干净净，六七十年代一直是扬州地区卫生先进单位。镇上有三样远近闻名的小吃：鱼汤面、麻团、草炉烧饼。做鱼汤面、麻团的饮食店不止一家，而做草炉烧饼的却别无分店。

踏上小镇正值阳春三月，清晨，草炉烧饼店门口生意格外红火。草炉，也就是扬州酱园里晒酱油用的那种大砂缸，在缸边敲一个半圆型、直径约七八十公分的口子，将缸倒扣在炉台上，所用燃料为麦秸。麦秸见火就着，火力特旺，烤出来的烧饼松酥可口。草炉烧饼通常分三种：甜的（圆型）、咸的（长型）、萝卜丝的（圆型略厚）。走近堂口，只听擀烧饼的师傅将烧饼槌子敲得噼噼剥剥响，饼坯整整齐齐地排列在案板上，上糖稀、撒芝麻，然后两块两块芝麻朝里合在一起等待上炉。此刻，掌炉师傅已脱去棉衣赤膊上阵。掌炉师傅年龄五十开外，整个上身呈古铜色，头发、胡子、眉毛几乎一根没有。他先用几把麦秸将炉膛烤热，接着用抹布将炉膛匆匆擦过，再把双手在水盆里浸一下，蘸点水擦擦双臂，然后接过助手递过来的饼坯，轻轻掰开，一律芝麻朝下托在掌心，连头带臂钻进炉膛，将饼坯由里到外次第贴上。整套动作干净利落，只见他弓行马步，时而翻身探海，时而仙人摘桃，进退倚侧，左右逢源，极具观赏性。一炉饼坯贴完，掌炉师傅满脸通红，头上已经冒汗流油。此时，他仍不敢有半点喘息，操起助手递过来的一把把麦秸就往炉膛里送，火焰在炉膛内乱窜，不断地舔着炉口，烧饼由白变黄、由薄变厚，喷香的烧饼味随着火焰一阵阵冲出炉膛，诱得人食欲大增。

出炉！掌炉师傅操起铁铲就意味着烧饼好了，排队等待已久的人群发生小小的骚动，营业员面孔一板照例会大声斥责："排好、排好，插队不卖！"这时，掌炉师傅则一手执长柄铁铲，一手举长柄铁丝网兜，双双伸进炉膛，铲起饼落，一只只烤得金黄的烧饼落入网兜，"哗"的一声倒进大篾匾，香气四溢。一两粮票三分钱一个，我那时年轻，一口气能吃五六个。一次，我和我的同事为了几个萝卜丝烧饼竟在烧饼店门口足足等了半个小时，这半个小时与其说等，倒不如说在欣赏掌炉师傅的精湛技艺，可惜当时没有录像机，如果把整个过程录下来，如今弥足珍贵。

老 菱

从扬州到高邮，以邵伯为中心，方圆三四十平方公里，菱角上市时，卖熟菱的小贩总要大声吆喝：滚热的邵伯老菱！

菱角是邵伯的特产，它与高邮双黄鸭蛋、宝应荷藕，并称为大运河"三宝"，同时与嘉兴风菱、太湖红菱、里下河饭菱一起，被列为江淮四大名菱。邵伯菱学名叫"羊角倾"，人们俗称"羊角青"。邵伯菱属四角菱，呈水饺状，前后两角大，平展略下垂，左右两角小，向下弯曲，具有个大、脯肥、淀粉多的特点。鲜菱为淡绿色，煮熟后为淡黄色，肉质细腻，味似板栗。

相传乾隆下江南，途经邵伯品尝老菱，曾吟有"涉江采菱发阳阿"的诗句。据说，有一年，老菱进贡到宫中，乾隆一时兴起，便问一位北方出生的大臣：此物长于何处？此臣自作聪明答道：遍地开花，漫山结果。遂闹了个大笑话。

邵伯水资源丰富，土质肥沃，适宜菱的生长。加之春季水位低，有利菱的播种定植。中秋节前后是菱角飘香的季节，湖河水面上满是碧绿的菱盘，疏密相间，郁郁葱葱，构成了邵伯秋季特有的旖旎风光。采菱是富有诗意的劳作，采菱姑娘两人一组蹲在大木盆内，木盆在水中一字形排开，随着菱盘翻飞，甜美的邵伯民歌《拔根芦柴花》在秋光潋滟的水面上回荡，其情其景令人陶醉。此刻，你如果到集市去转转，只见大盆小桶装满菱，大篮小筐放着菱，家乡的秀水带来的甘甜，挑在农民肩上，挂在自行车头上，拎在人们手上，荡漾在老百姓脸上。

清末民初，邵伯菱种植面积达千亩，亩产六百余斤，镇上十多家八鲜行都收购外运。浙江一带还将邵伯老菱加工成菱粉，远销东南亚。菱粉质地细腻，含有大量淀粉、蛋白质、葡萄糖、脂肪、维生素 B、钙等。《本草纲目》称，食之"补中延年"，被誉为淀粉中的珍品。

菱角买回家，人们总要拿到河边"滂"一下，目的是把它分类：浮在上面的是嫩菱，生吃甜脆爽口，胜似鸭梨；沉在下面的是老菱，烀熟了吃既香又糯；浮不上来又沉不下去的是半老半嫩的菱，剥出来做菜，清香宜人，风味独特。菱米烧鸡是邵伯著名的时鲜佳肴。

老菱烀熟后，吃菱大有学问。不会吃菱的人，往往两手抓住菱，先把四只角咬掉，然后用刀劈或用嘴咬成两截，才能享受到菱的美味，实在费事。邵伯人吃老菱堪称一绝：三个指头捏，咬三口，整米，整壳。首先，用中指、食指、拇指捏住菱，上门牙抵住脐，下门牙用力一咬，脐部便掀起一块壳，接着用牙左右轻轻一撬，不光菱米是整的，菱壳还能复原。十分钟吃一斤老菱，对邵伯人来说是轻而易举。

用菱角做玩具，是我们儿时的一大发明：在老菱脐部开一小口，用耳扒将熟菱米掏空，仅凭一只空菱壳，便能吹出类似埙、箫那种浑厚的声音。到了老菱上市时节，哪个小孩口袋里没有一大把菱角玩具！

邵伯老菱以南塘菱为上品，其特点是皮薄、个大、糯香可口。八月十五祭月，每家每户供桌上除了月饼、荷藕、芋艿，菱角是断断不能少的。吃了祭月的菱，可避邪保安，代代相袭，流传久远。

炕 山 芋

　　有个流传于上世纪六七十年代的笑话，说一个小伙子爱上一个姑娘，两人相处了一阵，感到情投意合，但小伙子迟迟没有把自己的工作单位告诉对方，姑娘不甘心，三番五次旁敲侧击地追问。一天，小伙子终于开口了：我的工作很普通，司炉挂钩带调度。姑娘听了细细一琢磨，这个工作好啊，肯定是火车司机，责任还挺大呢！后来小伙子终于露馅，姑娘说他是骗子，小伙子却振振有词：我怎么骗你了？我从来没说过自己是火车司机，你瞧我这工作——炕山芋，就是这样嘛！我们且不管这个笑话的真实性如何，"司炉挂钩带调度"，倒是将炕山芋这一行当幽默了一把。

　　炕山芋是很土的小吃，不登大雅之堂。可是，有一次在一家三星级酒店用餐，席间端上来一盘用锡箔纸包着的点心，揭开一看，原来是用电烤箱烤出来的黄澄澄的山芋，小心翼翼地咬一口，甜滋滋、香喷喷的，入口即化，妙不可言。

　　山芋别称很多，番薯、地瓜、甘薯，红心的叫红薯，白心的叫白薯。据史料记载，山芋的故乡在南美洲，后来传到南洋群岛一带，明万历年间，福建商人陈振龙在菲律宾经商，发现了这种培育方便、种植容易、产量极高的薯类，当时统治菲律宾的西班牙殖民主义者严禁薯种外传，陈振龙一边暗自学习山芋种植技术，一边寻机将薯种带回祖国。万历二十一年（1593 年）农历五月，陈振龙历经千辛万苦、冒着生命危险偷偷地将薯种带回国内试种，结果大获成功。后人为纪念陈振龙引种山芋的功绩，在福州岛石山上建了念薯亭。

炝山芋全国各地都有，制作方法大同小异。早年没有汽油桶，箍个硕大的木桶，中间填满草木灰，和泥制成炉子，上面留一炉口，炉内结一层铁丝网用铁丝钩挂在炉口。炝山芋通常烧木炭或无烟煤，山芋在炉中慢慢炝熟，皮由硬变软，这时阵阵香味便弥漫在周围的空气中，虽不至于让过往行人知味停车，但足以令人闻香止步。尤其隆冬季节，北风怒号，此刻手里捧上一个热呼呼、又香又软的炝山芋，用今天的时髦话来讲，那感觉真叫爽！

我从小喜欢吃炝山芋，而且百吃不厌。乡下亲戚进城没什么好东西送，捎半箩筐山芋、胡萝卜，正中我下怀。家里烧饭用煤炭炉，在炉门底下炝两个山芋，几乎花半天时间。邻居做饭烧草，扔几个山芋在灶膛内，一顿饭工夫，草木灰的余烬就将山芋炝熟了。不过代价也不小，炝好的山芋与邻居家小孩一人一半，我总觉得吃亏。我表舅母在老街上摆了个炝山芋摊，冬天有点零钱我就往那里送，表舅家负担重，每次让我吃白食不大可能，两分钱递过去，表舅母不用秤称，用戴着帆布手套的手在炝山芋堆里捡了又捡，找一个稍大些的白心山芋递到我手里，她知道我爱吃白心山芋，虽然它没有红心山芋甜，但味道有点像鸡蛋黄。在那物质匮乏的年代，山芋可以天天吃，天天吃鸡蛋还不让人羡慕煞了！

麦 芽 糖

"哆来咪少咪来哆，来哆，来哆……"从小学吹笛子，第一句就是跟挑换糖担的老头学的。一听到这笛声，巷子里的小朋友心里就痒起来了，一个个忙不迭地在家翻东找西，破鞋烂袜、牙膏皮、锈铁锅、旧棉絮早就被搜寻光了，墙洞里再找找，那里有妈妈、姐姐梳头积攒起来的落发，一小卷一小卷掏出来能换好大一块麦芽糖。实在找不到，只好在自己心爱的铜板、铜钱身上打主意，挑一两块不大起眼的拿去换糖解解馋。有一次我急得没法，竟将家里的少了一只铃铛的银镯拿去换糖吃，结果被母亲逮了个正着，落得"败家精"的坏名声。

大糖饼放在一个木盘里，直径有一尺多长，随着换糖老头手上铁片、铁锤当的一声响，麦芽糖就从糖饼上分离了下来。讲交情的小朋友，在场的可以每人分一块，最后大家跟换糖的老头大声嚷嚷：再添一点，再添一点！老人嘴里爽快地答应着，铁片却对着糖饼多出来的一角，像切金子似地敲下一丁点。"太少了，太少了！"小伙伴不依不饶，老人狠狠地瞪闹得最凶的小孩一眼，忍痛又像切金子似地敲下一小块。这两小块归小主人，大家这才感到心满意足。

如果小朋友一个人在家，并换得很大的一块糖，吃糖就要讲究一些了：把麦芽糖缠在筷子头上，像棒棒糖一样抓在手里，一边玩一边吃，那份惬意简直是妙不可言。不过，家长通常不赞成这种吃法，如果走路一不小心，筷子戳到喉咙是会戳死人的。

夏天，早早地吃过晚饭去看人家加工麦芽糖，那是一种很好的消遣。麦芽糖原料——糖稀，状如蜂蜜，色泽金黄，不仅营养丰富，而且可以入药，古方将其列为滋养缓和强壮药，主治虚劳腹痛，能补虚冷、健脾胃、润肺止咳。换糖人每天收些废铜烂铁、破布烂棉花，分类送到废品收购站，一部分卖钱，一部分兑成糖稀。糖稀要变成雪白的麦芽糖，必须放在大锅里熬。大铁锅用石块架在空地上，下面用木柴旺旺地烧，熬到一定程度把糖稀倒在一块大青石板上，凉到手能插得进去的时候，双手沾满观音土像揉面团似地不停地揉，等揉上了劲，再将它搓成粗长条到木桩上去拉。木桩固定在长条凳一头的方孔内，上面坐一个赤膊壮汉，另一个壮汉同样赤裸着上身，将搓成长条的饴糖缠在木桩上反反复复用力牵拉，几个回合下来，两个壮汉面红耳赤、汗流浃背，汗珠一甩十八瓣，糖稀原本的金黄色渐渐褪去，雪白的麦芽糖便呈现在人们面前。不用打招呼，此刻，家里女人便会从屋里拿出好多铁皮盒，把男人拉好的麦芽糖，均匀地加工成若干个厚两寸、直径一尺多长的糖饼，两三块叠在一起，每层撒些观音土放入铁皮盒。这时天已完全黑下来，看热闹的人与拉糖的壮汉打个招呼，便摇着扇儿哼着小曲乘凉去了，在一旁打瞌睡的换糖老头揉揉惺忪的眼睛，伸个大大的懒腰，抖擞精神准备和儿子一道吃猪头肉、喝老酒。

甜芦粟

　　甜芦粟是何物？如今即使把它放在年轻人眼前，恐怕没几个人能认识。甜芦粟学名甜高粱，也叫芦粟、甜秫秸、高粱甘蔗，作为高粱的一个变种，它长得碧绿青翠，因形似芦苇而得名，其茎秆富含糖分，可用于制糖、酿酒、制酒精、造纸、作饲料。据说巴西盛产甜芦粟，生产的芦粟酒很有名。

　　记得小时候，一到夏天，我总喜欢到乡下亲戚家去嚼甜芦粟，每次不知要嚼掉多少甜芦粟，腮帮子嚼得酸痛，但从来不厌，在吃不起甘蔗的日子里，甜芦粟是夏日最好的零食。那时候，农村人家都会种许多甜芦粟，这种类似玉米的植物非常耐旱，到了夏天，田间坂头到处是一排排碧绿的甜芦粟在迎风摇曳，等长到一人多高就可以开吃了，我们总是拣粗壮的拔下，一人抱几根，一路拖一路揎叶子，没等到家嘴巴就先甜上了。

　　到家以后，我们将它剁成一节节，每人揣一捧，找个树荫坐下，一边嚼甜芦粟一边乘凉，那份滋润是没法形容的。甜芦粟皮薄肉嫩，清甜中有一种青草的香气，与甘蔗的甜不一样，甘蔗是根上甜，甜芦粟是梢上甜，越到梢上越甜，吃一根不过瘾，起码要吃三五根。吃甜芦粟不像吃甘蔗那样要刨皮，吃的时候用牙咬住皮的边缘从上往下撕，等露出里面嫩白的茎，美美地咬下去，嚼得叽里呱啦地响，清香甘美的汁液便顺着喉咙渗透身上每个细胞。

　　吃甜芦粟，唯一要小心的是划伤。芦粟皮虽薄却十分锋利，稍不留神手上、嘴上就会留下伤痕，且立马见血。不过，我们会掌握技巧，关键是手和嘴巴要配合好，手不能抓要撕的部分，不然会弄破手。万一弄伤手，我们也有一物降一物的办法，刮一点芦粟皮上的白霜涂在伤口上，立马止血。当然伤口太深这个办法不灵，大人们见了血，一边骂骂咧咧，一边从香炉里抓把香灰往伤口上一按，找块白布条扎上也就没事了。受伤的小孩尽管疼得龇牙咧嘴，仍然挡不住芦粟清甜美味的诱惑，哪怕翘着"兰花指"也要继续大嚼大咽。我当然吃过这种苦头，为了防止划伤，我有一套"防身秘籍"：把芦粟剁成一节节，再将每节劈成四瓣，一瓣一瓣抓在手上，不用撕皮就这样嚼，嚼完了满嘴清香，咽到肚里周身清凉。

撕下的芦粟皮用来做玩具，那是我们的拿手好戏。将芦粟皮撕得细细的且不断，用剪刀一根根修尖，留半截茎，将尖尖芦粟的皮弯过来整齐地插进嫩白的茎中，就做成一个小巧玲珑的芦粟灯笼。手拙的小孩只会编篱笆，找几根长一点粗一点的芦粟皮插在桌缝里作经，其余的芦粟皮作纬，来回穿插，不一会小篱笆就编成了，一下午能编二三十块，虽然没有任何用，但特有成就感。

如今甜芦粟已成了人们记忆中的食品，不光老扬州人，江浙沪一带老人还不时念叨它："甜芦粟吃到嘴里跟甘蔗差不多，虽甜但不腻口，那是难得的清凉解渴、润肺解毒的本土夏令食品啊！"眼下，农村倡导发展特色农业，如果有精明的农户和商家把目光转向那些渐行渐远的怀旧食品，也许能抱上一个返璞归真的"金娃娃"。

冰糖葫芦

将冰糖葫芦上升到中国传统美食的高度，总觉得有点过，它就是将山楂串成串蘸上糖稀，是街头常见的一种小吃。人们为什么喜欢它？就是为了享受一下过程：咬一口，酥脆爽口，酸酸甜甜，含在口里满满的融化，那是一阵阵沁人心脾的甜。"糖葫芦好看它竹签儿穿，象征幸福和团圆，把幸福和团圆连成串，没有愁来没有烦。"儿歌《冰糖葫芦》在上世纪九十年代大家耳熟能详，电影《冰糖葫芦》则将它演绎成一段令人啼笑皆非又妙趣横生的世俗故事。

要讲冰糖葫芦的来历，还得说说南宋的宋光宗皇帝。宋光宗，名赵惇，绍熙年，赵惇最宠爱的黄贵妃有病了。她面黄肌瘦，不思饮食。御医用了许多贵重药品，皆不见效果。皇帝见爱妃日见憔悴，整日愁眉不展，只好张榜求医。一位江湖郎中揭榜进宫，为黄贵妃诊脉后说：只要用冰糖与红果（即山楂）煎熬，每顿饭前吃五至十枚，不出半月病准见好。大家将信将疑，好在这种吃法还合贵妃口味，贵妃按此办法服用，果然如期病愈。

后来这种做法传到民间，老百姓把它串起来卖，就成了冰糖葫芦。原来，山楂的药用功效很多，它能够消食积、散淤血、驱绦虫、止痢疾，特别是助消化，自古为消食积之要药，尤长于消肉积。也许是黄贵妃所食山珍海味积食，落下了病，小小山楂药到病除。明代杰出医药学家李时珍曾经说过："煮老鸡硬肉，入山楂数颗即易烂，则其消肉积之功，盖可推矣。"

329

"冰糖葫芦！酸酸甜甜的冰糖葫芦咯！"早些年在北京逛厂甸，看到串得长长的冰糖葫芦，顶上还贴着一面小旗，一串上足有百十个山楂果，被红红的果实压弯了的竹签子，拿在手中一颤一颤的，我直咽口水。儿时的我，只要听到那竹签在铁皮筒里上下起落的声音，就屁颠屁颠地朝巷口奔去，有钱时，会挑一串又大又红的糖葫芦，咬上一口，嘎嘣脆，酸中带甜，唇齿留香；没钱时，就紧盯着那一串串插在草棍上的糖葫芦过过眼瘾。

做糖葫芦季节性很强，小镇上没有人专门做这档生意，卖冰糖葫芦的都是外地船民。冬日早晨，我最喜欢到河边看人家熬糖稀。其实制作糖葫芦过程是很有讲究的，首先要选上好的山楂作为原料，洗净、去籽、沥水，然后熬制糖稀。糖与水的比例是二比一，这道工序关键是火候，要文火熬制，熬的时间不够会粘牙，熬得过久会发苦。糖熬到呈透明状，关键的浇汁工艺便开始了：用一张透明的长方形玻璃纸平铺在木板上，把穿好的山楂串码好，然后用刷子把糖汁均匀地涂在码好的山楂串上。涂完后要把这些半成品放到风口冷冻，等到糖汁凝固，美味可口的冰糖葫芦便做好了。如今有了冰箱，冰糖葫芦一年四季都能买到，消费群体由小孩扩大到老人，有的老人为了吃到一支冰糖葫芦不惜从城南跑到城北，他们要的就是当年那个味！

炒 米 糖

自从在家取得"高级职称"以后，我嘴里品尝的内容比过去丰富多了，孙子觉得不大好吃的食物，马上塞到我口中，让爷爷帮他处理掉，孙子认为好吃的零食，有时也弄点给爷爷尝尝新。一天，他突然塞给我一个糯香扑鼻的食物，我一咬，嘎巴嘣脆，拿起包装纸一看，"满嘴香米老头"。我哑然失笑，什么"米老头"，就是炒米糖！

以前过年，炒米糖是每家必备的糖果，它和芝麻糖、花生糖、寸金糖、交切片一样备受小孩子欢迎。我们将切成长方块的叫做炒米糖，搓成圆球的叫欢喜团。加工炒米糖首先得炒米，炒米又分炸炒米和炒炒米两种。炸炒米有炒米机，它至今仍活跃在城镇乡村，无须我赘言。炒炒米倒是一门绝妙的手艺，如今已淡出人们视线。

传统的炒炒米程序十分繁杂：首先要制作"阴米"，将上好的糯米放入冷水中浸泡四五天，隔一天换一次水，浸泡之后，将糯米沥干，放入木甑中蒸熟，然后摊在通风的地方让其慢慢阴干。时间至少一周，"阴米"之名由此而来。像这样阴干的米，炒出来的炒米糯香扑鼻，吃了齿颊生香。炒炒米的师傅是上年约好的，离过年还有十天半个月，他便扛着长柄铁铲、身背大竹筛、拎着沉甸甸的砂袋进了城，随行还有一个大孩子，是帮他烧火的。炒炒米首先要炒砂，那是一种晶状的细砂，淘洗得很干净，将细砂倒进大锅以猛火炒热，然后放入"阴米"。炒米最费

331

时，师傅一下一下地翻炒，总是重复那个动作，看得人很不耐烦。但是，弥漫在空气中的糯米香很诱人，小孩子总是在离家不远的门口玩，随时等着炒米出锅。刚炒好的米不能马上吃，要用大竹筛把细砂筛干净。小孩子掐准了时间，围在师傅身边，趁大人不注意偷偷抓一把炒米放嘴里嚼，大人装着看不见，其实他嘴边的米粒早就告了密。

至于做炒米糖，程序就简单多了。在锅里放一些菜油和姜汁，把砂糖倒进锅里，边加热边用铲子搅拌，时不时用铲子蘸一点提起来看看老嫩程度，等糖熬到提成线时，糖稀就熬好了。随后将炒米和事先炒好的花生仁、白芝麻或黑芝麻，快速倒进锅里跟糖稀搅拌，趁热铲到桌上的木模框里，用铲子压实压平。等到半热不冷的时候，拿掉模框切片。切片是有门道的，不能太早也不能太迟。太早，刀一切糖就瘫；太迟，糖变脆，切下去迸得满地都是。心急的"小馋猫"一见炒米糖切好，拿起一片就往嘴里塞。热乎乎的炒米糖并不脆，刚嚼几口牙齿就被粘住了，"小馋猫"只得用手抠，那窘态叫人啼笑皆非。

如今，市面上食品种类繁多，一年到头都有炒米糖卖，有糯米的、小米的、紫米的，炒米用现代的膨化机直接炮制，虽然松软可口，已然没了传统炒米糖那种干香酥脆的独特风味，炒炒米、做炒米糖，那温馨的场面则永远定格在人们记忆深处。

卖烂藕

藕原产于印度，在中国的栽培历史已有三千余年。我省兴（化）高（邮）宝（应）地区湖荡密布、土地肥沃，盛产荷藕，且肉质细嫩、洁白无瑕、嫩脆甜爽，生吃堪与鸭梨媲美，诗人韩愈曾有"冷比霜雪甘比蜜，一片入口沉疴痊"之赞。藕生于污泥而一尘不染，中通外直，不蔓不枝，自古就深受人们的喜爱。藕有七孔与九孔之分，常见的有红花藕、白花藕和麻花藕三种。红花藕，藕形瘦长，外皮褐黄色、粗糙，含粉多，水分少，不脆嫩；白花藕肥大，外表细嫩光滑，呈银白色，肉质脆嫩多汁，甜味浓郁；麻花藕呈粉红色，外表粗糙，含淀粉多。藕可以单独做菜，藕粉圆子、素排骨、凉拌藕片、藕夹子等，都是脍炙人口的家常菜肴，不过我更怀念儿时经常吃的烀烂藕。

入秋以后，卖烂藕的又回到了人们身边，他们以兴化人居多，通常为夫妻档，食宿都在船上，船舱里堆的全是藕。船一靠岸，先选个偏僻的地方，在河边挖个大灶坑，支上八尺大锅，清晨起来烀上一锅，下午三四点钟上市，满街糯香。也有船上备有红泥锅腔，在闹市口一支，从船上搬来柴禾，点火就烀，虽然搞得有点乌烟瘴气，但人们抵挡不住美食的诱惑，也就听之任之。那锅里外都是黑乎乎的，外面是锅灰，里边是藕汁把铁锅浸得乌黑。锅里的藕都是精挑细选的，一段一段去掉藕节和藕梢，看上去身茎粗壮，色白如雪，看看也叫人欢喜。那锅盖可不一般，不是平常木头锅盖，而是用蒲草编织而成，既聚气，又能把蒲草的清香溶进了藕里。一锅藕要烀多长时间，谁也说不清，但卖烂藕的心里有数，他只管坐到锅腔前神定气闲地添芦柴，旺旺的火苗悠悠地舔着乌黑的锅底，不管别人怎么催，他坚守慢工出细活，不到火候绝不揭锅。等到藕香四溢的时候，他会亮开嗓门大声吆喝："卖烂藕，滚热的烂藕呀！"

食客们闻香而至，夫妻俩在锅腔前搁一块长长的木板，上置一杆托盘秤，板上放几支煮熟的藕，白嫩的藕出锅后浑身变成深栗色。有的人干脆到锅里去挑，用铁勾子在褐色浓汤里划来划去，选好一支，用刀一切两截，用荷叶包着边走边吃，有道是藕断丝连，恼人的藕丝越拉越长，粘在嘴巴上像长了胡子，风一吹一直粘到耳朵、鼻子上，有失大雅。

那时节人们生活条件普遍不好，买藕的人并不一定论段买，许多人只是买一块尝尝鲜，有的人甚至舍不得买藕，向卖烂藕的讨碗藕茶喝喝。卖藕的常常会卖得很晚，生意清淡时，那盏昏暗的煤油灯照着那满目沧桑的面庞，眼巴巴地看着来来去去的行人，只等到一家家关门闭户才收摊。

苏南以及南京卖烂藕的喜欢把藕切成一截一截，藕孔里塞满糯米，放在桂花糖水里煮，叫桂花糖藕，放在大钢精锅里卖，切成片用牙签戳着吃，既甜又香又糯，味道和烀烂藕不可同日而语。

麦 蚕

三十年前的五月，我到南通平潮开会，在镇文化站邂逅当初一起在《新华日报》社接受培训的张国梁同学。当时他招待我的东西至今记忆犹新：新鲜的薄荷茶。文化站小院里种了几株薄荷，他随手掐了几片叶子，放点白糖，用开水一冲，就是一杯清凉可口的薄荷茶；品尝的点心则从未见过，形似青团，色泽青绿，闻起来有一股麦香，放在嘴里咀嚼，味道清淡，糯而不腻，颊齿留香。

我好奇地追问这是用什么加工的食品。张国梁告诉我，当地人叫它"冷蒸"（音），是将灌浆饱满但仍呈青色的麦穗割下来，经过脱粒、脱壳、飚净、炒熟、磨碎加工而成的时令小吃。过去，人们吃"冷蒸"是因为饥不择食，青黄不接之际，不少人家陈粮都吃完了，没有办法只好把已经收浆但尚未成熟的麦子割下来做成"冷蒸"，用来填饱肚子。如今生活好了，渐渐变成一种习俗：立夏前后吃"冷蒸"可防疰夏。

据张国梁回忆，小时候家里每年都做"冷蒸"，立夏时节，家里人将自留地上已灌浆饱满但尚未泛黄的麦穗摘下来，放在干净的布袋里掼，偶尔也用手搓揉，进行脱粒、去壳，然后放入筛子一波一波将其飚净。下锅炒熟后，趁热用石磨将麦粒磨成细细的麦条儿。最后一道工序，放在蒸笼上隔水蒸，让"冷蒸"既有炒的香又有蒸的润，家里清香四溢，食用时用手将其紧紧捏成团，里面可以包芝麻糖，也可以包咸菜，放在嘴里越嚼越有味。

一晃多少年过去了，我没有再吃过"冷蒸"，甚至不知道它的学名，连"冷蒸"二字也只记其音不知其义，在报社我也偶尔提起过它，在我的记忆深处，印象始终美好。说者无心，听者有意。报社有位南通籍记者，一天上午突然打来电话，说托人从南通带来一些"冷蒸"，这是一种营养价值极高的绿色食品，保鲜期仅一天，时间一长会馊掉，务必及时拿回家。

下午，我在第一时间拿到了从南通带来的"冷蒸"，打开包装，一股熟悉的味道一下把我拉回到三十多年前，我迫不及待地捏了一个小团放进嘴里咀嚼，百感交集。最后，我还是忍不住地问这"冷蒸"二字到底怎么写，学名叫什么？她也不知道"冷蒸"怎么写，只知道学名叫麦蚕。我上网搜索，终于搜到了描述传统立夏节两大风俗事象的岁时诗："麦蚕吃罢吃推柄，一味金花菜割畦。立夏秤人轻重数，秤悬梁上笑喧闺。"诗里的麦蚕就是指夏收麦穗，因麦粒磨成细细的麦条，其形似幼蚕，故名麦蚕。明代宫廷杂史《酌中志》作者刘若愚在《饮食好尚纪略》中曾写道："（四月）取新麦穗煮熟，剁去芒壳，磨成细条食之，名曰稔转，以尝此岁五谷新味之始也。"

如此美食，岂敢独啖！我想到了恩师、南通籍著名作家海笑先生。八十五岁的海老很开心，他怎么也想不到，我送来的竟是他孩提时代吃过的家乡美食。海夫人从橱柜里拿出芝麻糖罐，我将手洗净，在麦蚕里包了点芝麻糖，捏成枣核状递到他们手中。海老细细品尝，不由地哈哈大笑："这味道还跟小时候吃过的一个样！现在好多农家土特产口味道都没以前纯真了，难得南通这么个好吃的东西还保持着先前的味道。"

风　鸡

初冬之时，家乡有"交小雪，腌风鸡"之说。将肉、鱼、鸡悬于屋檐下，利用冬天的朔风自然吹干，家乡人叫做"风"，风肉、风鱼、风鸡概出于此。做风鸡通常选用当年的雄鸡，尤其以阉割后的雄鸡为佳，重量在三斤半以上。腌制风鸡不去毛，放血后，在鸡翅下方开五六公分的直口，拉出内脏及鸡嗉，扒掉肺叶和软硬喉管，用干布把鸡膛揩擦干净，将盐、花椒炒至变色晾透备用，趁鸡体尚热，从刀口处将四个手指伸进去，用炒过的花椒盐在鸡膛内涂抹，最后往鸡头、鸡颈上撒少许椒盐，把鸡头插入翅下刀口，将双翅双脚合拢起来，取荷叶包裹鸡体，用小麻绳捆紧，刀口朝上防止漏卤，悬于屋檐下风一个月即可食用。

风鸡一般在春节前后食用，过了正月十五天气转暖，风鸡容易变质。风鸡烧劗肉是家乡人春节的传统美食，用冬笋块垫底，放半只洗净剁好的风鸡，上面排放细切粗劗的狮子头，旺火烧开文火焖六小时，这样焖出的风鸡烧劗肉肥而不腻，入口即化，风鸡的咸香、冬笋的清香与劗肉肥腴嫩滑的鲜香互相渗透，味厚纯美，堪称人间美味。

后记：留住乡愁

　　"让城市融入大自然，让居民望得见山，看得见水，记得住乡愁……要融入现代元素，更要保护和弘扬传统优秀文化，延续城乡历史文脉……注意保留住村庄原始风貌，慎砍树，不填湖，少拆房，尽可能在原有村庄形态上改善居民生活条件。"

　　近期，在关于城镇化发展与建设的中央文件上，出现了上述诗样的文字。

　　什么是乡愁？我的理解是，在我们江南地区，乡愁就是"小桥、流水、人家"，就是"杏花、春雨、江南"，就是"麦浪翻滚、菜花金黄、桑田连片"，就是农民家的"小鱼塘、小荷塘、小菱塘"，就是"小竹园、小果园、小茶园、小花园、小菜园"，就是"丝竹声声农家乐，书声琅琅耕读情"。

　　说到底，乡愁就是乡情、乡韵、乡恋，就是民风、民俗、民情，就是以农耕、农时、农具、农人为主体的农耕民俗文化。

　　我们的城镇化，不是消灭农村和农民，不是搞千村一面的"火柴盒"，不是让农民"被上楼"，吃不上自己养的鸡，尝不到自己种的菜，和城里人一样背"菜篮子"、"米袋子"、"油瓶子"。

我们不要以为农耕文明就落后于城市文明，其实农民更懂得"天人合一"，更懂得"尊重自然"，更懂得"绿色环保"。每个村子都有村规民约，每个家庭都有家规家训，做人有底线，交往讲规则。

中国作家协会副主席冯骥才说："我们历史文化的根在村落里，非物质文化遗产绝大部分在乡村，如果乡村没有了，这些文化遗产会全部消失。另一方面，我们的少数民族也大部分在乡村，如果村落没有了，民族还怎样生存？民族文化还如何保留？！"

现在的乡村建起了一幢幢的高楼，浇起了一块块的水泥场、一条条的水泥路，不管是"张家村、李家村"，统统是"千村一面"的"水泥村"，试想，十年八年后，如果让远方的游子回到故乡，到哪里去寻觅自己的老屋、老村、老树？到哪里去寻觅自己的祖坟？

中央文件现今提出了"留住乡愁"，虽是"亡羊补牢"，犹未晚也。但愿我们今后能把真正美丽的乡村留给我们的子孙，不要把乡愁变成乡忧。

这本《农耕年华》，就是乡愁的记忆，它虽说是一些旧忆的碎片，但却可为孩子们留下一些不可消失和磨灭的印象。

沈成嵩

图书在版编目(CIP)数据

农耕年华/沈成嵩,王喜根著.--南京:江苏人
民出版社,2014.3
（乡愁乡韵系列）
ISBN 978-7-214-12117-2

Ⅰ.①农… Ⅱ.①沈… ②王… Ⅲ.①散文集-中国
-当代 Ⅳ.①I267

中国版本图书馆 CIP 数据核字(2014)第 058136 号

书　　名	农耕年华
著　　者	沈成嵩　王喜根
责任编辑	王　溪
责任校对	戴亦梁
装帧设计	刘莘莘
出版发行	凤凰出版传媒股份有限公司
	江苏人民出版社
出版社地址	南京市湖南路 1 号 A 楼,邮编:210009
出版社网址	http://www.jspph.com
	http://jspph.taobao.com
经　　销	凤凰出版传媒股份有限公司
照　　排	江苏凤凰制版有限公司
印　　刷	江苏凤凰扬州鑫华印刷有限公司
开　　本	880mm×1 230mm　1/32
印　　张	10.875　插页 2
字　　数	217 千字
版　　次	2014 年 6 月第 1 版　2016 年 11 月第 4 次印刷
标准书号	ISBN 978-7-214-12117-2
定　　价	28.00 元

（江苏人民出版社图书凡印装错误可向承印厂调换）